ELKE SCHWEIZER

Der Weihnachtskater

*Tannenduft und Winterglück*

Titel der Autorin:

Der Weihnachtskater
Der Weihnachtskater – Tannenduft und Winterglück

Über die Autorin:

**Elke Schweizer** hat 2007 ihr erstes Buch veröffentlicht. Seither hat sie unter Pseudonym zahlreiche Liebesromane verfasst. Die Autorin lebt mit ihrer Familie in der Nähe von Düsseldorf. Sie hat selbst drei Katzen, die ihr lebhafte Inspiration für die WEIHNACHTSKATER-Romane bieten. Elke Schweizer liebt es außerdem, zu backen und zu kochen.

Elke Schweizer

# Der Weihnachtskater

## Tannenduft und Winterglück

Roman

Lübbe

Die Bastei Lübbe AG verfolgt eine nachhaltige Buchproduktion.
Wir verwenden Papiere aus nachhaltiger Forstwirtschaft und verzichten darauf, Bücher einzeln in Folie zu verpacken. Wir stellen unsere Bücher in Deutschland und Europa (EU) her und arbeiten mit den Druckereien kontinuierlich an einer positiven Ökobilanz.

FSC www.fsc.org MIX Papier | Fördert gute Waldnutzung FSC® C014496

Originalausgabe



Textredaktion: Marion Labonte, Labontext
Umschlaggestaltung: Tanja Østlyngen unter der Verwendung von Motiven von © shutterstock: Liliya Kulianionak | Zemler | DMITRII SIMAKOV
Satz: two-up, Düsseldorf
Gesetzt aus der Goudy Old Style
Druck und Verarbeitung: GGP Media GmbH, Pößneck

Printed in Germany
ISBN 978-3-404-19225-0

1 3 5 4 2

Sie finden uns im Internet unter luebbe.de
Bitte beachten Sie auch: lesejury.de

# Prolog

Laura betrachtete prüfend den gedeckten Tisch. Die schönen Teller, weiß mit schmalem Goldrand, stammten noch von ihrer Großmutter. In den edlen Kristallgläsern spiegelte sich das Licht der Kerze.

Als sie zurücktrat, spürte sie einen kalten Zug in ihrem Rücken. Die Terrassentür war spaltbreit geöffnet, weil Kasimir vor ein paar Minuten nach draußen gewollt hatte.

»Wo bleibt er denn?«, murmelte sie.

Der Kater hatte es sich angewöhnt, abends noch einmal eine Runde zu drehen, aber seit es so kalt war, kam er meist schnell zurück. Ausgerechnet heute ließ er sich Zeit.

Laura öffnete weit die Tür und trat hinaus. Das Licht der Außenlampe reichte bis zum Rand der Terrasse. Der Garten dahinter lag in tiefer Dunkelheit.

»Kasimir!«, rief sie laut.

Nichts geschah, der Kater war nirgendwo zu sehen. Was Laura nicht sonderlich überraschte, denn es kam nur sehr selten vor, dass Kasimir auf Zuruf reagierte. Eigentlich nie, wenn sie es recht bedachte.

Fröstelnd umschlang sie ihren Oberkörper mit den Armen. »Kasimir!« Es wäre auch zu schön gewesen, wenn er wenigstens jetzt hören würde.

Zum ersten Mal, seit Tobias bei ihr und den Kindern eingezogen war, hatten sie einen ganzen Abend und eine Nacht nur für sich.

Laura selbst war vor einem Jahr nach Tannreuth gekommen, nach dem Unfalltod ihrer Schwester Annette und ihres Schwagers Daniel. Ihre Entscheidung, sich um die drei Kinder der beiden zu kümmern, hatte Lauras Leben vollständig verändert. In dieser Zeit lernte sie auch Tobias kennen, der damals noch im Nachbarhaus lebte.

Laura schmunzelte, als sie daran dachte, dass ihre erste Begegnung alles andere als erfreulich gewesen war. Doch dann hatten sie sich ineinander verliebt, und Tobias war schließlich zu ihr und den Kindern gezogen. Inzwischen hatte sich ihr gemeinsames Leben eingespielt, heute jedoch freute Laura sich auf den ersten Abend in trauter Zweisamkeit, ohne Kinder.

Hanna, mit ihren dreizehn Jahren die älteste der drei, schlief bei ihrer besten Freundin, und die beiden Kleinen, der siebenjährige Leo und die sechsjährige Juna, übernachteten in der Schule. Dort gab es an diesem Freitag für die ersten beiden Klassen eine *Erlebnisnacht*, mit Spielen, Vorlesen und einer Wanderung durch die Dunkelheit. Besonders spannend fanden es die Kinder, dass sie alle zusammen auf einem Matratzenlager in der Klasse schlafen durften.

Laura freute sich mit den Kindern über ihr Abenteuer, noch mehr aber sehnte sie Tobias' Rückkehr herbei. Als sie hörte, wie er die Haustür aufschloss, eilte sie durch das Wohnzimmer in die Diele.

Tobias zog gerade seine Winterjacke aus. Er wirkte müde, doch als er sie anschaute, lächelte er. »Du siehst zauberhaft aus.«

Laura umarmte ihn. »Schön, dass du da bist.« Sie schmiegte sich an ihn und schloss die Augen, als er sie küsste.

»Ich liebe dich«, flüsterte er dicht an ihrem Ohr.

»Ich liebe dich.« Ihr Herz klopfte wild. Nichts konnte in diesem Augenblick ihr Glück stören, davon war sie überzeugt ...

... bis ein schriller Schrei aus dem Wohnzimmer, ausgestoßen in höchster Not, nicht nur die Stille, sondern auch jeden Funken Romantik zerstörte.

»Kasimir!« Laura drehte sich um und erreichte mit schnellen Schritten das Wohnzimmer. Genau in dem Moment, als Kasimir auf der Flucht vor einem geifernden Rottweiler auf den gedeckten Tisch sprang, mitsamt der Decke ins Rutschen geriet und sich gerade noch mit einem Sprung auf das oberste Brett des Bücherregals retten konnte. Er legte die Ohren an und fauchte, während der Rottweiler laut bellend an dem Regal hochsprang.

»Ruhe!« Tobias war sofort neben Laura. Seine laute Stimme übertönte das Bellen des Hundes. Der Rottweiler fuhr herum, die schwarzen Haare, durchsetzt von wenigen lohfarbenen Stellen, waren aufgerichtet. Er zog die Lefzen hoch, zeigte seine Zähne und knurrte bedrohlich.

Tobias umfasste Lauras Taille und zog sie langsam mit sich. Schritt für Schritt wichen sie zurück.

Der Hund folgte ihnen. Ebenso langsam, und immer noch knurrend. Als plötzlich ein lauter Pfiff ertönte, hielt er inne und hob lauschend den Kopf.

»Henry!«, rief draußen jemand laut nach dem Hund.

Henry wedelte kurz mit dem Schwanz und verschwand durch die Terrassentür.

Laura atmete tief durch. Mit der Erleichterung kam die Wut. Nicht nur bei ihr, sondern offensichtlich auch bei Tobias. »Jetzt reicht es«, stieß er hervor und verließ mit großen Schritten das Haus.

Betrübt schaute Laura ihm nach. Ihren romantischen Abend zu zweit konnte sie damit wohl vergessen.

# Kapitel 1

Das gibt es doch nicht«, murmelte Ella. Sie war sicher, dass sie am Morgen nach dem Frühstück ein halbes Brot in den Vorratsschrank gelegt hatte.

»Ist was?« Robin schlurfte mit hängenden Schultern in die Küche, es schien fast, als läge die Last der ganzen Welt auf seinen Schultern. Träge ließ der Fünfzehnjährige sich auf einen der Stühle fallen, die um den runden Tisch standen.

»Wo ist das Brot?« Ella schaute ihren Sohn fragend an.

»Woher soll ich das wissen?«

»Da war noch ein halber Laib, als ich den Tisch abgeräumt habe. Jetzt ist davon nur noch die Hälfte übrig.«

»Also ein Viertel.« Robin grinste frech.

»Willst du mich ärgern?«

»Ja«, gab Robin unumwunden zu. »Und ich finde es ziemlich bescheuert, dass du wegen ein paar Scheiben Brot so einen Aufstand machst.«

»Ich mache keinen Aufstand, ich habe lediglich gefragt, was mit dem Brot passiert ist.«

»Mit dem halben Ganzen, von dem jetzt nur noch ein Viertel übrig ist.« Robin fand nie ein Ende, wenn er spürte, dass seine Provokationen erfolgreich waren.

Ella warf ihm einen warnenden Blick zu. »Übertreib es nicht!«

Sie wusste genau, dass sie ihren Sohn damit erst recht herausforderte.

Robin öffnete den Mund, doch dann lächelte er und gab nach. »Na gut. Wann kommt Papa nach Hause?«, wechselte er das Thema, aber diese Frage verbesserte Ellas Laune keineswegs. Es fiel ihr schwer, sich nicht anmerken zu lassen, wie sehr es in ihr rumorte. Eilig wandte sie ihm den Rücken zu. »Keine Ahnung.« Sie hörte, wie Robin aufstand und näher kam.

»Habt ihr Stress?« Er klang besorgt.

»Nein«, murmelte Ella.

»Wirklich nicht?«

Ella dreht sich um. Er stand neben ihr, fast einen Kopf größer als sie, dünn und schlaksig, mit seinem weichen Flaum auf dem Kinn und unter der Nase.

Sie wünschte sich, er würde sich rasieren, doch Robin trug voller Stolz seinen spärlichen Bartwuchs als Zeichen seiner erwachenden Männlichkeit. Ihr Sohn wurde erwachsen und ließ sich offensichtlich auch nichts von ihr vormachen. »Es ist ... ein wenig schwierig gerade«, gab sie zögernd zu, und dann belog sie ihn, obwohl sie es eigentlich nicht wollte: »Es renkt sich schon wieder ein.«

Alles in ihr zog sich bei diesen Worten zusammen. Der Schmerz war immer noch unerträglich, obwohl sie es gewesen war, die Anfang Oktober die Worte ausgesprochen hatte: »Ich will die Scheidung!«

Selbst heute, fast drei Wochen später, wusste sie immer noch nicht, warum sie das gesagt hatte. Um Max zu erschrecken? Um das Entsetzen in seinem Gesicht zu sehen, weil sie davon überzeugt war, dass er die Scheidung ebenso wenig wollte wie sie selbst?

Doch Max war völlig ruhig geblieben. Er hatte sie angesehen, lange und schweigend, und schließlich zustimmend genickt. »Einverstanden.« Dann hatte er sich umgedreht und war gegangen.

Seitdem quälte sie der Gedanke, dass er die endgültige Trennung wirklich wollte und erleichtert war, weil sie es ausgesprochen hatte.

Ella wurde plötzlich bewusst, dass ihr Sohn sie immer noch prüfend anschaute. Sie zwang sich zu einem Lächeln. »Ich weiß, dass Papa und ich in letzter Zeit ziemlich viel streiten, aber …«

»Eben nicht«, fiel Robin ihr ins Wort. »Ihr redet überhaupt nicht mehr miteinander, und das fällt schon auf, nachdem ihr euch vorher nur noch gestritten habt.«

Ella wusste nicht, was sie darauf antworten sollte. Er hatte ja recht. Diese ständigen Streitereien waren der Grund gewesen, weshalb sie alle Anfang des Jahres von Düsseldorf nach Tannreuth gezogen waren. Ihre Ehe hatte sich da schon in einer Krise befunden, weil Max kaum noch zu Hause war, sondern sich überwiegend in der Freiburger Filiale seiner Werbeagentur aufgehalten hatte. Immer wieder hatte er betont, dass er als Teilhaber des Unternehmens nun einmal keinen normalen Achtstundentag einhalten konnte. Die ständigen Fahrten nach Freiburg rechtfertigte er damit, dass es zunehmend anspruchsvollere Aufträge gab, die seine Anwesenheit erforderten. Selbst auf Ellas ironische Frage, warum sein Partner diese Reisen nicht übernehmen konnte, hatte Max prompt eine Antwort: »Wenn ich ein Projekt beginne, bringe ich es auch zu Ende.«

Das war stets der Punkt gewesen, an dem die Diskussion in einen Streit ausgeartet war. Vielleicht hätte sich nie etwas geändert, wenn ihre damals noch vierjährige Tochter Lilly vor ungefähr einem Jahr ihren Vater nicht nachdenklich gemustert und gefragt hätte: »Wohnst du jetzt wieder bei uns, Papa?«

»Papa ist lieber in seinem doofen Büro als bei uns«, hatte die siebenjährige Mathilda geantwortet, bevor Max etwas erwidern konnte.

Das endlich hatte bei Max etwas bewirkt. Nach vielen Gesprächen hatten sie gemeinsam beschlossen, in die Nähe von Freiburg zu ziehen, nach Tannreuth. Aber es hatte sich nicht wirklich etwas geändert. Denn nun war immer öfter Max' Anwesenheit in Düsseldorf erforderlich. Er war weiterhin so gut wie nie zu Hause.

Dafür hatte Ella ihren geliebten Job in einer Kunstgalerie gekündigt und lebte nun in einem alten Haus, inmitten eines kleinen Dorfes anstatt in der modernen Düsseldorfer Wohnung. Sie hatte Heimweh, außerdem war sie schrecklich enttäuscht, weil sich ihre Hoffnungen nicht erfüllt hatten. Max und sie waren sich einig gewesen, dass sie mit diesem Umzug ihre Ehe retten wollten – und jetzt standen sie vor der Scheidung. Mit einem Mal erfasste Ella eine unsagbare Wut. Wofür hatte sie eigentlich alles aufgegeben, was ihr wichtig gewesen war, während ihr Mann weiter so lebte wie bisher? Nur eben mit einem geänderten Wohnort.

Zudem ließ Ella das Gefühl nicht los, dass Max' Assistentin Tosca eine immer größere Rolle in seinem Leben spielte.

Nein, da konnte sie auch gleich zurück nach Düsseldorf.

Der Gedanke war ihr in den letzten Tagen immer häufiger und drängender gekommen, aber der Schritt würde ihr leichterfallen, wenn die Kinder ihren Wunsch teilten. Doch an diesem Punkt war Ella unsicher. Vor allem die beiden Kleinen fühlten sich in Tannreuth sehr wohl. Mathilda hatte ihr mehrfach mitgeteilt, dass der Schwarzwald sehr viel schöner sei als die Großstadt, obwohl ihr Vater hier ebenso wenig Zeit für sie und ihre Geschwister hatte wie in Düsseldorf. *Und für mich auch nicht*, fügte sie in Gedanken hinzu.

»Mama«, hörte sie Robin vorsichtig sagen. »Du bist auf einmal ganz rot im Gesicht.«

Ella presste die Hände gegen ihre Wangen, lächelte schwach. »Es ist ziemlich warm hier drin.«

»Das finde ich nicht.« Robin verzog das Gesicht. »Die Heizung in dieser alten Bude funktioniert immer noch nicht richtig, obwohl der Heizungsmensch schon so oft da war. Das nervt.«

»Das stimmt. Möchtest du zurück nach Düsseldorf?«, wagte Ella zu fragen.

Robin schwieg nachdenklich. »Nee, lieber nicht«, sagte er schließlich. »Anfangs fand ich es hier ziemlich öde, und ich habe meine Freunde in Düsseldorf vermisst. Aber Freiburg ist gar nicht so schlecht, und ein paar Typen aus meiner Klasse sind ganz cool.«

Ella war enttäuscht, hatte eine andere Antwort erhofft. Doch wie so oft gelang es ihr, sich nichts anmerken zu lassen. »Vor allem die Mädchen?«, fragte sie lächelnd.

Diesmal war es Robin, dessen Gesicht rot anlief. »Ja, da ist eine, die ist voll gut«, brachte er hervor. »Aurora ...« Er lächelte verträumt. »Ich finde schon den Namen toll. Ihre Eltern kommen aus Italien, sie haben ein Restaurant in Freiburg.«

»Wie schön!« Ella freute sich ehrlich. Ihr Sohn war zum ersten Mal richtig verliebt! »Wir können da alle einmal essen gehen«, schlug sie schmunzelnd vor, wohl wissend, wie ihr Sohn reagieren würde.

»Auf keinen Fall«, fuhr er auf. »Wie peinlich ist das denn?«

»Ja, das stimmt natürlich.« Ella grinste breit. »In deinem Alter fand ich meine Eltern auch peinlich.«

Robin starrte sie an. »Oma und Opa? Niemals! Die waren doch bestimmt die coolsten Eltern der Welt.«

Ella musterte ihn liebevoll. Ihre Eltern waren vor ein paar Jahren kurz nacheinander gestorben, da waren Mathilda und Lilly noch so klein, dass sie sich überhaupt nicht an sie erinnern konnten. Robin aber verband mit seinen Großeltern vor allem das letzte gemeinsame Weihnachtsfest, als er das coole batteriebetriebene Polizeiauto bekommen hatte, in das er sich hineinsetzen und das er selbst fahren konnte. Weil es auch noch einen Beifahrersitz gab, war er der Star unter seinen gleichaltrigen Freunden gewesen.

Ella stieß einen Seufzer aus. Ja, das war ein wirklich glückliches

Weihnachtsfest gewesen. Noch dazu in Düsseldorf. Nun stand Weihnachten wieder vor der Tür, und sie hingen in diesem Kaff fest. Offensichtlich sehnte nur sie sich zurück in die Großstadt. Gerade jetzt, wenn die Lichter der riesigen Tanne den Platz vor dem Rathaus beleuchteten, und überall die Weihnachtsmärkte eröffnet wurden. Sie würde sich mit ihrer Kollegin Silke, die auch ihre beste Freundin war, treffen, mit ihr über die Märkte schlendern und Glühwein bis zum Abwinken trinken …

In genau diesem Moment klingelte ihr Handy. Auf dem Display las sie Silkes Namen. »Ich habe gerade an dich gedacht«, sagte sie statt einer Begrüßung.

»Du fehlst mir«, klagte Silke.

»Du mir auch, du ahnst gar nicht, wie sehr.« Silke war ihre beste Freundin, ihre innigste Vertraute, und sie war die Einzige, mit der sie über ihre Eheprobleme gesprochen hatte. »Am liebsten würde ich meine Sachen packen und sofort nach Düsseldorf zurückkommen.«

»Mach das doch!« Silkes Stimme klang hoffnungsfroh.

»Wenn da nicht drei Kinder wären, die ich nicht einfach nach Düsseldorf verfrachten kann.« Ella stieß einen tiefen Seufzer aus.

»Umgekehrt ging es ja auch«, erwiderte Silke trocken.

»Da hatten wir das Haus hier ersteigert und wussten, wo wir wohnen werden. Ich müsste eine Wohnung für die Kinder und mich suchen, eine neue Arbeitsstelle …« Sie brach ab. Allein der Gedanke an all das, was mit einem Umzug verbunden war, erschöpfte sie bereits. »Mal abgesehen davon, dass die Kinder gar nicht mehr nach Düsseldorf zurückwollen«, fügte sie hinzu.

Robin schaute sie beschwörend an und legte den Zeigefinger über die Lippen.

Ella schüttelte leicht den Kopf und gab ihm damit zu verstehen, dass sie seinem Wunsch entsprechen und nichts über Aurora und seine erste junge Liebe verraten würde. Bevor sie ihr Gespräch mit Silke fortsetzte, bat sie Robin, zum Bäcker zu gehen. »Er hat nur noch eine halbe Stunde auf.«

»Ich kann nicht«, behauptete Robin. »Ich muss für eine Mathe-Klausur lernen.« Damit zog er sich wohlweislich zurück und ließ sich auch nicht mehr blicken, als Ella ihm nachrief: »Dazu hast du morgen den ganzen Tag Zeit, da ist Sonntag.«

»Ich wette, das hat er geflissentlich überhört«, sagte Silke am anderen Ende der Leitung.

»Ja, hat er«, bestätigte Ella. »Vielleicht sollte ich einmal ernsthaft mit dem Gedanken spielen, alleine nach Düsseldorf zurückzukommen und die Kinder bei Max zu lassen.«

Silke lachte. »Das würdest du nie übers Herz bringen.«

»Natürlich nicht!« Ella atmete tief durch.

»Wie geht es dir überhaupt?«, fragte Silke.

»Ich habe keine Ahnung.« Ella seufzte. »Meine Gefühle fahren Achterbahn, und meine Gedanken drehen sich ständig im Kreis, ohne eine Lösung zu finden.«

»Ach Mist! Ich wünschte, ich wäre jetzt bei dir und könnte dich in den Arm nehmen«, sagte Silke liebevoll. »Es tut mir echt weh, dass es so gekommen ist! Ich zerbreche mir auch schon dauernd den Kopf, wie ich dir helfen kann.«

»Das musst du nicht«, entschuldigte sich Ella. »Ich will dich nicht mit meinen Problemen runterziehen.«

»Das machst du doch nicht. Ich bin deine Freundin! Wem sonst solltest du dich anvertrauen?« Silke schwieg einen Moment. »Apropos Max ... das ist auch der Grund, warum ich anrufe ... ich habe ihn gestern gesehen.« Silkes Zögern und ihr Tonfall verrieten, dass sie diese Begegnung beschäftigte. »In den Kasematten am Rheinufer. Er war dort mit ein paar Leuten im Café. Offensichtlich Kollegen ...« Erneut geriet sie kurz ins Stocken. »Und einer Kollegin.«

Ella war sofort alarmiert. »Groß, schlank, lange rote Haare?«

»Du kennst sie?«, schlussfolgerte Silke.

»Das ist Tosca Bastin, Max' Assistentin. Und sie sieht verdammt gut aus. Ich weiß genau, was du gedacht hast.«

»Und du? Was denkst du? Bist du sicher, dass sie nur seine Assistentin ist?«

Ella rang mit sich. »Ich weiß es nicht«, sagte sie schließlich ehrlich. »Ich habe nie irgendwas Konkretes bemerkt, aber manchmal frage ich mich, ob er deswegen meine Bitte um die Scheidung so gelassen hingenommen hat. Weil er für sie frei sein will.« Sie stieß erneut einen Seufzer aus. »Hattest du das Gefühl, dass die beiden besonders vertraut miteinander sind?«

»Keine Ahnung ... Ich habe sie ja nur kurz gesehen und nicht beobachtet. Sie ist mir wahrscheinlich nur deshalb aufgefallen, weil sie eine so strahlende Schönheit ist. Ich will da jetzt auch keine Gerüchte in die Welt setzen.«

»Okay.« Ella schloss die Augen, aber die Bilder, die ihre Fantasie ihr vorspielte, waren trotzdem da. Sie hatten sich in den Monaten der Einsamkeit tief in ihr eingebrannt: Max und Tosca ... Nein, das tat ihr nicht gut. Sie schüttelte den Gedanken ab. »Ich will jetzt nicht darüber nachdenken. Sag du mir lieber, wie es dir geht.«

»Ich vermisse dich«, kam Silke zum Ausgangspunkt ihres Gespräches zurück. »Und kann dich nur immer wieder ermutigen, wieder nach Düsseldorf zu ziehen. Das mit der Wohnung kriegen wir schon hin. Und wenn du dich tatsächlich dazu entschließen solltest, bietet Jesko dir garantiert wieder einen Job an.«

»Da wäre ich mir nicht so sicher.« Ella dachte an das letzte Gespräch mit ihrem extravaganten Chef. »Er war ziemlich sauer, als ich gekündigt habe. Er fand es total egoistisch, dass ich nicht mehr in der Galerie arbeiten, sondern stattdessen mit meiner Familie nach Tannreuth ziehen wollte.«

»Das nimmt er dir immer noch übel, trotzdem würde er dich

sofort wieder einstellen. Aber sei ein bisschen nachsichtig mit ihm. Er hat ja nicht nur dich verloren. MoKo ist auch weg.«

Der bekannte Streetart-Künstler, dessen Identität niemand kannte und dessen Werke immer völlig überraschend plötzlich irgendwo in der Öffentlichkeit auftauchten, hatte sein bisher letztes Werk an die Galerie verkauft. Ella war stolz über ihren Verhandlungserfolg gewesen und auch Jesko mehr als zufrieden mit der erhöhten Aufmerksamkeit, die die Galerie dadurch erfahren hatte. Natürlich hatten sie gehofft, weitere Werke des Künstlers erstehen zu können. Doch seit Anfang des Jahres, also beinahe zeitgleich mit Ellas Umzug nach Tannreuth, schien er sich in Luft aufgelöst zu haben. Weder hatte er von sich hören lassen, noch war irgendwo ein Kunstwerk von ihm aufgetaucht. Er war schlicht von der Bildfläche verschwunden.

»Das stimmt, das war sicher der noch herbere Schlag«, sagte Ella grinsend. »Aber ich weiß nicht, ob Jesko auch mich wirklich zurücknehmen würde«, fügte sie ernster hinzu. Sie musste zugeben, dass der Gedanke, wieder in der Galerie zu arbeiten, sich im Moment gut anfühlte.

»Warum kommst du nicht einfach für ein paar Tage?«, schlug Silke vor. »Wenn du Abstand von diesem komischen Schwarzwalddorf hast, kannst du vielleicht auch wieder klarer denken.«

Ella war sofort versucht, Silkes Vorschlag anzunehmen. Einfach weg hier, und wenn es nur für ein Wochenende wäre! Aber nein, es ging nicht. »Ich habe drei Kinder«, wandte sie ein.

»Die Kinder haben doch einen Vater …«

»Der, wie du weißt, leider so gut wie nie zu Hause ist«, fiel Ella ihrer Freundin ins Wort.

»Na ja, wenn du weg bist, bleibt ihm nichts anderes übrig, oder?« Silke lachte. »Im Ernst, pack doch einfach deine Reisetasche, und sobald er sich zu Hause blicken lässt, sagst du ihm, dass er sich ein paar Tage um die Kinder kümmern muss. Dann fährst du los.«

Ella überlegte. Es widerstrebte ihr, Max die Pistole auf die Brust zu setzen, gleichzeitig wusste sie, dass er niemals zustimmen würde, wenn sie ihn im Vorfeld bitten würde, auf die Kinder aufzupassen. Ihr bleib also nichts anderes übrig, wenn sie sich diese kurze Auszeit nehmen wollte.

»Oder glaubst du, er würde die Kinder einfach allein lassen?«, hakte Silke nach.

»Nein, bestimmt nicht.« Da war Ella sicher. Sie rang mit sich. »Also gut, ich mache es«, sagte sie schließlich. »Ich werde mich zwar wie eine Rabenmutter fühlen, aber das ist immer noch besser, als hier weiter zu versauern. Und es ist ja auch nur für ein paar Tage. Danach sehen wir weiter.« Sie schwieg einen Moment. »Es wird mir helfen.« Plötzlich kam ihr ein Gedanke: »Kannst du dich noch an unsere Baumrettungsaktion erinnern?«, fragte sie lachend. »Als die Stadt die alten Ulmen in Kaiserswerth fällen lassen wollte?«

»Ja, natürlich!« Auch Silke lachte. »Wir haben die Bäume gerettet. Und darauf können wir beide stolz sein. Aber wieso denkst du ausgerechnet jetzt daran?«

»Weil es das letzte Mal war, dass ich etwas Spontanes gemacht habe. Und damals war ich sehr stolz auf unsere Aktion und die geretteten Bäume ... Ein bisschen so wie jetzt. Wobei«, wieder lachte sie, »ich jetzt nichts anderes mehr als Fichten und Tannen sehe. Du ahnst nicht, wie viele Bäume hier herumstehen, dir die Sicht und oftmals auch den Weg versperren. Egal, aus welchem Fenster ich schaue, überall sind Bäume.«

»Deshalb heißt der Schwarzwald ja auch Schwarzwald«, erwiderte Silke sanft. »Schon die alten Römer haben ihn so genannt, weil da ziemlich viel Gelände von Wäldern bedeckt war.«

»Ich wünsche mir zu Weihnachten eine Kettensäge«, sagte Ella trocken, worauf Silke einen Lachanfall bekam. Ella konnte nicht anders, als einzustimmen. Sie hatte sich noch nicht richtig beruhigt, als aus der oben Etage plötzlich lautes Geschrei der Mädchen ertönte. Hastig beendete sie das Gespräch.

»Wir sehen uns?«, hakte Silke nach.

»Wir sehen uns«, versprach Ella entschlossen.

Auf dem Weg die Treppe hinauf warf Ella einen Blick auf die Uhr. Ihr blieb nur noch eine Viertelstunde, bevor Bäcker Eckert seinen Laden schloss.

Mathilda und Lilly schrien immer noch, und das in Mathildas Zimmer. Die beiden waren selten ein Herz und eine Seele, im Gegenteil, sie stritten oft. Jetzt allerdings klang es weder wütend noch schmerzerfüllt. Ella stieß hastig die Tür auf. Mitten im Raum stand Mathilda und hielt ein Deospray mit ihrer rechten Hand, während Lilly sich einen Trinkbecher vor den Mund presste. Die beiden verstummten, als Ella eintrat.

»Was macht ihr da?« Ella schaute von einer zur anderen.

Mathilda stemmte die freie Hand in ihre Taille. »Wir sind Rocksängerinnen. Hörst du das denn nicht?«

Ella bemühte sich um eine ernsthafte Miene. »Natürlich. Warum habe ich das nicht gleich erkannt?«

»Mama hört lieber Schlager«, sagte Mathilda zu ihrer fünfjährigen Schwester.

»Ich weiß nicht, was das ist«, bekannte Lilly.

»Lala-Musik«, war Robins Stimme hinter der verschlossenen Badezimmertür gleich nebenan zu hören.

»Wolltest du nicht für deine Mathearbeit lernen?«, rief Ella zurück.

»Dazu hab ich doch morgen noch Zeit«, kam es. »Das hast du selbst gesagt.«

Ella ärgerte sich darüber. »Dann hättest du doch das Brot holen können.«

»Das geht jetzt nicht, ich sitze gerade in der Badewanne.«

»Dann sieh zu, dass du rauskommst«, befahl Ella. »Du musst auf deine Schwestern aufpassen, während ich weg bin.«

Lilly reckte das Stupsnäschen. »Ich kann auf mich selbst aufpassen. Und auf Mathilda. Und auf Robin. Du kannst ruhig Brot holen.«

»Ich bin zwei Jahre älter als du«, wies Mathilda ihre Schwester zurecht. »Ich kann besser auf uns aufpassen.«

»Ihr passt auf euch alle auf, und vor allem du passt auf, Robin«, rief Ella laut. »Ich bin in zehn Minuten zurück.«

Außer Bäcker Eckert war noch Odilia Hintze, Ellas direkte Nachbarin, in der Bäckerei. Sie überhörte Ellas Gruß geflissentlich, während Lorenz Eckert ihr zumindest zunickte.

Weil Odilia Hintze sich zwischen den Kuchenstücken in der Auslage noch nicht entscheiden konnte, wurde Ella zuerst bedient. Sie kaufte ein Brot, bezahlte und verließ den Laden wieder. Kurz bevor die Tür hinter ihr ins Schloss fiel, hörte sie noch, wie Odilia Hintze dem Bäcker zuraunte: »Jedes Mal, wenn ich die sehe, muss ich an die arme Monika Lieberg denken. Nur wegen der und ihrem Mann wurde Monika aus ihrem Haus geworfen«

Ella schloss kurz die Augen. Sie rang mit sich. Am liebsten wäre sie zurückgegangen, um Odilia Hintze noch einmal in aller Deutlichkeit zu sagen, dass sie und Max nicht für die finanziellen Schwierigkeiten ihrer Vorbesitzerin verantwortlich waren. Sie kannte die Frau nicht einmal!

Doch als Ella sich umdrehte und den hasserfüllten Blick ihrer Nachbarin sah, wurde ihr klar, dass nichts Odilia Hintzes Meinung ändern konnte. Leise zog sie die Ladentür hinter sich zu und machte sich auf den Heimweg. Die Idee, zukünftig wieder in Düsseldorf zu leben, nahm dabei zunehmend Gestalt an.

# Kapitel 2

Tante Laura, du musst den Mann aus dem Waldhaus werfen!«, verlangte Juna. »Sofort!« Die Sechsjährige saß auf dem Sofa, hatte Kasimir auf dem Schoß und streichelte ihn hingebungsvoll. »Unser Kasimir hat Todesangst!«

Das Schnurren des Katers verhieß genau das Gegenteil.

»Ich kann Herrn Roth nicht einfach so rauswerfen«, wandte Laura ein und fügte in Gedanken ein *»Leider«* hinzu.

»Warum nicht?«

Junas verzweifelte Miene rührte Laura. Ihre Nichte hatte Angst um Kasimir. Eine durchaus berechtigte Sorge, die Laura teilte.

»Weil Herr Roth einen Mietvertrag hat, an den auch wir uns halten müssen. Das heißt, Tobias muss sich daran halten, denn das Waldhaus gehört ja ihm.«

»Dann sage ich Tobias, dass er den Mann aus dem Haus wirft.« Trotzig schob die Sechsjährige die Unterlippe vor, ihre Augen füllten sich mit Tränen.

»Ach, Juna.« Laura setzte sich neben das Mädchen und schloss es in die Arme. Kasimir nahm das gleich zum Anlass, von Junas auf Lauras Schoß zu klettern.

»Ich hab so Angst, dass Henry den Kasimir totbeißt. Der Mann jagt Henry immer hinter Kasimir her.«

»Wie bitte?« Das war neu für Laura.

»Ich habe gehört, wie er das gerufen hat. Eben, als Kasimir draußen war, hat er laut gesagt: Da ist die Katze, Henry.«

Laura zweifelte keinen Moment an den Worten ihrer Nichte. Wütend presste sie die Lippen aufeinander. Nichts hatte sich geändert, obwohl Tobias vor zwei Tagen mit Burkard Roth gesprochen hatte.

»Eigentlich habe nur ich geredet«, hatte Tobias nach seiner Rückkehr erzählt. »Aber ich glaube, er hat jetzt verstanden, dass es reicht!«

Burkard Roth hatte nichts verstanden!

Laura schob Kasimir zurück auf Junas Schoß und erhob sich. »Ich werde Herrn Roth wohl nochmal an das Gespräch erinnern müssen«, sagte sie entschlossen, doch bevor sie das Zimmer verlassen konnte, kam Tobias die Treppe herunter. Wie immer, wenn Laura ihn sah, durchströmte sie ein warmes Gefühl. Sein dunkles Haar war verstrubbelt. Es war ihm anzusehen, dass er gerade erst aufgestanden war. Seine Haut war selbst um diese Jahreszeit noch so gebräunt, als wäre er gerade aus dem Urlaub in südlichen Gefilden heimgekehrt. Sicher lag das daran, dass er sich als Architekt viel auf den Baustellen aufhielt, die er betreute. Er gähnte laut hinter vorgehaltener Hand, doch dann stutzte er. »Was ist passiert?«, fragte er Laura.

»Burkard Roth ist passiert. Wieder einmal! Ich werde ihm jetzt verkünden, dass es uns endgültig reicht.«

»Ach, das weiß er doch! Reden bringt bei dem gar nichts«, stieß Tobias wütend hervor. »Wir müssen den irgendwie ... loswerden.«

Sie schauten sich an, und Laura musste plötzlich lachen. »Mach du das«, bat sie. »Ich gebe dir ein wasserdichtes Alibi.«

»Ich auch«, stimmte Juna zu. »Wenn der Mann dann für immer weg ist.« Fragend schaute sie Laura an. »Was ist ein Alibi?«

»Wenn jemand etwas Schlimmes gemacht haben soll und jemand anderes sagt, dass er es nicht gewesen sein kann, weil diese Person zu der Zeit bei ihm gewesen ist, dann nennt man das ein Alibi«, erklärte Laura in dem Wissen, dass weitere Fragen folgen würden.

»Und wenn man das Alibi sagt, obwohl das nicht stimmt?«, kam es auch prompt.

»Dann ist es kein Alibi, sondern eine Lüge«, erklärte Laura. Schließlich hatte sie mit den drei Kindern ihrer Schwester auch einen erzieherischen Auftrag übernommen. Und den nahm sie sehr ernst.

»Wenn du den Mann wegmachst, lüge ich für dich«, erklärte Juna Tobias treuherzig.

*Na toll*, dachte Laura. Sie ging vor Juna in die Hocke. »Nein, das machst du nicht«, sagte sie sehr bestimmt. »Wir lassen niemanden verschwinden, und wir lügen auch nicht.«

»Natürlich nicht«, stimmte Tobias ihr zu, grinste aber über das ganze Gesicht.

»Kannst du nicht machen, dass der Mann mit Henry weggeht? Das ist doch dein Haus. Ich will nicht, dass die neben uns wohnen. Der Mann soll sich mit seinem Hund ein neues Zuhause suchen«, bettelte Juna. »Ich hab so Angst um Kasimir.«

»Wir lassen nicht zu, dass Kasimir etwas passiert«, sagte Tobias beruhigend.

»Also gut. Ich gehe jetzt noch ein letztes Mal zu ihm«, beschloss Laura. »Wenn das nichts nützt, bleibt uns immer noch der Rechtsweg.«

»Genau! Wozu haben wir eine Anwältin in der Familie?« Tobias nickte Juna zu. »Laura regelt das schon.«

»Am besten sofort.« Laura setzte sich in Bewegung.

Sie musste sich Burkard Roth vorknöpfen, bevor ihre Wut verrauchte.

Im Flur tauschte sie die Pantoffeln gegen ihre Winterschuhe

und zog anschließend ihre gefütterte Jacke über. Kalte Luft schlug ihr entgegen, als sie die Tür öffnete. In diesem Jahr hatte es früh angefangen zu schneien. Pulvriger Schnee bedeckte den Boden und die Tannen, die sich auf dem Hang hinter den Häusern in den Himmel streckten. Tiefes Schweigen erfüllte den Oktobermorgen.

Die beiden Häuser, in denen Laura mit ihrer Familie und ihr Nachbar Burkard Roth lebten, lagen außerhalb des Dorfes, einen Fußweg von wenigen Minuten entfernt. Ein Paradies, sommers wie winters. Aber wie in jedem Paradies war auch in Tannreuth die Schlange unvermeidlich. Hier lebte sie gleich nebenan – bewacht von Zerberus.

Der Hund schlug bereits an, bevor Laura das Waldhaus erreicht hatte. Kurz hielt sie inne. Sie hatte Respekt vor dem Tier, das jetzt furchteinflößende Laute von sich gab. Immer wieder unterbrach es das Gebell, um böse zu knurren.

*Er wird es nicht zulassen, dass sich der Hund auf mich stürzt*, sagte sie sich in Gedanken. *Das wird selbst Burkard Roth nicht wagen.*

Entschlossen drückte sie die Klingel. Das Schrillen übertönte sogar das Bellen des Hundes, der sich daraufhin noch wütender gebärdete. Zumindest klang es so.

Burkard Roth öffnete nicht, also klingelte Laura ein zweites Mal, und auch jetzt musste sie lange warten. Gerade als sie die Hand hob, um ein drittes Mal zu klingeln, wurde die Tür von innen aufgerissen. Wütend starrte Burkard Roth sie an, während der Rottweiler im selben Moment verstummte. Er stürzte sich auch nicht auf Laura, sondern blieb neben seinem Herrchen stehen. Die gesamte Haltung des massigen Tieres wirkte bedrohlich. Er ließ Laura nicht aus den Augen.

»Was wollen Sie?«, herrschte Burkard Roth sie an.

Laura musterte ihn. Er war sehr schlank, fast schon hager. Sein dunkles Haar war kurz geschnitten und von grauen Strähnen durchzogen. Seine dunklen Augen musterten sie missbilligend von Kopf bis Fuß, dann begann er zu grinsen.

»Muss ich das wirklich noch einmal ausführen?«, fragte sie. Wahrscheinlich war es ihr verärgerter Tonfall, der den massiven Rottweiler dazu veranlasste, die Lefzen hochzuziehen und sein gefährliches Gebiss zu präsentieren.

»Halt die Klappe«, sagte Burkard Roth, als der Hund leise knurrte.

»Ihr Hund hat schon wieder unseren Kater gejagt«, beschwerte sich Laura.

»Er will doch nur spielen«, spöttelte Burkard Roth.

*Ruhig, Laura,* ermahnte sie sich selbst, doch Burkard Roth setzte noch einen drauf: »Henry hat Kätzchen zum Fressen gern.«

Unglaublich, dass dieser Mann über seinen dämlichen Witz auch noch lachen konnte! Laura maß ihn mit einem scharfen Blick. »Es reicht jetzt endgültig, Herr Roth! Entweder sorgen Sie dafür, dass Ihr Hund unseren Kater nicht mehr jagt …«

»Oder?«, forderte Burkard Roth sie mit einem unverschämten Lächeln heraus.

»Oder wir klären das Ganze vor Gericht«, sagte Laura entschlossen. Dabei hatte sie nicht den Eindruck, dass ihre Worte ihn beeindruckten. Er lächelte noch immer.

»Im schlimmsten Fall müssen Sie mit einer fristlosen Kündigung rechnen.«

Jetzt zog er eine Augenbraue in die Höhe. »Ich habe einen gültigen Mietvertrag und zahle meine Miete pünktlich.«

»Sie lassen einen bissigen Hund frei herumlaufen. Das rechtfertigt auf jeden Fall eine fristlose Kündigung.«

»Henry hat noch nie gebissen!«

Ein Argument, das Laura nicht widerlegen konnte.

»Ich denke, damit haben wir alles geklärt«, ergänzte er, bevor sie etwas entgegnen konnte.

»Nein, haben wir nicht …« Weiter kam sie nicht. Burkard Roth schlug ihr einfach die Tür vor der Nase zu.

»Ich betreue einen Neubau in Merzhausen. Ein Wort von dir, und ich versenke Burkard Roth im Fundament«, flüsterte Tobias ihr zu, als sie ihm nach ihrer Rückkehr von der Auseinandersetzung berichtete. Wie so oft brachte er sie auch diesmal zum Lachen, ihr Ärger verrauchte. Als er sie in die Arme nahm, schmiegte sie sich an ihn. »Was sollen wir nur machen?«, fragte sie leise. »Irgendwann erwischt diese Bestie unseren Kasimir.«

»Wir sollten ihn vorerst nicht mehr rauslassen.« Tobias klang jetzt besorgt. »Ich habe Angst um ihn und möchte ihn schützen. Wir verdanken ihm alle so viel.«

Laura nickte. Ihre Gedanken wanderten zurück ins vergangene Jahr. Durch Kasimir hatte sie Tobias kennengelernt, als der sich, einsam und unglücklich, im Nachbarhaus verschanzt hatte. Und Kasimir hatte auch dafür gesorgt, dass Tobias sich nach Jahren mit seinem Vater versöhnte. Vor allem aber war der kleine Kater für die Seelen der drei verwaisten Kinder im Haus Trost und Glück zugleich.

»Vielleicht erkennt Herr Roth, dass mit mir nicht zu spaßen ist, wenn er erst einmal weiß, dass ich Rechtsanwältin bin.«

»Was hast du vor?«, fragte Tobias.

»Ich mache meine Drohung wahr und schicke ihm ein offizielles Schreiben mit Briefkopf der Anwaltskanzlei. Ich hoffe, das beeindruckt ihn ein wenig.«

»Ja, das ist eine gute Idee. Vielleicht reicht das ja schon, damit er Henry anleint. Die Rechtslage ist doch eindeutig, oder?«, wollte Tobias wissen. »Oder darf er seinen Hund frei herumlaufen lassen?«

»Ja, ist sie. Auf keinen Fall darf der Hund auf unser Grundstück oder sogar ins Haus kommen. Wir könnten auf Unterlassung klagen und …« Laura brach ab. »Wollen wir uns wirklich über dieses unerfreuliche Thema unterhalten? Ich werde ihm diesen Brief schreiben, danach sehen wir weiter.«

»Und wenn sich nichts ändert?«

»Ich weiß es nicht«, sagte Laura, was der Wahrheit entsprach. Nur kurz ließ sie einen Anflug von Mutlosigkeit zu. »Wir schaffen das schon«, sagte sie überzeugt.

»Ja, wir schaffen das.« Tobias küsste sie. »Zusammen schaffen wir alles.«

# Kapitel 3

Per SMS hatte Max ihr Mitte der Woche seine Ankunft mitgeteilt: *Komme Freitagmittag nach Hause.*

Ella hatte lange überlegt, ob sie darauf antworten sollte. Und als sie sich endlich dazu durchgerungen hatte, musste sie erst noch überlegen, was sie schreiben wollte. Ihre Antwort war kurz und bündig gewesen: *Ja.*

Danach hatte sie sofort Silke geschrieben: *Komme Freitagabend nach Hause.* Erst nachdem sie die Nachricht abgeschickt hatte, fiel ihr auf, dass sie die gleiche Formulierung benutzt hatte wie Max.

Es war erschreckend, dass sie sich nach mehr als acht Monaten in Tannreuth immer noch nicht eingelebt hatte und Düsseldorf nach wie vor als ihr Zuhause betrachtete.

Zwei Minuten später rief Silke an. »Ich hoffe, du überlegst es dir im letzten Moment nicht doch noch anders!«

»Ganz bestimmt nicht«, versicherte Ella. »Ich freue mich schon sehr.«

Bis zu Max' Heimkehr kochte sie für ihn und die Kinder vor. Zwischendurch packte sie ihre Reisetasche und stellte sie schließlich ins Auto.

Und dann war er da. Groß und mit breiten Schultern. Sein

Bart war länger als sonst, sein Haar auch. Offensichtlich hatte die Zeit nicht für einen Besuch bei seinem bevorzugten Frisör in Düsseldorf gereicht. Er trug Jeans und einen grünen Pullover. Den hatte Ella ihm kurz vor ihrem Umzug nach Tannreuth gekauft, weil er die gleiche Farbe hatte wie seine Augen.

Sie musste sich zusammenreißen, um ihn nicht anzustarren. Eigentlich sollte es ihr nichts ausmachen, aber sein Anblick brachte sie weitaus mehr aus der Fassung, als sie erwartet hatte, und es zeigte ihr, wie sehr sie ihn immer noch liebte. Aber manchmal reichte Liebe einfach nicht aus ...

Damit er nicht merkte, was sie empfand, rettete sie sich in bissige Ironie. »Wie nett, dass du dich mal wieder blicken lässt.«

»Ich hätte nicht gedacht, dass dir das wichtig ist.« Er wirkte völlig ungerührt.

»Es geht um die Kinder!«, schob sie vor.

Er reagierte nicht sofort, dann lächelte er plötzlich spöttisch. »Ich hatte ständig Kontakt mit Robin, ich weiß also, wie es den Kindern geht.«

Davon hatte Robin ihr gar nichts gesagt! Ella war verwirrt und verärgert zugleich. »Und wie lange bleibst du?«, fragte sie spitz.

»Keine Ahnung. Spielt das eine Rolle?«

»Aber übers Wochenende bist du hier?«

»Ja.« Fragend schaute er sie an. »Warum?«

»Weil du dich jetzt um die Kinder kümmern wirst. Zur Abwechslung bin ich einmal weg.«

Er war sichtlich überrascht. »Wo willst du denn hin?«

Ella benutzte seine Worte: »Spielt das eine Rolle?« Damit ging sie an ihm vorbei zur Tür. »Sonntag komme ich zurück.«

»Moment!«, rief er ihr nach, als sie die Küche verlassen wollte. »Du kannst doch nicht einfach verschwinden.«

Langsam drehte sie sich um. »Warum nicht? Das machst du doch auch ständig.«

Er kniff die Augen zusammen, seine Stimme klang ärgerlich. »Das liegt an meinem Beruf.«

»Ja.« Weiter ging Ella darauf nicht ein. »Ich wünsche dir ein schönes Wochenende mit den Kindern.«

Max folgte ihr und stellte sich ihr in den Weg. »Du kannst mich nicht mit den Kindern alleinlassen. Ich muss arbeiten, ich habe Termine in Freiburg ...«

»Aber doch nicht am Wochenende.« Ella lächelte sanft. »Ich habe für die nächsten Tage vorgekocht. Alles steht beschriftet im Kühlschrank, du musst es nur in der Mikrowelle aufwärmen. Du schaffst das schon. Wir sehen uns am Sonntagabend.« Sie ging an ihm vorbei und verließ das Haus. Auch wenn sie sich nicht umdrehte, spürte sie, dass er ihr nachschaute. Als sie einsteigen wollte, rief er ihr nach. »Wo kann ich dich erreichen?«

Ella blieb stehen, antwortete aber nicht sofort.

»Wenn etwas ist«, brach es ein wenig hilflos aus ihm heraus. »Mit den Kindern oder so ...«

»Wie immer«, erwiderte sie mit einer Ruhe, die sie nicht empfand. »Ich bin auf meinem Handy erreichbar.« Damit stieg sie ein. Ella atmete tief durch, steckte den Schlüssel ins Zündschloss und startete den Wagen.

Es dauerte eine ganze Weile, bis sich ihr Pulsschlag beruhigte und sie wieder normal atmete. Immer noch sah sie Max' Gesicht vor sich. Er war wütend gewesen, zweifellos, aber kurz vor ihrer Abfahrt hatte er so hilflos ausgesehen. Auch wenn sie sich dagegen wehrte, es berührte sie tief. Um diese inneren Bilder zu vertreiben, schaltete sie das Radio ein. Da besang Céline Dion gerade ihr Herz, das weiterschlagen würde. Ausgerechnet! Die Musik trieb ihr die Tränen in die Augen. Hastig schaltete sie das Radio wieder aus.

Sie versuchte, ihre Gedanken auf Düsseldorf zu konzentrieren. Auf das, was sie und Silke am Wochenende miteinander unternehmen würden, doch es dauerte nicht lange, da war sie wieder abgelenkt.

Schon von Weitem sah sie den jungen Mann, der ein paar Meter entfernt am Straßenrand stand. Neben seinem Rucksack lehnte eine Gitarre. Er reckte ein Schild hoch, auf dem in Großbuchstaben *DÜSSELDORF* stand.

Wie von selbst drosselte Ella die Geschwindigkeit, als sie ihn passierte, und beobachtete schließlich im Rückspiegel, wie er ihr sogleich nachlief.

Ella nahm grundsätzlich keine Anhalter mit. Niemals! Und doch stoppte sie jetzt, sie wusste selbst nicht, warum. Sekunden später hatte er ihren Wagen erreicht und riss die Beifahrertür auf. Strahlend blaue Augen lächelten sie an. Er trug einen Bart, sein blond gesträhntes Haar hatte er auf dem Hinterkopf zu einem Dutt hochgebunden. Ella schätzte ihn auf Anfang zwanzig.

»Kannst du mich ein Stück mitnehmen?«

Er duzte sie. Und sie fühlte sich geschmeichelt. Wahrscheinlich war es verrückt, aber er gab ihr das Gefühl, als wäre sie kaum älter als er. Und so sagte sie das, was sie auf keinen Fall sagen wollte: »Nicht nur ein Stück, ich fahre nach Düsseldorf.«

»Heute ist mein Glückstag«, rief er begeistert. »Ich hole nur schnell meine Sachen.«

*Was mache ich hier eigentlich?* Kurz spielte sie mit dem Gedanken, Gas zu geben und einfach weiterzufahren, doch dann beobachtete sie im Rückspiegel, wie er seinen Rucksack und seine Gitarre hochnahm, und brachte es nicht übers Herz, ihn ohne Erklärung einfach stehen zu lassen. Auch als er zurückkam, brachte sie kein Wort über die Lippen. Schweigend sah sie zu, wie er die Hintertür öffnete und sein Gepäck einlud. Dann ließ er sich neben sie auf den Beifahrersitz fallen und lächelte sie an. »Ich heiße übrigens Chris.«

Sie nannte ebenfalls nur ihren Vornamen: »Ella.«

»Danke, Ella, dass du angehalten hast. Ich stand schon mehr als eine Stunde da am Straßenrand, und mir wurde langsam echt kalt.«

»Ja, da kannst du wirklich von Glück reden. Normalerweise nehme ich keine Anhalter mit. Niemals!«, sagte sie und startete den Motor. Als sie den Wagen auf die Straße lenkte, hielt sie den Blick eisern durch die Windschutzscheibe nach vorn gerichtet, obwohl sie spürte, dass er sie von der Seite unverwandt betrachtete.

»Prinzipien sind so wichtig!« Ein Lachen schwang in seiner Stimme mit.

Sie warf ihm einen kurzen Blick zu. »Machst du dich über mich lustig?«

»Natürlich nicht!«, versicherte er. »Doch, ja …«, verbesserte er sich gleich darauf. »Ein bisschen vielleicht.«

Ella bog auf die Autobahnauffahrt und konzentrierte sich darauf, in den fließenden Verkehr einzufädeln. Auch jetzt spürte sie, dass er sie anschaute, und das machte sie allmählich nervös.

»Warum starrst du mich die ganze Zeit so an?«

»Weil du schön bist.« Er lachte leise. »Ich würde dich gerne malen.«

Ella war überrascht, aber fest entschlossen, sich das nicht anmerken zu lassen, und flüchtete sich in Spott. »Du bist also ein Allroundkünstler, Musiker und Maler.«

»Musiker?«, hakte er nach, dann lachte er. »Ach so, wegen der Gitarre. Nein, die gehört mir nicht. Ich bringe sie lediglich ihrer Besitzerin zurück.«

Ella wartete, aber da kam keine weitere Erklärung. Wieder sah sie kurz zu ihm.

Chris betrachtete interessiert die Landschaft. »Eine schöne Ecke, der Breisgau«, stellte er fest. »Ich wäre gerne etwas länger geblieben als zwei Tage. Leider habe ich nur die Gegend um Freiburg gesehen.«

»Hast du hier Urlaub gemacht?« Es war nicht nur der Versuch, eine Unterhaltung in Gang zu bringen. Dieser junge Mann weckte Ellas Interesse, und sie wollte gerne mehr über ihn erfahren.

»Nein, ich bin auf der Durchreise.« Er lachte. »Eigentlich bin ich immer auf der Durchreise. Nach meinem Kunststudium will ich erst einmal so viel wie möglich von der Welt sehen.«

Genau dasselbe hatte sie damals auch gewollt! Ella hatte ebenfalls Kunst studiert. Danach war sie durch Europa gereist und hatte eine Weile in Florenz gejobbt. Auf der Heimfahrt nach Düsseldorf lernte sie im Zug Max kennen.

»Warum bleibst du nicht, wenn du keine Verpflichtungen hast?«, setzte sie ihre Fragen fort.

»Ich treffe mich am Wochenende mit ehemaligen Kommilitonen in Düsseldorf. Aber vielleicht komme ich mal wieder.«

»Was für ein beneidenswert freies Leben!«, seufzte Ella. »Du hast also studiert?«

Er grinste. »Eigentlich willst du wissen, was ich beruflich mache.«

»Ja«, gab Ella zu und lachte. »Aber ich will nicht neugierig erscheinen. Obwohl ich es bin.«

»Frag mich einfach, ich habe keine Geheimnisse.«

»Also, was machst du beruflich?« Seine offene Art gefiel ihr.

»Ich bin Maler«, behauptete er noch einmal.

Ella musterte ihn von der Seite. Sie kannte ihn nicht, hatte ihn noch nie vorher gesehen. Auch hatte sie von einem Maler mit dem Vornamen *Chris* noch nie gehört. Wahrscheinlich war es sowieso eine Abkürzung.

Kurz überlegte sie, ob sie ihn nach seinem vollen Namen fragen sollte, ließ es dann aber sein. Sie wollte nicht zu viel von sich preisgeben, aber wenn sie ihn ausfragte, lief sie Gefahr, dass auch er ihr Fragen stellte. Sie freute sich über die Gesellschaft, aber in gut fünf Stunden waren sie in Düsseldorf, und dann würden sich ihre Wege für immer trennen.

»Welche Stilrichtung bevorzugst du denn?«, fragte sie, obwohl sie skeptisch war, eine konkrete Antwort zu bekommen. Wahrscheinlich war er nicht mehr als ein Hobbymaler, überzeugt von seiner Kunst, obwohl er erfolglos war.

Chris gähnte erst einmal ausgiebig. »Ich habe ein großes Vorbild«, sagte er schließlich. »Kennst du MoKo?«

Ella war überrascht. »Niemand kennt MoKo. Aber natürlich habe ich von ihm gehört«, erwiderte sie ausweichend. »Ich mag seine Werke sehr und würde mir wirklich wünschen, dass er noch weitere malt und ausstellt. Doch leider ist er ja seit einer Weile verschwunden.«

»Ja, leider«, sagte er leise, dann gähnte er erneut. Laut und ausdauernd.

Ella überholte ein Wohnwagengespann, bevor sie die nächste Frage stellte: »Hast du schon einmal eines seiner Bilder im Original gesehen?«

Aber Chris antwortete nicht. Als sie erneut kurz zu ihm schaute, sah sie, dass er eingeschlafen war.

Der erste Anhalter ihres Lebens schlief tief und fest auf dem Beifahrersitz, anstatt sie auf der langen Fahrt ein wenig zu unterhalten. Sie wagte nicht einmal das Radio einzuschalten, wenn sie ihn nicht aufwecken wollte.

»Eigentlich kann es mir egal sein, ob er aufwacht«, murrte sie leise. Sie streckte die Hand aus, brachte es dann aber doch nicht übers Herz. Wie er da so neben ihr saß, den Kopf gegen die Stütze gelehnt, mit weit offenem Mund und leisen Schnarchgeräuschen, erinnerte er sie ein bisschen an Robin.

Und so fuhr Ella weiter, schluckte Kilometer um Kilometer. Erst kurz vor Düsseldorf wachte Chris wieder auf. Er gähnte laut und streckte sich, soweit das in dem Wagen möglich war.

»Tolles Timing«, kommentierte Ella trocken. »Wir sind gleich da.«

»Perfekt«, erwiderte er schmunzelnd. »Dann komme ich ausgeruht zu meiner Verabredung.«

»Die Besitzerin der Gitarre?«, hakte Ella sofort nach.

»Die ist zurzeit in Portugal«, erteilte er bereitwillig Auskunft. »Nein, ich habe noch eine geschäftliche Verabredung vor unserer Wiedersehensfeier.«

»Du willst ein Bild verkaufen?«

»Ja, das auch.« Seine Stimme klang amüsiert. Als sie die Ausfahrt Richtung Düsseldorf-Hafen nahm, sagte er unvermittelt: »Du kannst mich hier irgendwo rauslassen.«

Ella zögerte, doch dann siegte die Neugierde. »Ich fahre dich aber auch gerne zu deinem Ziel. Du musst mir nur die Adresse sagen.«

Er überlegte kurz. »Ja, gerne«, stimmte er schließlich zu. »Ich will zur Uniklinik, die in der Nähe.«

»Bist du krank?« Der Gedanke bestürzte sie, auch wenn sie Chris erst ein paar Stunden kannte.

Er sagte nichts.

»Oder willst du jemanden besuchen?«

»Du bist wirklich extrem neugierig«, stellte Chris grinsend fest. »Du willst alles von mir wissen, hast mir aber noch nichts von dir erzählt.«

»Wann auch, du hast doch die meiste Zeit geschlafen«, entgegnete Ella trocken. »Über mich gibt es allerdings auch nicht viel zu erzählen. Ich bin siebenunddreißig Jahre alt, habe viele Jahre in Düsseldorf gearbeitet und lebe jetzt im Schwarzwald.« Das genügte, mehr wollte sie nicht von sich preisgeben.

Danach herrschte sekundenlang Stille, bis Chris leise auflachte. »Ich hoffe, dein Leben ist nicht wirklich so langweilig, wie es sich anhört.«

»Es ist sogar noch schlimmer ...«, entfuhr es Ella, dann brach sie erschrocken ab.

»Willst du darüber reden?« Er berührte ihren Arm, und der Anflug mütterlicher Gefühle, die sie eben noch für den schlafenden Chris empfunden hatte, löste sich schlagartig auf. Auch wenn seine Stimme eher belustigt klang, die fürsorgliche Berührung bewegte sie mehr, als gut für sie war. Sie machte ihr erschreckend klar, wie vereinsamt sie war, seit sie in Tannreuth lebte.

*Nein, eigentlich nicht,* machte sie sich gleich darauf klar. *Es hat schon lange vorher begonnen.*

»Jetzt siehst du sehr traurig aus«, sagte Chris. Der Druck seiner Hand auf ihrem Arm verstärkte sich. »Das wollte ich nicht.«

»Schon gut.« Sie zwang sich zu einem Lächeln, dann gab sie sich einen Ruck. »Eigentlich habe ich keinen Grund, mich zu beklagen. Ich werde wahrscheinlich demnächst wieder das Leben führen, das ich mir wünsche. Vielleicht sogar wieder hier in Düsseldorf.« Den Teil mit der Scheidung ließ sie aus. Es tat schon weh genug, nur daran zu denken.

»Prima«, freute er sich und nahm die Hand von ihrem Arm. »Wenn ich mal nicht unterwegs bin, bin ich auch in der Stadt. Dann könnten wir uns demnächst ja öfter sehen.«

»Ja.« Eva empfand Freude, er interessierte sie wirklich. Als Mensch, nicht als Mann, versuchte sie sich selbst zu überzeugen. Es verunsicherte sie, als ihr das nicht so ganz gelang.

Als sie das Areal der Uniklinik erreichten, dirigierte Chris sie über die Moorenstraße zu einer freien Parkbucht gegenüber dem Eingangsbereich der Klinik. Offenbar kannte er sich hier sehr gut aus. Er zog einen Block aus der Tasche seines Parkas und schrieb etwas auf. Dann riss er den Zettel heraus und reichte ihn Ella. »Meine Handynummer.«

»Danke.« Mit dem Papier in der Hand lächelte Ella ihn an, überrascht darüber, dass der Moment ihr so schwerfiel.

Er schien ähnlich zu empfinden. »Na dann ...« Er lächelte ebenfalls. »Es hat mich gefreut, dich kennenzulernen, schöne

Ella. Und ich möchte dich immer noch malen.« Damit stieg er aus und schlug ohne ein weiteres Wort die Tür zu. Danach nahm er seinen Rucksack und seine Gitarre vom Rücksitz, nickte ihr zu und ging.

Dieser Abschied hatte etwas Endgültiges. Im Rückspiegel beobachtete Ella, wie er die Straße überquerte.

Ihr Blick fiel auf die Nummer in ihrer Hand. Sie konnte ihn wiedersehen ... Es lag nur an ihr ...

Ella atmete tief durch. Chris war zweifellos ein interessanter Mensch, und es schmeichelte ihr, dass sie ihm gefiel. Aber es machte keinen Sinn, ihr gefühlsmäßiges Wirrwarr noch zu verschlimmern. Sie stieg aus dem Wagen. Entschlossen knüllte sie den Zettel zusammen und warf ihn in einen Abfallbehälter.

»Da bist du ja endlich!« Silke kam auf sie zu und umarmte sie. Sie hatten ausgemacht, dass Ella sie in der Galerie abholte.

Für Ella war es ein aufregender Moment, der sie mit ganz viel Sehnsucht erfüllte. Die Galerie war ihr zweites Zuhause gewesen. Nichts hatte sich verändert, seit sie Anfang des Jahres hier aufgehört hatte.

Gerührt sah sie sich um. Das Innere war im industriellen Loftstil gehalten, alles wirkte so, als hätten hier noch gestern Arbeiter an ihren Maschinen gestanden und etwas produziert. Das freigelegte Mauerwerk der meterhohen Wände, der Betonboden und die Stahlrahmen der riesigen Fenster betonten diesen Eindruck. Ella wusste, dass es Jesko Maleen, den Inhaber der Galerie, ein Vermögen gekostet hatte, diese Atmosphäre herzustellen. Über dem Eingangsbereich hing ein überdimensionales Foto von ihm. Es zeigte Jesko genau so, wie alle ihn kannten. Schwarz gekleidet, das Gesicht, umrahmt von gewelltem grauem Haar, wirkte streng und kantig. Er hatte die Arme vor der Brust verschränkt und einen Unterarm angehoben. Mit der Hand umfasste er sein bärtiges Kinn. Auf dem Foto trug er die unvermeidlichen fingerlosen Handschuhe aus schwarzem Leder.

Jesko Maleen reichte niemandem die Hand. Weder Kunden noch Künstlern, die in seiner Galerie ausstellten.

»Ich merke erst jetzt, wie sehr mir das alles gefehlt hat«, sagte Ella leise.

»Das hast du dir selbst zuzuschreiben«, vernahm sie eine kühle Stimme hinter sich. Jesko!

Ella drehte sich herum. Am liebsten wäre sie ihm um den Hals gefallen, so sehr freute sie sich, ihn zu sehen. Aber wahrscheinlich wäre er dann in Ohnmacht gefallen. Er hasste jede Form von Berührung ...

»Schön, dich zu sehen«, sagte sie lächelnd. »Ich habe dich auch vermisst.«

Es schien, als würde er keine Miene verziehen, doch Ella bemerkte das kurze Aufleuchten in seinen Augen. Seine Antwort hingegen war weniger freundlich. »Wir kommen auch ganz gut ohne dich zurecht.«

»Das freut mich.« Ella meinte es so, konnte sich eine kleine Spitze aber doch nicht verkneifen. »Und was ist mit MoKo?«, fragte sie sarkastisch.

Jesko kniff ärgerlich die Augen zusammen. »Ich habe keine Zeit«, stellte er mit einem Blick auf seine Armbanduhr fest. »Ich wünsche dir alles Gute.« Er wandte sich ab.

»Vielleicht kommt Ella zurück nach Düsseldorf.« Silke hatte die Worte kaum ausgesprochen, da schlug sie sich erschrocken die Hand vor den Mund.

Jesko verharrte stocksteif auf der Stelle, wandte ihnen immer noch den Rücken zu. Nach Sekunden der Stille drehte er sich langsam um. Nichts an seiner Miene verriet, was diese Mitteilung in ihm auslöste. »So?«, war alles, was er sagte.

Ella ärgerte sich über Silke, schließlich wusste ihre Freundin genau, dass sie in dem Punkt noch keine Entscheidung getroffen hatte. »Ich weiß es noch nicht«, brachte sie vage hervor.

»Melde dich, wenn du dich entschieden hast.«

Silke lachte auf. »Sag ihr doch einfach, dass du sie gerne wieder einstellen würdest.«

»Auf Wiedersehen«, sagte Jesko lediglich steif, dann ging er.

Ella wartete, bis er außer Hörweite war, bevor sie sich an Silke wandte. »Warum hast du das gesagt?« Sie hörte selbst, wie vorwurfsvoll ihre Stimme klang.

»Keine Ahnung.« Silke schaute sie schuldbewusst an. »Es ist mir einfach so entschlüpft. Du hast dermaßen gestrahlt, als du dich in der Galerie umgeschaut hast. Vielleicht liegt es auch daran, dass ich mir deine Rückkehr so sehr wünsche. Es tut mir leid.« Sie schenkte ihr einen liebevollen Blick. »Ich hole nur schnell meinen Mantel, dann können wir los.«

Ella nickte. Sie sah sich ein wenig um, bevor sie vor das winzige Bild trat, das hinter einer dicken Glasscheibe besonders gesichert war. Sie selbst hatte das Werk für die Galerie eingekauft. Es gab für dieses Bild sogar eine eigene Alarmanlage.

Silke trat neben sie. »Der letzte MoKo«, sagte sie lächelnd. »Jesko wurde bereits ein Vermögen dafür geboten, aber er weigert sich, auch nur über einen Verkauf nachzudenken.«

»Ja, das kann ich verstehen«. Ella lächelte. »Ich frage mich, was aus MoKo geworden ist«, ergänzte sie nachdenklich.

»Nicht nur du.« Silke seufzte tief auf. »Jesko befürchtet, dass wir nie wieder von ihm hören. Vielleicht lebt er nicht mehr, und da niemand seine wahre Identität kennt, werden wir das auch nie erfahren.«

»Oder er hat genug von der Jagd auf ihn«, mutmaßte Ella.

Sie selbst hatte zweimal mit dem Agenten des Künstlers verhandelt, dafür hatte sie extra nach Florenz reisen müssen. Dabei wusste nicht einmal der Agent, wer MoKo wirklich war. Niemand kannte seinen richtigen Namen, es war nicht einmal bekannt, aus welchem Land er stammte. Er verhandelte ausschließlich in englischer Sprache, doch seine oftmals provokanten Streetart-Werke trugen Titel in der Sprache des Landes, in dem er sie jeweils präsentierte. Seine Werke tauchten meist sehr plötzlich auf und riefen nicht selten großen Ärger hervor. In Museen, in Regierungsgebäuden. Besonderes Aufsehen erregte seine Abbildung der Mona Lisa im Streetart-Design, mit zerzausten Haaren und einer Zigarette im Mundwinkel. Erst bei genauem Hinschauen war zu erkennen, dass im Hintergrund keine Landschaft wie im Original, sondern ein zerwühltes Bett zu sehen war. In mehr als doppelt so großem Format hatte das Bild eines Tages im Louvre in Paris neben dem Original an der Wand gehangen. Dass niemand bemerkt hatte, wer es hereingebracht hatte, war Teil des Skandals gewesen und hatte die Spekulationen um die Identität des Künstlers nur angefacht.

Als in der Kirche *Santa Maria delle Grazie* die Streetart-Reproduktion des Letzten Abendmahls von Leonardo da Vinci auftauchte, auf dem außer Judas die Jünger alle als Frauen dargestellt wurden, kam das Gerücht auf, dass es sich bei MoKo möglicherweise um eine Frau handeln könnte.

MoKo, der sich nur in sozialen Netzwerken zu Themen, die ihn betrafen, äußerte, hatte das sichtlich amüsiert.

»Vielleicht ist er ja wirklich eine Frau«, sagte Silke, als hätte sie Ellas Gedanken erraten. »Mir würde das jedenfalls sehr gefallen.«

Ella lachte. »Mir auch! Aber ich glaube nicht, dass es so ist.«

Silke schaute sie an. »Weißt du etwa mehr?«

»Nein! Ich habe keine Ahnung.« Ella schüttelte den Kopf. »Wahrscheinlich werden wir es nie erfahren.« Sie hängte sich bei Silke ein. »Und jetzt komm, ich habe einen Bärenhunger.« Zusammen verließen sie die Galerie.

Für Ella wurde es das schönste Wochenende seit langem. Nach einem ausgiebigen Essen in dem chinesischen Restaurant in der Nähe der Galerie, in dem sie früher Stammgäste gewesen waren, fuhren sie in Silkes Wohnung. Dort saßen sie bis spät in der Nacht im Wohnzimmer, tranken Wein und unterhielten sich. Immer wieder dachte Ella auch an die Kinder, schob ihre Bedenken aber beiseite. Sie würden schon klarkommen.

Am Samstag machten sie gemeinsam einen Bummel durch die Innenstadt. Auch wenn es erst Ende Oktober war, bestimmte Weihnachten bereits die Auslagen in den Schaufenstern.

»Du musst unbedingt noch einmal in der Adventszeit herkommen«, sagte Silke. »Aber vielleicht bist du ja dann schon ganz nach Düsseldorf zurückgekehrt.«

Ella stieß einen Seufzer aus. »Ich weiß es nicht«, sagte sie leise. »Die ganze Zeit in Tannreuth habe ich mich nach Düsseldorf zurückgesehnt. Jetzt bin ich hier, und ich finde die Zeit mit dir super, aber irgendwie bin ich in Gedanken doch immer wieder dort.«

«Das wundert mich überhaupt nicht. Deine Kinder sind in Tannreuth!«

»Ja«, stimmte Ella ihr zu, obwohl das nicht alles war. Tief in ihr nagte ein anderer Gedanke. Tannreuth war vor ihrem Umzug der Ort großer Hoffnungen für sie gewesen. Wenn sie nach Düsseldorf zurückkehrte, musste sie sich endgültig eingestehen, dass sie und Max gescheitert waren. Und so weit war sie noch nicht.

Silke hängte sich bei ihr ein, und sie setzten ihren Schaufensterbummel fort.

Später rief sie Robin an. Er erzählte ihr, dass es ihm und seinen Schwestern gutging. »Aber Papa nicht«, fügte er hinzu.

»Wieso? Was ist denn?« Ella war sofort alarmiert.

»Der hat Stress.« Robin lachte. »Ich will es mal vorsichtig formulieren: Papa ist nicht zum Hausmann geboren. Wenn du in

Düsseldorf irgendwo preiswerte Töpfe entdeckst, solltest du sie kaufen. Papa hat gestern das Abendessen so anbrennen lassen, dass wir den Topf entsorgen mussten.«

Ella machte sich große Sorgen. »Stand er denn beim Aufwärmen nicht dabei?« Robin konnte ganz gut auf sich aufpassen, aber die Mädchen ...

»Nee. Der musste Lillys Bett frisch beziehen, weil sie es vollgekotzt hatte.«

Das wurde ja immer schlimmer! »Ich komme sofort nach Hause.«

»Brauchst du nicht«, erwiderte Robin. »Lilly geht es wieder gut. Sie hatte nur zu viel Süßes gegessen. Aber Lillys Bettwäsche ...« Robin brach ab. »Wenn du irgendwo in Düsseldorf Bettwäsche für sie entdeckst, kannst du die auch gleich kaufen. Papa hat Lillys Bettzeug in die Tonne gestopft.«

Ella traute ihren Ohren nicht. »Aber die kann man doch waschen!«

»Jetzt nicht mehr, die Müllabfuhr war eben da.«

Max kam offenbar dazu, Ella hörte ihn im Hintergrund reden, ohne dass sie die Worte verstehen konnte.

»Das ist Mama«, vernahm sie kurz darauf Robins Stimme. »Sie wollte wissen, wie es hier läuft. Ich habe ihr die Kurzform erzählt ... He, was soll das?«

Unmittelbar darauf meldete sich Max am anderen Ende. »Was immer Robin dir erzählt hat, wir kommen hier zurecht.«

Ella zögerte, auf der Suche nach einer diplomatischen Antwort.

»Vertraust du mir etwa nicht?« Max klang verletzt. »Glaubst du wirklich, ich würde riskieren, dass einem unserer Kinder etwas passiert?«

»Natürlich nicht«, erwiderte Ella sofort und spürte, dass sie es genau so empfand. Zwischen Max und ihr war sehr viel kaputtgegangen, doch was ihre gemeinsamen Kinder betraf, vertraute sie ihm.

»Wir sehen uns morgen«, verabschiedete sie sich.

»Bis morgen«, sagte Max, dann war das Gespräch beendet.

Für den Rest des Tages versuchte Ella, daran zu glauben, dass zu Hause keine weiteren Katastrophen passierten, zumindest keine, die ihre unmittelbare Anwesenheit erforderten. Es gelang ihr erstaunlich gut. Abends gingen Ella und Silke zuerst ins Kino, anschließend speisten sie auf einem zum Restaurant umgebauten Hausboot am Rheinufer.

Am Sonntagmorgen stand Ella mit zwiespältigen Gefühlen auf. Sie war erfüllt von dem wundervollen Wochenende, den Gesprächen mit Silke und vielen unbeschwerten Erlebnissen. Gleichzeitig war da der Gedanke an die Heimkehr. Sie freute sich auf ihre Kinder und hatte gleichzeitig Angst vor der Kälte, die zwischen ihr und Max herrschte. *Vielleicht wäre alles anders*, dachte sie, *wenn ich in Tannreuth eine gute Freundin hätte. Jemanden wie Silke.*

Obwohl Ella bereits kurz nach Mittag aufbrechen wollte, wurde es später Nachmittag, bis sie sich aufraffte. Silke brachte sie zu ihrem Wagen, dann umarmten sie sich.

»Komm bald wieder«, bat Silke mit erstickter Stimme. »Am liebsten für immer.«

»Erst mal im Dezember. Wie besprochen.« Mehr brachte Ella nicht heraus. Der Abschied fiel ihr schwer, und selbst der Himmel über Düsseldorf weinte, als sie auf die Autobahn fuhr. Ellas Seele tat es ihm gleich. Wie schnell die Zeit vergangen war! Sie dachte daran, wie glücklich sie sich bei ihrer Ankunft gefühlt hatte, und unwillkürlich wanderten ihre Gedanken zu Chris. Sie hatte sich wohl gefühlt in seiner Nähe. Ob er darauf wartete, dass sie ihn anrief?

Die Antwort auf diese Frage würde sie nun nicht mehr herausfinden, und mit einem Mal bedauerte sie, dass sie den Zettel weggeworfen hatte. Chris war ein interessanter Mensch, und sie hätte gern mehr über ihn erfahren.

Kurz vor Stuttgart mischten sich erste Schneeflocken in den beständigen Nieselregen, hinter Stuttgart fielen nur noch große Schneeflocken vom Himmel.

Ella fuhr die Auffahrt zum Haus hoch und parkte neben Max' Wagen. Hinter den Fenstern zur Straßenseite war es dunkel. Die Kinder lagen um diese Zeit hoffentlich längst im Bett.

Ella öffnete die Tür, doch bevor sie aussteigen konnte, flitzte etwas auf sie zu und sprang auf ihren Schoß. Dicht dahinter folgte ein massiger Schatten … Ella schrie kurz auf und schaffte es gerade noch, die Tür zuzuschlagen, bevor der Schatten ihren Wagen erreichte. Den Bruchteil einer Sekunde später entpuppte er sich als angriffslustiger Rottweiler. Furchterregend nah war sein Gebiss von ihrem Gesicht entfernt, nur durch die Autoscheibe getrennt. Ellas Herz schlug bis zum Hals. In diesem Moment stieß das Etwas auf Ellas Schoß ein Fauchen aus. Ella senkte den Blick: ein Kätzchen!

Ella strich sofort beruhigend über das weiche, getigerte Fell. »Schon gut, wir sind hier in Sicherheit«, sagte sie mit einer Ruhe, die sie nicht empfand.

Leise begann das Tier zu schnurren. Dass es sich bei ihr beschützt und geborgen fühlte, rührte Ella.

In diesem Moment begann der Rottweiler zu bellen. Immer wieder presste er dabei sein Maul gegen die Scheibe, die sofort beschlug.

Ella hatte sich schon immer vor großen Hunden gefürchtet. Suchend spähte sie nach allen Seiten durch die Autoscheiben. Das konnte doch nicht sein, dass ein Hund hier frei herumlief! Wo war der Besitzer?

Doch niemand war zu sehen. Überrascht bemerkte Ella, dass auch der Hund jetzt keinen Ton mehr von sich gab – bis sie ihn wieder durch die Scheibe anschaute. Lautes Bellen ertönte, und das Kätzchen auf ihrem Schoß zuckte ebenso zusammen wie Ella.

»Halt die Klappe«, rief sie laut in einer Mischung aus Wut und Angst.

Zu ihrer eigenen Überraschung verstummte der Hund tatsächlich. Doch er stand noch immer am Fenster, den Blick aufmerksam auf sie gerichtet. *Eigentlich hat er schöne Augen*, dachte Ella. *Gar nicht die einer blutrünstigen Bestie.* Dazu wedelte er jetzt auch noch mit dem Schwanz. Hieß es nicht, dass das eine freundliche Hundegeste war?

Doch sie traute dem scheinbaren Frieden nicht. Nie im Leben würde sie aussteigen, und das Kätzchen auch nicht, solange der Hund da war. »Hau ab«, rief sie sehr bestimmt. »Geh nach Hause.« Sie konnte nicht fassen, dass sich der Hund tatsächlich umdrehte und davontrottete. Ein paar Schritte nur, dann wandte er den Kopf und schaute zu ihr.

»Verschwinde!«, forderte Ella ihn noch einmal auf, und der Hund schien ihr auch diesmal zu gehorchen.

»Wir bleiben lieber noch ein bisschen sitzen«, sagte Ella zu dem kleinen Wesen auf ihrem Schoß. »Wer weiß, ob er sich nicht irgendwo versteckt hat und sofort wiederkommt, sobald ich die Tür öffne.«

Das Kätzchen war einverstanden. Jedenfalls deutete Ella sein lauter werdendes Schnurren als Zustimmung. Dabei kuschelte es sich weiterhin fest an sie und schien ihre Streicheleinheiten sehr zu genießen.

»Was mache ich denn jetzt mit dir?«, fragte Ella nach einer Weile. Die Kälte breitete sich im Innern des Wagens aus, und sie sehnte sich nach der Wärme im Haus.

»Glaubst du, er ist weg?« Ella war unsicher. Sie starrte durch die Fensterscheibe, doch die Dunkelheit und der zunehmende Schneefall erschwerten ihr die Sicht.

»Du musst keine Angst haben«, flüsterte sie dem Kätzchen zu, obwohl sie seinen Herzschlag in gemäßigtem Tempo schlagen fühlte. Ganz im Gegensatz zu ihrem eigenen.

»Ich springe jetzt aus dem Wagen, dabei halte ich dich ganz fest in den Armen und laufe mit dir ins Haus.«

Das kleine Tier hatte den Kopf gehoben und bedachte sie mit einem unergründlichen Blick.

»Okay …« Ella nahm ihren ganzen Mut zusammen. »Versuchen wir es.« Sie stieß die Tür auf, wollte das Kätzchen an sich pressen, doch das entwand sich ihren Händen, sprang aus dem Wagen und verschwand im dichten Schneetreiben.

»Mach's gut«, flüsterte Ella und begab sich eilig auf den Weg ins Haus.

# Kapitel 4

Kennst du keinen Jäger in Tannreuth?« Tobias schaute wütend zur Terrassentür. Laura und er hatten es sich mit einer Flasche Wein im Wohnzimmer gemütlich gemacht. Die Kinder lagen längst in ihren Betten, während Kasimir irgendwo draußen herumstromerte.

Hinter der Scheibe hatte sich Henry aufgebaut und starrte unablässig ins Zimmer. Vor ein paar Minuten war er aufgetaucht, um dort seinen Beobachtungsposten einzunehmen. Er schien auf Kasimir zu warten.

»Tobias«, mahnte Laura sanft. »Wir lassen doch kein Tier erschießen. Nicht einmal Henry ...«

»Wer spricht denn von diesem dämlichen Köter? Ich dachte mehr an seinen Besitzer und ...«

»Sag so etwas bloß nie vor den Kindern«, fiel Laura ihm heftig ins Wort.

Tobias grinste. »Ich hab das von den Kindern, beziehungsweise von einem der Kinder.«

»Leo?« Ihr Neffe neigte im Moment zu brachialen Problemlösungen.

»Nein, von Juna. Sie hat schreckliche Angst um Kasimir.« Tobias trat auf Laura zu und nahm sie in die Arme. »Mach dir keine Sorgen ...«

»Ich soll mir keine Sorgen machen, wenn eine Sechsjährige Mordfantasien hegt?«, fiel Laura ihm aufgebracht ins Wort.

»Ich habe mit ihr gesprochen«, sagte Tobias beschwichtigend.

»Und sie hat es verstanden?« Prüfend schaute Laura ihn an.

»Jein ...«, erwiderte er gedehnt. »Sie hat verstanden, dass es sich nicht gehört, einen Nachbarn zu erschießen, aber die Endgültigkeit des Todes ist für sie einfach immer noch zu abstrakt. Ich wollte das Thema nicht weiter vertiefen, weil Hanna ins Zimmer kam.«

Hanna mit ihren dreizehn Jahren hatte die Bedeutung des Todes in vollem Umfang realisiert.

»Ich fürchte, wir haben uns in Junas Gegenwart zu oft und vor allem zu gedankenlos darüber unterhalten, dass wir Burkard Roth verschwinden lassen wollen.« Tobias betonte die drei letzten Worte. »Auch wenn wir ihn wirklich verschwinden lassen wollen ...« Er grinste.

»Das stimmt so nicht. Wir wollen lediglich, dass er nebenan auszieht«, stellte Laura richtig. »Das ist ein gewaltiger Unterschied.«

»Vor allem für Burkard Roth«, bestätigte Tobias. Er trat an die Terrassentür und weckte damit offensichtlich Henrys Hoffnung, ins Haus gelassen zu werden. Der Hund wedelte mit seinem ganzen gewaltigen Hinterteil und stieß ein aufforderndes »Wuff« aus.

Tobias betrachtete ihn nachdenklich. »So gefährlich sieht er eigentlich gar nicht aus.«

»Willst du es drauf ankommen lassen?«

»Auf keinen Fall«, lehnte Tobias ab. »Es sei denn, Kasimir taucht jetzt draußen auf. Dann stürze ich natürlich hinaus, um ihn vor der Bestie zu retten.«

»Mein Held.« Laura trat neben ihn und legte einen Arm um seine Schulter.

Henry auf der anderen Seite der gläsernen Tür begrüßte nun auch Laura schwanzwedelnd. Er tippelte vor und zurück, schien nur darauf zu warten, dass sie ihn einließ.

»Darauf falle ich nicht herein«, rief Laura. »Ich habe weder vergessen noch verziehen, dass du uns vor zwei Wochen bedroht hast.«

»Das war vor einer Woche«, berichtigte Tobias sie. »Letzte Woche Freitag, um genau zu sein.«

»Ich bin sicher, der Hund hat sich den Tag im Kalender angestrichen«, konterte Laura ironisch. »Warum verschwindet der nicht endlich?«

»Ich fürchte, er wartet auf Kasimir. Wo bleibt der überhaupt so lange?«

»Möglicherweise sitzt der arme Kerl irgendwo in der Dunkelheit und kommt wegen Henry nicht näher.« Laura hatte den Satz kaum beendet, da war ein lautes »Miau« zu hören.

»Er ist vorne an der Tür.« Laura sprintete los. Henry auch!

Laura war schneller. Sie riss die Haustür auf, Kasimir schoss eilig hinein, dann schlug Laura die Tür, so schnell sie konnte, zu. Es gab einen lauten Knall, als Henry von außen dagegenkrachte.

Kasimir fauchte laut. Sein getigertes Fell sträubte sich, sein Schwanz peitschte aufgebracht hin und her. In der Sicherheit seines Zuhauses kehrte er den Tiger heraus, der sein Reich verteidigte.

Laura betrachtete ihn amüsiert. Gleichzeitig nagte ihr schlechtes Gewissen wegen Henry an ihr. Der Schlag gegen die Tür hatte sich schlimm angehört. Egal, wie sehr sie sich über den Hund, und noch mehr über dessen Besitzer, aufregte, sie wollte auf keinen Fall dafür verantwortlich sein, dass Henry etwas passierte.

Sie schaute durch das Flurfenster und atmete erleichtert auf, als sie sah, dass der Rottweiler den Heimweg angetreten hatte. Mit der Erleichterung kam aber erneut der Ärger darüber, dass Burkard Roth den Hund immer noch frei herumlaufen ließ. Nicht auszudenken, wenn er auf eines der Kinder losging!

»Der wird mich kennenlernen«, murmelte sie, als Tobias ebenfalls in den Flur kam.

»Aber nicht mehr heute.« Tobias zog sie an sich.

Sofort beruhigte sie sich. »Nein, heute nicht mehr«, sagte sie leise. Als Tobias sie küsste, verschwand Burkard Roth vollständig aus ihren Gedanken ...

Peter Stöckels Anwaltskanzlei, in der Laura arbeitete, befand sich in der ersten Etage über dem Bastelladen, der früher zur Hälfte Lauras Schwester Annette gehört hatte. Pia führte das Geschäft allein und verwaltete auch den Anteil, der zum Erbe der Kinder gehörte.

Vorn war das Ladenlokal, dahinter gab es die Werkstatt, in der Pia, Peter Stöckels Schwiegertochter, Töpferkurse gab.

Jeden Montag von halb zehn bis zum Mittag besuchte Laura einen dieser Kurse. Hier konnte sie abschalten, beim Töpfern mit den anderen Teilnehmerinnen reden und lachen, hier fühlte sie sich einfach nur wohl. Früher hatten sie sich sogar zweimal die Woche getroffen, aber das konnte Laura nicht mehr, seit sie in der Anwaltskanzlei zunehmend mehr Fälle betreute. Hin und wieder kam es sogar vor, dass Laura wegen eines Gerichtstermins überhaupt nicht zum Töpfern gehen konnte.

»Guten Morgen, Laura«, rief Pia, die von der entgegengesetzten Seite auf den Laden zukam.

»Hallo, Pia.« Die Frauen begrüßten sich mit einer Umarmung.

Laura hatte Pia kurz nach ihrer Ankunft in Tannreuth zum ersten Mal auf dem Friedhof getroffen. Sie hatte damals mit den Kindern das Grab ihrer Schwester und ihres Schwagers besucht, Pia die letzte Ruhestätte ihres Mannes.

Sie hatten sich von Anfang an verstanden, inzwischen war daraus eine enge Freundschaft entstanden.

»Sehen wir uns gleich in der Töpferrunde?«, fragte Pia.

Laura nickte. »Ich freue mich schon.«

»Hoffentlich kommt nichts dazwischen«, sagte Pia. »Kathi

möchte uns allen nämlich etwas sagen.« Sie lachte. »Ich habe keine Ahnung, worum es geht.«

Kathi war mit Bäcker Lorenz Eckert verheiratet, allerdings lebten die beiden seit Jahren getrennt. Sie war schon ewig Mitglied der Montagsrunde und gab zudem auch selbst Unterricht, fühlte sich in der Gruppe aber so wohl, dass sie auf eine Teilnahme nicht verzichten wollte.

»Okay, jetzt bin ich neugierig«, gab Laura zu. »Und hoffe natürlich auch, dass nichts dazwischenkommt.«

Es war nicht immer ganz einfach, ihren Alltag zu organisieren. Neben ihrer Arbeit in der Kanzlei, den Auftritten vor Gericht und den Besprechungen mit Mandanten waren da schließlich auch noch die Kinder. Das Wichtigste in ihrem Leben – zusammen mit Tobias. Und sie war unendlich dankbar, dass Tobias es genauso sah und die Kinder gemeinsam mit ihr großziehen wollte.

»Ich wüsste zu gerne, was das verträumte Lächeln in deinem Gesicht zu bedeuten hat«, neckte Pia sie.

»Das verrate ich dir nicht.« Laura lachte und winkte ihr noch einmal kurz zu. »Wir sehen uns später.«

Peter Stöckel hob den Kopf, als sie sein Büro betrat.

»Du bist ja schon da«, begrüßte Laura ihn fröhlich. »Manchmal habe ich den Eindruck, du wohnst hier.«

Peter schmunzelte. »Spätestens wenn ich in Rente gehe …«

Laura zuckte zusammen. »Daran denkst du aber hoffentlich noch lange nicht«, fiel sie ihm ins Wort. Sie liebte die Zusammenarbeit mit Peter Stöckel. Ihm ging es nicht immer und in jedem Fall darum, kostspielige Prozesse zu führen. Wann immer er die Möglichkeit sah, zwei Parteien miteinander zu versöhnen, zog er diese Lösung vor.

Laura gefiel dieser Ansatz, und sie verfuhr inzwischen ebenso. Sie waren ein eingespieltes Team, und ihr graute bei dem Gedanken, dass Peter Stöckel einmal nicht mehr in dem Büro neben ihrem eigenen saß.

Jetzt lachte er laut auf. »Nein, im Moment denke ich noch nicht ans Aufhören. Und heute Morgen bin ich so früh hier, weil ich noch einmal kurz die Akte von Walter Bregrenz studieren wollte. Ich glaube, wir haben bisher ganz gute Arbeit geleistet.«

»In dem Fall hat es sich gelohnt, dass ich mit einem Architekten zusammenlebe«, sagte Laura. »Tobias konnte uns wertvolle Hinweise geben.«

Walter Bregrenz war das Opfer von Baupfusch geworden. Die Baufirma hatte zwar versucht, die Mängel auszubessern, aber eher unzulängliche Arbeit geleistet. Tobias hatte sich den Neubau angesehen und dabei weitere Mängel festgestellt. Heute ging das Gerichtsverfahren in die entscheidende Phase.

»Welchen Fall bearbeitest du denn gerade?«, erkundigte sich Peter Stöckel.

»Einen ganz persönlichen.« Laura berichtete kurz von Burkard Roth und Henry.

»Autsch.« Peter Stöckel verzog das Gesicht. »Das ist eine unangenehme Sache.«

»Ja, das fürchte ich auch.« Laura zögerte einen Moment, bevor sie ihren Chef fragte: »Ist es dir recht, wenn ich ihm den Brief offiziell auf unserem Briefpapier schreibe, als Anwältin?«

Peter Stöckel lachte. »Natürlich! Vielleicht beeindruckt ihn das so sehr, dass es die gewünschte Wirkung zeigt.«

Genau das erhoffte Laura sich auch, aber nach ihren bisherigen Erfahrungen mit Burkard Roth war es nicht unwahrscheinlich, dass auch ein Anwaltsschreiben an ihm abprallte.

Kathi trug eine geheimnisvolle Miene zur Schau und ließ sich kein Wort entlocken, bevor alle Frauen eingetroffen waren. Nach Laura kam Ursula, die zusammen mit ihrem Mann den kleinen Supermarkt in Tannreuth betrieb. Anschließend trudelte Susanne, die Frau des örtlichen Elektrikers, ein. Endlich, fast zwanzig Minuten zu spät, tauchte auch Balbine auf. »Tut mir leid«, entschuldigte sie sich hastig. »Da kam ein …«

»… Notfall!«, beendete die restliche Töpferrunde gemeinsam für sie den Satz, den sie alle schon so oft aus ihrem Mund gehört hatten.

»Ja.« Balbine ließ sich lachend auf ihren Platz fallen. Sie war sehr klein, rundlich und stets guter Laune. Außerdem war sie mit dem Tierarzt des Dorfes verheiratet und half stundenweise in seiner Praxis aus. Fragend schaute sie Kathi an. »Ich habe gehört, du hast Neuigkeiten für uns?«

Kathi ließ ihren Blick durch die Runde schweifen, bis die Spannung schier unerträglich war. Und plötzlich platzte es aus ihr heraus: »Ich lasse mich scheiden.«

»Das ist alles?« Balbine wirkte fast enttäuscht. »Ich finde ehrlich gesagt, das wird Zeit, immerhin lebt ihr schon seit vier Jahren nicht mehr zusammen.«

Kathi hatte sich von ihrem Mann getrennt, nachdem der ihr gestanden hatte, dass er so ganz allgemein eher Männer liebte und neuerdings besonders einen ganz bestimmten. Erst im vergangenen Jahr hatte Kathi ihren Freundinnen davon erzählt.

Ursula beschäftigte etwas anderes: »Lässt du dich dann von Laura vertreten?«

Alle lachten, als Laura entsetzt in die Runde schaute. Bäcker Lorenz Eckert war ein ganz spezieller Mensch, und es hatte im vergangenen Jahr sehr lange gedauert, bis er Laura akzeptiert hatte.

»Er backt die besten Brötchen im Umkreis«, jammerte Laura. »Von seinen Torten ganz zu schweigen. Wie soll ich meiner Familie klarmachen, dass ich all das zukünftig woanders kaufen muss, weil ich Kathi vertrete?«

»Es wird keine Probleme in dieser Richtung geben«, sagte Kathi in beschwichtigendem Ton. »Er will sich nämlich auch scheiden lassen.« Sie schaute lächelnd in die Runde.

»Dann ist es ja gut. Aber mal ehrlich: Ist das jetzt deine große Neuigkeit?«, wollte Susanne wissen.

»Nein ...« Kathi ließ sich Zeit, doch dann hielt sie es selbst nicht mehr aus. »Lorenz' Freund Carlo zieht heute bei ihm ein! Ich bin gespannt, wie die Leute im Dorf darauf reagieren.«

»Oje ...«, murmelte Ursula. »Das ist echt mutig von Lorenz.«

»So rückständig sind selbst die Tannreuther nicht«, sagte Laura, war aber keineswegs sicher, ob das stimmte. Zwar war Lorenz Eckerts Homosexualität inzwischen kein Geheimnis mehr, bisher aber hatten die Menschen hier nur davon gehört, sie waren noch nicht direkt damit konfrontiert worden. »Wir werden sehen.«

»Hoffentlich schadet das seinem Geschäft nicht«, wandte Balbine ein. »Im Gegensatz zu Laura halte ich nämlich einige der Tannreuther für sehr rückständig.«

»Ich hoffe auch, dass das seinem Geschäft nicht schadet«, sagte Kathi. »Schließlich muss er mir Unterhalt zahlen.«

Laura und die anderen Frauen schauten sie entgeistert an, dann brachen sie in lautes Lachen aus.

»Typisch Kathi«, sagte Laura. »Pragmatisch wie immer.«

»Vielleicht verliebst du dich ja auch mal wieder.« Balbine war sichtlich begeistert von ihrer Überlegung.

»Auf keinen Fall!« Kathi wies auf den Tonklumpen vor sich. »Wenn ich einen Kerl brauche, töpfere ich mir einen.«

Wieder lachten alle. Die Stimmung war ausgelassen wie immer. Laura lehnte sich zurück und beobachtete ihre Freundinnen. Dabei dachte sie an ihre erste Zeit in Tannreuth zurück. Daran, wie sie aus ihrem geliebten Berlin gekommen war. Damals hätte sie es sich nie vorstellen können, dass sie nirgendwo glücklicher sein könnte als in Tannreuth.

*Ich liebe mein Leben*, dachte sie. *Genau so, wie es ist!*

# Kapitel 5

Am gestrigen Abend hatte sie Max nur knapp begrüßt und sich sofort in ihr Zimmer zurückgezogen, bevor er irgendwelche Fragen stellen konnte. In der Nacht hatte sie lange wachgelegen und war erst weit nach Mitternacht in einen traumlosen Schlaf gefallen. Als sie endlich die Augen aufschlug, war es ungewöhnlich hell im Zimmer. Ein Blick auf die Uhr verriet ihr, dass sie verschlafen hatte. Sofort sprang sie aus dem Bett. Auf dem Weg nach unten wunderte sie sich noch darüber, dass die Kinder sie nicht geweckt hatten, bis sie auf dem Küchentisch eine Nachricht von Max fand: *Ich muss nach Freiburg. Mathilda bringe ich in die Schule, Lilly in den Kindergarten. Robin ist auch auf dem Weg zur Schule. Du musst einkaufen.*

Offensichtlich hatte Max dafür gesorgt, dass die Kinder leise waren, damit sie ausschlafen konnte. Ella lächelte unwillkürlich und trat ans Fenster. So wie es aussah, hatte es die ganze Nacht geschneit. Na toll! Sie hatte keine große Lust, bei diesem Wetter bis zu dem Supermarkt in die nächste Kreisstadt zu fahren. Mit einem Blick in den Kühlschrank wurde ihr allerdings klar, dass sie keine andere Wahl hatte. Darin war fast nichts mehr. Kein Aufschnitt, kein Käse. Nur die Behälter mit ihrem vorgekochten Essen. Davon fehlte bloß einer, und der Inhalt war angebrannt, wie sie von Robin wusste. Offensichtlich hatte Max danach die Lust verloren, weitere Mahlzeiten aufzuwärmen. Sie fragte sich, was er den Kindern stattdessen serviert hatte.

Im Schrank befand sich nur noch das Endstück eines Brotes. Wenigstens Kaffee war noch da. Außerdem ein ziemlich geschrumpelter Apfel in der Obstschale. Das musste zum Frühstück reichen.

Ella beschloss, ihre Einkäufe so zu erledigen, dass sie im Anschluss direkt die Mädchen abholen konnte. Die Schule war um zwölf Uhr aus, Lilly konnte bis dreizehn Uhr im Kindergarten bleiben.

Sie stellte die Kaffeemaschine an, dann ging sie wieder nach oben, um zu duschen. Sie ließ sich Zeit, genoss das warme Wasser auf ihrer Haut und ließ in Gedanken noch einmal das Wochenende in Düsseldorf Revue passieren. Sie dachte an Silkes Worte und nahm sich vor, die Freundin ein bisschen zu bremsen. Denn sie selbst war sich auch jetzt nicht sicher, was sie wirklich wollte. Da lag noch so viel vor ihr, vor allem dieser einschneidende Schritt: die Scheidung.

Nach der Dusche schlüpfte sie in ihre Jeans und einen Pullover, der seine besten Tage bereits hinter sich hatte. Aber Ella liebte ihn, weil er so schön weit und bequem war.

Unten in der Küche war der Kaffee in der Maschine bereits durchgelaufen. Aus der Schublade nahm sie ein Messer, um den Apfel in Stücke zu schneiden – doch der war verschwunden.

»Das gibt es doch nicht«, murmelte Ella. Sie war sicher, dass er in der Obstschüssel gelegen und sie ihn nicht angerührt hatte. Oder hatte sie ihn doch woanders hingelegt? Sie schaute sich um, aber er war nirgends zu sehen.

War sie so in Gedanken versunken gewesen, dass sie ihn mit nach oben genommen hatte? Gerade als sie nachsehen wollte, klingelte ihr Handy. Silkes Name stand auf dem Display.

»Hast du dich wieder gut eingelebt?«, fragte sie, kaum dass Ella sich gemeldet hatte.

»Ich bin doch gerade erst ein paar Stunden wieder hier.« Ella lachte.

»Also noch nicht«, stellte Silke zufrieden fest. »Dann lass das auch. Umso schneller kommst du zurück nach Düsseldorf.«

Ella musste lachen. »Erst mal im Dezember, nur zu Besuch. Weiter mag ich im Moment nicht denken.«

»Uh, das wird Jesko nicht gefallen.« In Silkes Stimme schwang ein breites Grinsen mit. »Er hat mich heute tatsächlich gefragt, ob ich mehr über deine Zukunftspläne weiß.«

»Im Moment ist es nur eine Überlegung«, stellte Ella klar.

Sekundenlang war es still am anderen Ende. »Ja, ich weiß«, sagte Silke schließlich.

»Dann ist es ja gut.« Ella lachte. »Ich befürchte nämlich, dass du mir die Planung völlig aus der Hand nimmst und alles Mögliche für mich regelst. Den Job hast du ja offensichtlich schon klargemacht«, sagte sie grinsend.

Silke lachte ebenfalls. »Dann gehe ich also noch nicht für dich auf Wohnungssuche?«

»Genau das meine ich«, erwiderte Ella trocken. »Du bist imstande und ordnest mein ganzes Leben, noch bevor ich für mich herausgefunden habe, was ich wirklich will.«

»Du willst natürlich zurückkommen und in der Galerie arbeiten«, erwiderte Silke ungerührt. »Du weißt es nur noch nicht.« Sie schwieg einen Moment. »Aber du hast ja recht, ich habe es verstanden«, fügte sie sanft hinzu.

»Ich will einfach herausfinden, was nicht nur für mich, sondern auch für die Kinder das Beste ist, und …« Ella brach ab, weil irgendwo im Haus eine Tür zuschlug. Es konnte keines der Mädchen sein, die waren noch in der Schule und im Kindergarten. Robin vielleicht? Oder Max?

»Silke, ich muss Schluss machen«, verabschiedete sie sich hastig. »Ich rufe dich in den nächsten Tagen wieder an.«

»Ja, ich muss auch weitermachen.« Silke seufzte genervt. »Jesko erscheint alle paar Sekunden und schaut demonstrativ auf seine Uhr.«

»Ja, das kenne ich. Das gehört zu den Dingen, die ich nicht vermisse.« Während sie sprach, lauschte sie nach weiteren Geräuschen im Haus, aber es war nichts mehr zu hören. Hastig beendete sie das Gespräch und machte sich auf die Suche.

Die Haustür war geschlossen. Es waren auch keine feuchten Spuren zu sehen, die da sein müssten, wenn jemand durch den Schnee ins Haus gekommen wäre. Ella ging nach oben. Obwohl sie sich nach wie vor sicher war, dass die Mädchen nicht zu Hause sein konnten, schaute sie in deren Zimmern nach. Danach überprüfte sie alle anderen Räume. Max' Büro war leer, ebenso wie das Gästezimmer, in dem er jetzt schlief. Jedenfalls hatten sie einmal geplant, dieses Zimmer als Gästezimmer einzurichten, aber in dem Raum standen lediglich eine alte Schlafcouch und ein paar Umzugkartons, die sie nach all den Monaten noch immer nicht ausgepackt hatte. Nach fast zehn Monaten!

*Nichts zeigt deutlicher, dass ich hier nie richtig angekommen bin.*

Als Ella das Zimmer wieder verließ, spürte sie einen kalten Luftzug. Er kam vom Ende des Ganges. Dort, wo sich die Treppe hinauf zum Dachboden befand.

Ella lächelte, als sie sah, dass die Tür nicht richtig geschlossen war. Ein heftiger Windstoß, der durch eines der kaputten Speicherfenster fuhr, schlug sie kurz und heftig gegen den Pfosten. Das war das Geräusch, das sie eben gehört hatte!

*Max muss unbedingt die beschädigten Fenster austauschen lassen.*

Ella zog die Tür fest ins Schloss. Danach machte sie die Betten in den Kinderzimmern, erledigte die Wäsche und räumte die Küche auf. Nach einem Blick auf die Uhr wurde ihr plötzlich bewusst, dass sie es nicht mehr zum Supermarkt schaffen würde, bevor sie die Mädchen abholen musste.

Die Vorstellung, mit den beiden einkaufen zu gehen, war wenig erheiternd. Lilly hasste das. Sie stapfte meist nörgelnd hinter ihr her und stellte jede Minute die Frage, wann sie endlich nach Hause fuhren.

Mathilda war das genaue Gegenteil. Sie liebte es, wenn Ella sie mitnahm, erkundigte sich vorher immer, ob sie sich etwas aussuchen durfte, und brauchte ewig, bis sie sich entschieden hatte.

Ella trat ans Fenster. *Und wenn ich ausnahmsweise doch noch einmal in dem Laden hier im Ort einkaufe?* Nachdenklich schaute sie hinaus. Draußen tobte Odilia Hintze sich mit einem Schneeschieber aus und nutzte die Gelegenheit zu einer weiteren Provokation. Sie schob den Schnee nicht einfach vom Bürgersteig auf die Straße, sondern geradewegs vor die Einfahrt zu Ellas und Max' Haus.

Ella atmete tief durch. Sie war fest entschlossen, sich von ihrer Nachbarin nicht schon wieder ärgern zu lassen. Plötzlich kam ihr eine Idee. Ella zögerte, doch dann zog ein strahlendes Lächeln über ihr Gesicht. Eigentlich musste sie ihrer Nachbarin sogar dankbar sein …

Kurzentschlossen wählte sie Max' Nummer. Es dauerte eine Weile, bis er das Gespräch annahm, und offensichtlich hatte er auf dem Display gesehen, dass sie anrief.

»Was ist denn?«, knurrte er unfreundlich. »Ich bin mitten in einer Besprechung.«

»Das tut mir natürlich sehr leid«, log Ella. »Aber wenn du nicht willst, dass unsere Kinder verhungern oder im Schnee erfrieren, brauche ich deine Hilfe.«

Er schwieg, schien darauf zu warten, dass sie fortfuhr.

»Ich komme hier nicht weg«, sagte Ella. »Du musst also die Mädchen abholen und einkaufen fahren. Wenn du sofort losfährst, bist du rechtzeitig zu Mathildas Schulschluss da.«

»Wieso kommst du nicht weg?« Seine Stimme war jetzt laut.

»Weil unsere Nachbarin die Schneemassen vor ihrem Haus in unsere Einfahrt geschoben hat.« Ella war sich durchaus bewusst, dass sie mit dem Begriff »*Schneemassen*« mächtig übertrieb, aber das war ihr egal.

»Ja, dann mach den Schnee irgendwie weg.«

»Das mache ich auf keinen Fall!«, lehnte Ella entschieden ab und log gleich ein weiteres Mal. »Ich habe mich in Düsseldorf ein wenig erkältet und keine Lust, mir hier jetzt eine Lungenentzündung zu holen.«

»Verdammt! Du hast nichts anderes zu tun, als dich um das Haus und die Kinder zu kümmern!«

Ella traute ihren Ohren nicht. Hatte er das wirklich gesagt? »Ja, genau!«, sprudelte es aus ihr heraus. »Und was das bedeutet, hast du am Wochenende ja selbst erlebt. Und du hast recht: Ich habe nichts anderes mehr zu tun. Ich habe alles aufgegeben, was mir wichtig war, während du dein Leben so weiterlebst wie bisher. Für mich hat sich bis auf den Wohnort und die Tatsache, dass ich meine geliebte Arbeit in der Galerie nicht mehr machen kann, nichts geändert!«

Sie hatte keine Ahnung, was ihr Wutausbruch in ihm bewirkte, aber er sprach zumindest leiser, als er schließlich sagte: »Die Mädchen kannst du ja wohl zu Fuß abholen. Um alles andere kümmere ich mich.«

Damit legte er auf, bevor Ella noch etwas entgegnen konnte.

Als sie die Tür öffnete, schlängelte sich der getigerte Kater an ihr vorbei. Mit einem knappen »Miau« begrüßte er sie, dann schlenderte er ins Wohnzimmer.

Ella, bereits in Mantel und Schal gehüllt, folgte ihm und beobachtete, wie er sich auf dem Sofa zusammenrollte.

»Mach es dir ruhig gemütlich.«

Offensichtlich waren Katzen nicht empfänglich für Sarkasmus.

Er blinzelte sie nur kurz an und schien fest entschlossen, diesen Platz vorerst nicht zu räumen.

Ella zögerte. »Na gut«, sagte sie schließlich. »Du kannst kurz bleiben, um dich aufzuwärmen. Aber stell nichts an, ich bin gleich wieder zurück.«

Der Kater schnurrte zur Antwort. Oder war es eine Katze?

Ella beschloss, dass es ein Kater war. Er hatte so etwas im Blick ...

Jetzt musste sie über sich selbst lachen. Irgendwie freute sie sich, dass er wieder aufgetaucht war. Und es rührte sie, dass er offensichtlich beschlossen hatte, bei ihr einzuziehen, zumindest zeitweise. Allerdings gab es da bestimmt irgendwo Menschen, denen das Tier gehörte und die es wahrscheinlich vermissten.

Und wenn nicht?

Ella lächelte still vor sich hin. Sie hatte nichts dagegen, wenn der Kater blieb, auch lange. Die Mädchen wünschten sich sowieso ein Haustier, und eigentlich war das bisher vor allem an Max gescheitert.

»Ich mag Tiere«, hatte er immer behauptet. »Aber wir haben keine Zeit, uns auch noch darum zu kümmern. Wir arbeiten beide, außerdem können wir dann nicht mehr so einfach verreisen ...«

»Jetzt arbeitet nur noch einer von uns.« *Wann habe ich eigentlich angefangen, Selbstgespräche zu führen?* »Und gemeinsam verreisen werden wir erst recht nicht mehr!«

Diesmal hob der Kater den Kopf und schaute sie an. Wie am vergangenen Abend war sein Blick tief und unergründlich. Ganz so, als könne er ihr bis auf den Grund der verletzten Seele schauen.

»Miau«, machte er leise, dann legte er den Kopf wieder auf seine Vorderpfoten und schlief.

Eigentlich hatte Ella gehofft, dass Odilia Hintze längst wieder in ihrem Haus verschwunden war. Der Bürgersteig auf ihrer Seite war blitzeblank. Nicht nur vom Schnee befreit, sondern auch noch mit einem harten, drahtigen Besen gefegt.

Auf den Odilia sich jetzt stützte, während sie Ella entgegensah.

*Sie wartet auf mich.* Ella erkannte es in diesem Moment mit unumstößlicher Sicherheit. *Sie weiß, dass ich jeden Mittag die Mädchen abhole.*

Mit einem kurzen Gruß wollte sie an Odilia Hintze vorbei, aber das ließ ihre Nachbarin nicht zu.

»Bei uns auf dem Land ist es üblich, den Schnee wegzufegen«, sagte Odilia bissig, ohne ihren Gruß zu erwidern.

»Bei uns in der Stadt auch«, erwiderte Ella freundlich. »Aber da benehmen wir uns anständig und kehren den Schnee nicht vor das Haus oder die Einfahrt der Nachbarn.«

Odilia Hintze starrte sie mit offenem Mund an. Als ihr eine Antwort einfiel, hatte Ella sich schon ein paar Meter entfernt.

»Dafür verjagen wir keine armen, alleinstehenden Frauen aus ihren Häusern!«

Ella beschloss, nicht darauf zu antworten, und ging mit großen Schritten weiter.

Mathilda kam mit ihren Klassenkameradinnen gerade aus der Schule, als Ella eintraf. Freudenstrahlend lief sie auf ihre Mutter zu. »Ich darf mitsingen!«

»Toll!«, sagte Ella, während sie sich gleichzeitig fragte, wie jemand auf die Idee kommen konnte, ihre Tochter irgendwo mitsingen zu lassen. Mathilda war das unmusikalischste Kind, das sie kannte. Sie konnte keinen Ton halten und ihre Stimme überschlug sich, sobald die Tonlage höher wurde.

»Wann und wo darfst du denn mitsingen?«, wollte Ella wissen.

»Bei der Christmette. Wir gehen doch dahin?« Bettelnd schaute Mathilda sie an. »Die ganze Familie. Alle Leute in Tannreuth gehen dahin.«

*Toll*, wiederholte Ella, diesmal in Gedanken. Ihre Familie war jetzt schon denkbar unbeliebt, weil sie das Haus ihrer Vorbesitzerin ersteigert hatte. Sie glaubte zu wissen, was Odilia Hintze sagen würde, wenn sie ihr nach Weihnachten irgendwo begegnete: »Das ist die Frau, die der armen Monika Lieberg das Haus weggenommen hat. Außerdem ist sie die Mutter des Kindes, das uns die Christmette versaut hat.«

»Mama, warum guckst du so komisch?«, fragte Mathilda.

Ella schluckte. Sie machte sich ganz bestimmt vollkommen unnötig Gedanken. Alle würden lachen, wenn Mathilda sang …

… und das war noch schlimmer. Ihre arme Kleine der Lächerlichkeit preisgegeben. Sie musste das irgendwie verhindern!

»Mama!«

»Das wird bestimmt sehr schön.« Ella lächelte gezwungen. »Und wir werden natürlich alle dabei sein, wenn du deinen großen Auftritt hast.«

In diesem Moment kam eine Frau über den Schulhof gerannt, während gleichzeitig eine Gruppe Kinder aus dem Schulgebäude trat. Ein Mädchen löste sich aus der Gruppe und winkte. »Laura! Hier bin ich.«

Mathilda war dem Blick ihrer Mutter gefolgt. »Das ist Juna«, sagte sie. »Sie ist in der Babyklasse.«

Also in der ersten Klasse, schlussfolgerte Ella. Seit Mathilda in die zweite Klasse aufgestiegen war, genau gesagt seit dem Sommer, fühlte sie sich sehr erwachsen.

Sie musterte die Frau. Laura sah nett aus und sehr sympathisch. Sie waren sich schon ein paarmal kurz auf dem Schulhof begegnet, aber heute hörte Ella zum ersten Mal ihren Namen.

»Das ist Junas Tante«, flüsterte Mathilda ihr zu, als sie gemeinsam den Schulhof verließen. »Die wohnt bei Juna, weil Junas Mama und Papa im Himmel sind.«

Etwas mehr als eine halbe Stunde später kehrte Ella mit den beiden Mädchen zurück. Sie war froh, dass Odilia Hintze ihren Beobachtungsposten auf der Straße aufgegeben hatte. Und gleichzeitig enttäuscht, weil von Max nichts zu sehen war. Aber vielleicht dauerte das mit dem Einkaufen ...

»Ich habe Hunger«, sagte Mathilda.

»Ich auch.« Lilly warf ihre Kindergartentasche in die Ecke und stürmte in die Küche.

Mathildas Schulranzen flog in die andere Ecke des Flurs. »Wann gibt es Essen?«

»Wenn Papa kommt. Er ist einkaufen«, entgegnete Ella und ging ins Wohnzimmer, um nach dem Kater zu sehen. Kalte Luft schlug ihr entgegen. Die Tür zur Terrasse stand einen Spaltbreit offen, der Kater war verschwunden. Im Schnee draußen waren seine Fußspuren zu sehen.

»Das gibt es doch nicht«, murmelte Ella. Sie hatte die Terrassentür heute Morgen kurz zum Durchlüften geöffnet und sie offensichtlich nicht richtig geschlossen.

Sie wurde abgelenkt, weil Robin nach Hause kam, viel zu früh für einen Montag. Auf dem Rücken trug er seinen Rucksack mit den Schulbüchern, in den Händen hielt er zwei prall gefüllte Einkaufstüten.

»Solltest du nicht in der Schule sein?«, fragte Ella überrascht.

»Ich mache die letzten beiden Stunden blau.« Robin grinste. »Mit offizieller Erlaubnis von Papa. Der hat mich losgeschickt, um einzukaufen und die Einfahrt vom Schnee zu befreien.«

Ella wusste nicht, welches Gefühl überwog: Der Ärger auf Max, weil er ihren Sohn dazu angestiftet hatte, die Schule zu schwänzen, um sich vor seiner eigenen Verantwortung zu drücken? Oder die Verwunderung über Robins Bereitschaft, die ihm aufgetragenen Arbeiten zu erledigen.

»Das gefällt mir nicht«, sagte sie streng.

»Chill mal, Mama.« Obwohl Robin immer noch grinste, lag ein genervter Unterton in seiner Stimme. »Wir hatten nur Theater-AG. Ich verpasse also nichts Wichtiges.«

»Du bist in einer Theater-AG?« Davon hatte Ella bislang nichts gewusst. »Seit wann?«

»Seit kurzem.« Robin wurde rot. »Wir proben *Romeo und Julia*. Die Aufführung ist am Wochenende vor den Weihnachtsferien.«

Damit traten gleich zwei ihrer Kinder öffentlich auf. Und diesmal freute sich Ella. »Das ist ja toll! Wir kommen natürlich alle.«

Robins Miene spiegelte sein Entsetzen. »Auf keinen Fall! Das ist so schon peinlich genug. Ich mache da nur wegen Aurora mit.« Er zog sein Handy aus der Tasche, als ein kurzer Klingelton den Eingang einer Nachricht ankündigte. »Papa«, sagte er knapp. »Er will wissen, ob ich alles erledigt habe.«

Für Ella war das Thema Theater-AG noch nicht abgeschlossen, aber für den Moment ließ sie ihren Sohn in Ruhe. »Ich wundere mich ehrlich gesagt, dass du das alles freiwillig machst.«

»Freiwillig ja.« Robin tippte eine knappe Antwort ins Handy, bevor er es wieder in seine Hosentasche steckte. »Aber nicht kostenlos. Papa lässt einen Hunderter dafür springen.«

Ella setzte zu einer entrüsteten Antwort an, doch Robin ließ es nicht zu.

»Ich habe das mit Papa so vereinbart!« Er schaute sie finster an. »Ich brauche das Geld.«

»Wofür?«

Robin druckste herum. »Mann, musst du mich so etwas fragen?«, platzte es aus ihm heraus. »Bald ist Weihnachten …«

Er arbeitete, um Weihnachtsgeschenke zu kaufen? Das wiederum gefiel ihr. Nur das mit den Arbeitszeiten musste er nochmal überdenken …

Lächelnd wies Ella mit dem Finger auf die Straße. »Dann weißt du ja, was du jetzt zu tun hast.«

Während Robin die Einfahrt freischaufelte, entschied Ella, schnell Spaghetti mit Tomatensoße zu kochen, das mochten alle Kinder. Die Gerichte aus dem Kühlschrank würde sie morgen servieren. Sie war gerade fertig, als Robin ins Haus zurückkam. Er zog seine Stiefel und seinen Mantel aus, warf alles auf Mathildas Schulranzen und setzte sich ebenfalls an den Tisch.

»Wie war euer Wochenende?«, erkundigte sie sich.

»Toll.« Lilly saugte eine Spaghetti in den Mund, bevor sie weitersprach. »Papa hat jeden Tag Pizza für uns bestellt.«

Immerhin wusste Ella jetzt, was die Kinder während ihrer Abwesenheit gegessen hatten.

»Und morgens sind wir nach Freiburg ins Café gefahren.« Mathilda zog eine Schnute. »Das war aber langweilig.«

»Ja«, bestätigte Lilly, deren Mund jetzt rundum mit roter Tomatensoße verschmiert war. »Wir mussten an einem Tisch sitzen, und Papa saß mit einer Frau an einem anderen Tisch.«

Ella schaute Robin fragend an, doch der hob nur ahnungslos die Schultern. »Ich war nicht dabei.« Bevor sie weiterfragen konnte, wollte er wissen: »Wie war es denn bei dir?«

»Wunderschön.« Ella zögerte einen Moment, bevor sie die Frage stellte, die sie selbst beschäftigte: »Wie würdet ihr es finden, wenn wir nach Düsseldorf zurückziehen?«

Die Reaktion war ernüchternd.

»Auf keinen Fall«, erklärte Robin kategorisch. »Ich habe hier neue Freunde gefunden. Und Aurora ...« Er brach ab.

»Ich will auch nicht weg«, sagte Mathilda weinerlich. »Hier darf ich singen. In Düsseldorf durfte ich nie in der Schule singen.«

Lilly sog gerade wieder Spaghetti ein. Strahlend schaute sie ihre Mutter an. »Krieg ich zu Weihnachten eine Katze?«

# Kapitel 6

Laura saß in ihrem Büro und packte das Brot aus, das sie sich in aller Eile geschmiert hatte, als sie die Kinder kurz zu Hause abgeliefert hatte. Tobias blieb heute Nachmittag bei ihnen, sie hatte später noch einen Termin mit einem Mandanten.

Die Tür zu ihrem Büro stand weit offen, sie war allein in der Kanzlei. Peter traf sich in Freiburg mit einem Staatsanwalt, und ihre Schreibkraft Gabriele Bender arbeitete nur halbtags an drei Tagen in der Woche.

Sie wollte gerade in ihr Brot beißen, als auf der Holztreppe, die zu den Räumen der Kanzlei führte, laute, polternde Schritte zu hören waren. Die Tür der Kanzlei flog auf, und Burkard Roth stapfte herein.

*Was will der denn hier?*, dachte Laura. Um ihren Brief konnte es nicht gehen, den hatte sie erst in der Mittagspause als Einschreiben abgegeben. Sie wurde in ihren Gedanken jäh durch Henry unterbrochen, der nun an seinem Herrchen vorbeischoss, geradewegs in Lauras Büro. Blitzschnell schnappte er nach ihrem Brot.

»Lass das!«, rief Laura empört und streckte die Hand aus.

Ein tiefes Grollen kam aus der Kehle des Hundes. Laura zog ihre Hand hastig zurück.

»Er mag es nicht, wenn er beim Fressen gestört wird.« Burkard Roth grinste knapp und sichtlich schadenfroh.

»Und ich mag es nicht, wenn mir mein Essen gestohlen wird«, konterte Laura aufgebracht.

»Das kann Henry bestimmt verstehen.« Zweifellos machte Burkard Roth sich gerade über sie lustig. »Er ist auch sauer, wenn ihm jemand das Essen wegnimmt.«

»Sie sind bestimmt nicht hier, um sich mit mir über den Gemütszustand Ihres Hundes während seiner Mahlzeiten zu unterhalten«. Es war schwierig, jemanden von oben herab zu behandeln, wenn der andere aufrecht vor einem stand. Auch wenn sich zwischen ihnen der Schreibtisch befand.

Laura traute sich nicht, ebenfalls aufzustehen, weil Henry bei jeder ihrer Bewegungen ein wenig die Lippen kräuselte und seine Reißzähne präsentierte.

»Was machen Sie hier?«, wollte Burkard Roth jetzt wissen.

»Arbeiten!«

Er schaute sie sekundenlag mit unbewegter Miene an. »Jetzt sagen Sie nicht, dass ausgerechnet Sie Rechtsanwältin sind.«

Laura schwieg, zog nur die Augenbrauen hoch. Er hatte sich die Antwort selbst gegeben. Burkard Roths Anwesenheit in der Kanzlei verriet, dass er rechtliche Unterstützung suchte, aber es war völlig absurd, dass er sie ausgerechnet bei ihr finden würde.

Offensichtlich sah er das anders. »Ich habe einen Brief bekommen«, begann er.

»Ach?«, stieß sie hervor.

»Ja.« Er zog einen zerknitterten Umschlag aus seiner Manteltasche.

Laura verschlug es die Sprache. Die Situation entbehrte nicht einer gewissen Komik, nachdem ausgerechnet der Mann ihre Hilfe suchte, dem sie selbst rechtliche Schritte angedroht hatte, auch wenn er davon noch nichts wusste. Natürlich war es völlig ausgeschlossen, dass sie sein Mandat übernahm. Gleichzeitig war sie aber neugierig, mit wem Burkard Roth sich noch herumstritt.

Deshalb schickte sie ihn nicht sofort weg, sondern wartete gespannt auf weitere Erläuterungen. Als Burkard Roth den Brief auf den Schreibtisch legte, wollte sie danach greifen, doch damit war Henry nicht einverstanden. Er knurrte leise.

»Halt die Klappe«, entfuhr es Laura unbedacht und ziemlich laut.

Henry verstummte augenblicklich. Er warf ihr einen scheelen Blick zu, dann trottete er um den Tresen herum zurück zu seinem Herrchen.

So funktionierte das also!

Laura bedachte den Hund mit einem langen Blick und griff nach dem Brief.

Er war von einer Simone Bahlmann, die behauptete, dass Henry ihr gehöre. Als Beweis hatte sie die Kopie der Kaufbescheinigung beigelegt und forderte nun nachdrücklich die Herausgabe des Rottweilers.

»Die Bescheinigung lautet auf Frau Bahlmanns Namen. Und wenn Frau Bahlmann nachweisen kann, dass sie den Hund gekauft hat, müssen Sie ihn auch herausgeben.« Laura blieb sachlich, auch wenn sie insgeheim frohlockte. Genau hier und jetzt bahnte sich offensichtlich die Lösung ihres Problems an.

Burkard Roth starrte sie empört an. »Sie hat mir Henry geschenkt! Da war Henry gerade mal zwölf Wochen alt.«

»Gibt es irgendeinen Beweis, dass sie Ihnen den Hund geschenkt hat? Ein Schriftstück, Zeugen?«

Burkard Roth schüttelte den Kopf. Verzweiflung schlich sich in seinen Blick. »Ist es denn nicht Beweis genug, dass Henry seit drei Jahren bei mir lebt?«

»Welche Verbindung gibt oder gab es denn zwischen Ihnen und Frau Bahlmann?«

Burkard Roth zögerte. »Wir waren mal zusammen …«, erwiderte er dann langsam.

War er deshalb nach Tannreuth gezogen? Um sich von dem Schmerz seiner verlorenen Liebe zu erholen? Und hing er deshalb so sehr an seinem Hund? »Es ist schwer, verlassen zu werden«, sagte sie aus diesen Gedanken heraus.

»Das mag sein. Aber eigentlich habe ich mich von ihr getrennt«, sagte Burkard Roth spöttisch und zerstörte innerhalb von Sekunden den winzigen Hauch von Sympathie, den Laura eben zum ersten Mal für ihn empfunden hatte.

Er zuckte die Schultern. »Ich bin nicht so der Beziehungstyp«, fuhr er fort. »Nach einer Weile habe ich meist genug. Ich brauche das Neue, das Aufregende.«

*Burkard Roth, der Womanizer?* Laura musterte ihn überrascht. Er war groß und dünn, fast schon hager. Sein Gesicht war kantig, sein Kopf schien zu groß für den mageren Körper. Die dunklen Haare waren stark angegraut und raspelkurz geschnitten. Eine Brille mit einem sehr dunklen Gestell beherrschte sein Gesicht … Sie fragte sich, was die Frauen wohl an ihm fanden. Okay, er hatte schöne Augen. Vielleicht hätte Laura auch der humorvolle Zug um seine vollen Lippen gefallen, wenn er sie nicht ständig so aufbringen würde.

Er grinste. »Wenn Sie dann mal aufhören, mich anzustarren, könnten wir vielleicht wieder zur Sache kommen. Apropos, zur Sache kommen …« Jetzt wurde sein Grinsen geradezu penetrant. »Machen Sie sich keine Hoffnungen, Sie sind nicht mein Typ.«

Laura traute ihren Ohren nicht. Nur gut, dass sie bei ihren Auftritten vor Gericht gelernt hatte, sich zusammenzureißen. Doch bevor sie etwas entgegnen konnte, wurde seine Miene wieder ernst. Er deutete auf den Brief. »Aber das da heißt doch nicht, dass Simone ihr Geschenk zurückverlangen kann. Oder?«

»Tut mir leid«, behauptete Laura. Sie faltete Simone Bahlmanns Schreiben sorgfältig zusammen und legte es zurück auf den Tresen. »Wenn Sie nicht beweisen können, dass Frau Bahlmann

Ihnen den Hund geschenkt hat, müssen Sie ihr den Hund aushändigen.«

Burkard Roth griff nach dem Brief und stopfte ihn zurück in seine Manteltasche. »Eher friert die Hölle zu«, knurrte er. »Komm, Henry.«

»Bis bald«, murmelte Laura in der Gewissheit, dass er hier wieder auftauchen würde, sobald er ihren Brief erhielt.

Er verabschiedete sich nicht einmal, bevor er zusammen mit seinem Hund die Kanzlei verließ. Kurz darauf waren seine polternden Schritte wieder auf der Treppe zu hören, dann war es still. Nachdenklich blickte Laura ihm nach, bis ihr Handy den Eingang einer SMS meldete. Der Mandant, auf den sie eigentlich gewartet hatte, bat um einen neuen Termin, weil er es heute nicht mehr schaffte. Sie nutzte die freie Zeit, um einige Briefe zu diktieren. Danach recherchierte sie online zu einem Fall, den sie gerade bearbeitete, und las sich dabei so fest, dass sie nicht bemerkte, wie die Zeit verstrich. Erst der Eingang einer SMS zeigte ihr, dass sie längst Feierabend hatte.

*Bring doch bitte Brot mit*, schrieb Tobias.

*Das mache ich*, schrieb sie zurück. *Bis gleich.* Sie räumte hastig ihren Schreibtisch auf, schaltete den Computer aus und löschte das Licht, bevor sie die Kanzlei verließ.

Die Bäckerei Eckert lag nicht weit von der Kanzlei entfernt auf der anderen Seite des kopfsteingepflasterten Marktplatzes. Hübsche alte Laternen beleuchteten den verschneiten Platz. Mit jedem Schritt wurde der verführerische Duft nach Frischgebackenem stärker. Von rechts näherte sich eilig eine Person, die Laura erkannte, als sie in den Lichtkegel einer der Straßenleuchten trat: Ursula aus der Töpferrunde.

Sie grinste, als sie Laura bemerkte. »Treibt dich auch die Neugierde hierher?«

Laura wusste nicht, wovon sie sprach. »Worauf?«

Ursula beugte sich ein wenig vor. »Er ist da«, flüsterte sie, obwohl kein Mensch in der Nähe war.

»Wer?« Laura hatte noch immer keine Ahnung, was ihre Töpferfreundin meinte.

»Carlo! Lorenz' Freund.«

»Ach so.« Das hatte sie völlig vergessen. Sie wies auf Ursulas Gesicht. »Das Schminken hättest du dir sparen können, der Mann ist schwul«, sagte sie lächelnd.

»Es schadet nie, einen guten ersten Eindruck zu hinterlassen.« Ursulas Stimme klang hochtrabend, und sie begleitete ihre Worte mit einer hoheitsvollen Handbewegung, um gleich darauf wieder laut zu lachen. »Außerdem habe ich den besten Ehemann, den eine Frau sich wünschen kann, und den tausche ich gegen keinen Kerl der Welt.«

Laura schmunzelte. Sie dachte an Wendelin, der ganz im Gegensatz zu der molligen Ursula sehr groß und dünn war.

»Das klingt schon mal gut. Und jetzt muss ich mir den Mann unbedingt ansehen.« Laura stieg die beiden Stufen zur Bäckerei hoch, Ursula folgte ihr.

Ein melodisches Läuten war zu hören, als sie die Tür öffnete. Das war neu. Sonst war aber alles beim Alten. In der gläsernen Theke lag allerlei Gebackenes. Dahinter stand Lorenz Eckert, er trug einen weißen Kittel, der vorn nicht geschlossen war, darunter einen Anzug und eine Krawatte.

Laura und Ursula warfen sich einen kurzen Blick zu.

Lorenz lächelte sie nacheinander an. »Was kann ich für euch tun?«

»Ich nehme das Übliche.« Normalerweise besorgte Tobias das Brot hier, und darüber war Laura sehr froh. In ihrer Anfangszeit in Tannreuth war ihr Verhältnis zu Lorenz Eckert sehr schwierig gewesen, weil sie seinen Kaufempfehlungen nicht hatte folgen wollen. Er hatte sie daraufhin immer weiter konsequent gesiezt, was in Tannreuth eine Form der Ausgrenzung beinhaltete, und schließlich dazu führte, dass Laura eine ganze Weile das Brot für die Familie nur noch im Supermarkt in der Stadt gekauft hatte.

Nach St. Martin im vergangenen Jahr hatte sich die Situation zwischen ihr und dem Bäcker allerdings entspannt. Laura erinnerte sich gut an den Moment, als er sie das erste Mal geduzt und ihr somit das Gefühl gegeben hatte, dass sie von da an dazugehörte. Trotzdem herrschte noch eine gewisse Distanz zwischen ihnen.

»Die Hanna isst gerne das Vollkornbrot mit den Walnüssen«, zählte Lorenz Eckert auf. »Juna das Kartoffelbrot, und Leo liebt meine Schokocroissants.«

»Leo liebt alles, was süß ist.«

»Dann musst du einen Moment warten.« Lorenz wies mit dem Daumen hinter sich. »Die Croissants kommen gleich aus dem Backofen.« Er wandte sich Ursula zu. »Und was willst du?«

Ursula öffnete den Mund, doch in diesem Moment betrat ER den Verkaufsraum.

Ursula sagte kein Wort, starrte ihn mit offenem Mund an. Auch Laura verschlug es glattweg die Sprache ...

Ein weißes Shirt umspannte seine breite Brust und die kräftigen Oberarme. Er trug eine Jeans, die ebenfalls zeigte, dass er sich gern und oft im Fitnessstudio aufhielt. Graue Strähnen durchzogen seinen Bart, eine Beanie bedeckte seinen Kopf und betonte so noch stärker seine männlich markanten Gesichtszüge. Grüngraue Augen, wohlgeformte Lippen und ein Lächeln, das unter die Haut ging. Mühelos trug er einen mit Brotlaiben gefüllten Weidenkorb. Er beugte sich ein wenig hinab, um den Korb auf den Schemel vor dem Brotregal zu stellen. Dann richtete er sich mit seiner ganzen Größe von fast zwei Metern wieder auf. Noch nie zuvor hatte Laura einen derart faszinierenden Mann gesehen. Ursula erging es offenbar ebenso.

»Wow!«, stieß sie hervor.

Laura stupste sie leicht an.

Ursula wurde rot. »Ich ... ähm ...«, stammelte sie. »Ich meine ... ähm ... schon beeindruckend, wie Sie so viele Brote auf einmal tragen können.«

»Ja, finde ich auch«, hauchte Laura.

»Das mache ich seit Jahrzehnten«, sagte Lorenz lachend zu Carlo. »Mich hat deshalb noch niemand bewundert.«

Carlo lachte ebenfalls. »Ich bin Carlo«, stellte er sich vor. »Ihr könnt mich ruhig duzen. Das machen doch alle hier im Dorf.«

»Ich bin Ursula.« Ursula zeigte zuerst auf sich selbst, dann auf Laura. »Und das ...«

»Laura«, sagte Laura eifrig. »Schön, dich kennenzulernen, Carlo.«

Carlo nickte lächelnd. Dann umfasste er Lorenz' Schultern von hinten und schob ihn zur Tür. »Die Backstube wartet auf dich«, sagte er leise und so ungemein zärtlich, dass es Ursula einen Seufzer entlockte.

»Ich verkaufe inzwischen dein köstliches Brot.«

»Ja.« Lorenz, der einen ganzen Kopf kleiner war als Carlo, nickte mit glücklicher Miene. Ihm war deutlich anzusehen, wie verliebt er war.

Während Ursula Carlo immer noch wie hypnotisiert anstarrte, verschwand Lorenz in der Backstube.

Laura hatte sich inzwischen von ihrer Überraschung erholt und äußerte ihre Bestellung, als sich Carlo nach ihren Wünschen erkundigte. »Ein halbes Vollkornbrot mit Walnüssen, ein halbes Kartoffelbrot und drei Schokocroissants.«

Carlo packte die Brote ein und ging dann in die Backstube, um die Croissants zu holen.

»Hör auf, ihn so anzustarren«, flüsterte Laura, sobald sie mit Ursula allein war.

»Ich kann nicht«, gab Ursula ebenso leise zurück.

»Denk an Wendelin«, schlug Laura vor. »Du hast vor ein paar Minuten noch gesagt, du würdest ihn nie gegen einen anderen Mann eintauschen.«

»Mache ich auch nicht.« Ursula, die die ganze Zeit auf die Tür zur Backstube gestarrt hatte, wandte nun den Kopf. »Aber ich würde Carlo dazunehmen«, sagte sie grinsend.

»Ich möchte dabei sein, wenn du es Wendelin erklärst«, konnte Laura gerade noch lächelnd sagen, da kam Carlo schon wieder zurück. Er packte die Croissants ein, nannte ihr den Preis und reichte die Tüten über den Tresen.

»Ich nehme auch ein halbes Walnussbrot«, sagte Ursula, als Carlo sie nach ihren Wünschen befragte.

»Nur ein halbes?« Lorenz, der gerade zurück in den Laden kam, schaute Ursula erstaunt an. »Sonst nimmst du doch immer ein ganzes Brot.«

»Ich mag es am liebsten, wenn es ganz frisch ist«, entgegnete Ursula hastig. »Ich komme dann übermorgen wieder.«

Laura gab sich alle Mühe, ihr Lachen mit einem Hustenanfall zu tarnen.

»Du musst vorsichtig sein«, sagte Carlo freundlich. »Es ist sehr kalt geworden. Hoffentlich erkältest du dich nicht.«

Laura winkte ab. »Es ist alles in Ordnung.« Sie wartete, bis auch Ursula bezahlt hatte, dann verließen sie zusammen den Laden.

»Oh Mann«, sagte Ursula.

»Ja … oh ja …« Laura nickte. »Er sieht umwerfend aus. Und ich glaube, dass er ein sehr netter Kerl ist.«

»Gut, dass Weihnachten vor uns liegt.« Ursula lachte laut auf. »Ich schwöre dir, ich werde in diesem Jahr nichts selbst backen.«

Sie verabschiedeten sich mit einer Umarmung, dann gingen sie in unterschiedliche Richtungen davon.

In bester Stimmung kam Laura zu Hause an. Tobias, der gerade im Flur stand, öffnete ihr die Tür. Zärtlich küsste er sie zur Begrüßung, dann nahm er ihr die Brottüten ab. Während Laura den Mantel auszog, berichtete sie ihm von ihrem Besuch in der Bäckerei. Tobias lachte, auch wenn er scherzhaft den Zeigefinger hob. »Ich muss doch nicht eifersüchtig werden?«

Laura umarmte ihn. »Selbst dann nicht, wenn Carlo sich nicht ausschließlich für Männer interessieren würde. Aber ich gebe zu, ich schaue ihn sehr gern an. Und er interessiert mich. Als Mensch, nicht als Mann.«

»Okay, damit kann ich leben. Wie war dein Tag?«

»Burkard Roth war heute in der Kanzlei.«

Tobias war sichtlich überrascht. »Wegen des Briefes, den du ihm geschrieben hast?«

»Nein, den habe ich ja heute erst abgeschickt.« Laura zögerte. »Eigentlich ging es um etwas anderes, aber darüber darf ich nicht reden. Dass er da war, erwähne ich auch nur, weil ich gerade ein bisschen optimistischer bin, dass der Rottweiler hier in Zukunft nicht mehr herumläuft. Weder frei noch angeleint.«

Tobias schaute sie an. Dann stellte er die Brottüten auf den Garderobentisch und griff nach ihrer Hand. Schweigend führte er sie ins Wohnzimmer.

Die Kinder waren oben, Laura konnte ihre Stimmen hören.

Kasimir saß auf der Rückenlehne des Sofas und starrte zur Terrassentür. Dort stand Henry, den Blick fest auf Kasimir gerichtet.

Laura war froh, dass sich die schützende Scheibe zwischen den beiden befand.

# Kapitel 7

Das Geräusch eines Automotors auf ihrer Auffahrt weckte Ella. Sie schaute auf die Leuchtziffern ihres Weckers. Fast zwei Uhr in der Nacht. Wieso kam Max jetzt erst nach Hause?

Ella lauschte in die Dunkelheit. Kurz darauf vernahm sie seine Schritte auf der Treppe. Aber da war noch ein anderes Geräusch, ein leises Klackern. So als liefe jemand in Stöckelschuhen.

Sie setzte sich aufrecht hin. Das wagte er doch nicht? Max würde doch niemals so geschmacklos sein, eine Freundin mit in das Haus zu bringen, in dem nicht nur seine Frau, sondern auch seine Kinder lebten!

Sie hörte, dass eine Zimmertür geöffnet und wieder geschlossen wurde, dann gleich noch einmal. Danach blieb es still, aber Ella konnte lange Zeit nicht einschlafen.

»Mami! Mami!«

Die Stimme drang zuerst dumpf, dann immer drängender in Ellas Bewusstsein.

»Mami, ich muss in den Kindergarten!«

Nur langsam öffnete Ella die Augen. Zuerst sah sie alles verschwommen, dann schärfte sich ihr Blick und sie bemerkte Lilly neben ihrem Bett. Das Kind sah seltsam aus.

»Ich hab mich angezogen«, verkündete Lilly stolz. »Ganz allein.«

»Du hast zwei verschiedene Schuhe an«, murmelte Ella.

»Einen für warm ...« Lilly hob den linken Fuß, an dem sie eine sommerliche Sandale trug, danach präsentierte sie den dicken Winterstiefel am rechten Fuß. »Und einen für kalt. Ich weiß nicht, welches Wetter ist«, sagte Lilly ernsthaft. »Draußen ist kein neuer Schnee. Vielleicht wird es heute ja warm.«

»Ich verstehe.« Ella musterte das weitere Outfit ihrer Tochter. »Und deshalb hast du auch das Prinzessinnenkleid angezogen und darüber den dicken Winterpullover.«

»Das Kleid habe ich angezogen, weil Papa sagt, dass ich darin hübsch aussehe. Er hat mir das Kleid ja auch gekauft«, erklärte die Kleine.

Ja, Ella erinnerte sich noch genau an den Tag. Das Kleid stammte aus einem Geschäft in Düsseldorf, das sich auf Karnevalskleidung spezialisiert hatte. Lilly wollte dieses Kleid unbedingt haben, und Max hatte schließlich nachgegeben.

Ella hatte natürlich wissen wollen, wieso er ausgerechnet dieses Geschäft besucht hatte, und dabei war herausgekommen, dass er seine Assistentin Tosca dorthin begleitet hatte.

»Ich habe sie nur gefahren«, hatte er immer wieder beteuert. »Ihr Auto war in der Werkstatt.«

»Düsseldorf hat beste Straßenbahnverbindungen«, hatte Ella erwidert. »Außerdem gibt es Taxis.«

»Du regst dich jetzt nicht wirklich auf, weil ich einer Mitarbeiterin einen Gefallen erwiesen habe«, hatte sich daraufhin Max ereifert.

Ihr Streit war durch Lilly unterbrochen worden, die in diesem Augenblick mit ihrem Kleidchen ins Zimmer gekommen war. Sie hatte es geschafft, sich den paillettenbestückten Albtraum aus rosa Tüll über den Kopf zu streifen.

Ella und Max waren an dieser Stelle verstummt, doch Tosca war auch danach immer wieder Thema zwischen ihnen gewesen.

Ella neigte eigentlich nicht zu übertriebener Eifersucht, aber Tosca war ein rotes Tuch für sie ...

»Mama, warum sagst du nichts?«, quengelte Lilly. »Ich will in den Kindergarten.«

Ella drehte sich um und schaute auf den Wecker. Neun Uhr!

Sie hatte verschlafen! Den zweiten Tag hintereinander! Was war nur los mit ihr? Sie sprang aus dem Bett. Lilly musste in den Kindergarten, Robin und Mathilda in die Schule.

»Lilly, du musst dich umziehen«, sagte sie hastig. »Du kannst so nicht rausgehen.«

»Ich will aber.« Lilly schob schmollend die Unterlippe vor.

Verflixt, jetzt gab es wieder endlose Diskussionen und Wutausbrüche. Das kostete Zeit, die sie nicht hatte.

»Lilly, bitte ...« Plötzlich fiel ihr ein, dass heute der erste November war. Sie atmete erleichtert auf. »Du musst heute nicht in den Kindergarten«, sagte sie.

»Warum nicht?«

»Heute ist ein Feiertag, da hat alles geschlossen.«

»Weihnachten?« Lillys Stimme klang hoffnungsfroh. »Krieg ich heute Geschenke?«

»Nein, heute ist Allerheiligen. Bis Weihnachten dauert es noch ein bisschen.«

Natürlich gab Lilly sich damit nicht zufrieden. »Was ist Allerheiligen?«

»Das ist ein Fest für Menschen, die vor langer Zeit gelebt und gute Taten vollbracht haben«, erklärte Ella.

»Was für gute Taten?«, wollte Lilly prompt wissen.

»Papa kann dir das viel besser erklären. Warum gehst du nicht zu ihm?«, schlug Ella vor und schämte sich ein wenig, weil sie Lilly zu Max schickte. Sie war einfach so müde ...

Ihre Tochter verließ das Zimmer, und Ella kuschelte sich wieder in ihr Kissen. Sie schlief noch nicht richtig, befand sich in diesem Zustand zwischen Wachsein und Traum, als Lilly erneut an ihrem Bett auftauchte.

»Mama!«

»Lilly«, seufzte Ella. »Du sollst zu Papa gehen.«

»Da war ich doch«, rechtfertigte sich die Kleine. »Aber Papa sagt, er hat gestern Abend viel getrunken, und ich soll zu dir gehen.«

Ella riss die Augen auf. Sie hatte doch sein Auto in der Einfahrt gehört! Wie war Max denn nach Hause gekommen, wenn er nicht nüchtern gewesen war? Niemals würde er sich in diesem Zustand hinter das Lenkrad setzen. Plötzlich erinnerte sie sich, dass sie Schritte auf der Treppe gehört hatte.

»Mama!«, rief Lilly neben ihr in diesem Moment.

»Ja?«, erwiderte Ella gedankenverloren.

»In der Küche ist die Frau mit den roten Haaren und hat ganz wenig an. Was macht die da?«

Es war erstaunlich, wie schnell der Zustand von müde in hellwach wechseln konnte. Mit einem Satz sprang Ella erneut aus dem Bett. Im Nachthemd lief sie die Treppe hinunter, rannte in die Küche und blieb wie angewurzelt in der Tür stehen.

Robin saß am Tisch, nahm sie aber nicht wahr. Er starrte nur auf Tosca, die nichts als ein knappes Hemdchen trug, das gerade einmal ihren Po bedeckte. Ihre langen roten Haare fielen glänzend bis weit über ihre Schulterblätter.

»Da ist kein Müsli«, sagte Tosca, ohne sich umzuwenden.

»Ein Regal höher«, erwiderte Robin mit einem breiten Grinsen auf dem Gesicht. »Du musst dich ein bisschen mehr recken.«

Genau das machte Tosca, dabei rutschte das Hemdchen noch weiter nach oben. Darunter trug sie nur einen String. Auf der rechten Pobacke war ein bunter Schmetterling tätowiert.

»Ach nein«, sagte Robin. »Ich glaube, das Müsli steht in dem Schrank daneben. Recht weit oben. Kannst du da bitte mal nachsehen?«

Tosca öffnete bereits die Schranktür, doch Ella donnerte dazwischen: »Nein!«

Robin schaute sie ärgerlich an. Auch Tosca wandte sich um und zeigte dabei dieses Tosca-Lächeln, das Ella so sehr hasste. Eigentlich zog Tosca nur einen Mundwinkel nach oben, was ihrem schönen Gesicht einen extrem arroganten Ausdruck verlieh. Ellas Erscheinen schien sie kein bisschen aus der Fassung zu bringen. Seelenruhig lehnte sie gegen den Küchenschrank. »Guten Morgen. Möchten Sie Kaffee?« Sie wies auf die Kaffeemaschine. »Ich habe eine ganze Kanne gekocht.«

Tosca verhielt sich ganz so, als wäre sie hier zu Hause und Ella der Gast.

»Vor allem möchte ich, dass Sie sich erst einmal vernünftig anziehen. Und danach hätte ich gerne eine Erklärung, was Sie überhaupt hier zu suchen haben.«

Sie trat zur Seite, als Tosca auf die Tür zuging, um sie vorbeizulassen.

Tosca hielt kurz inne. »Max hat mir erlaubt, hier zu wohnen, solange meine Anwesenheit in der Freiburger Filiale erforderlich ist«, ließ sie die Bombe platzen, dann zog sie erneut in der Andeutung eines Lächelns ihren rechten Mundwinkel hoch und ging wie selbstverständlich die Treppe hinauf. Kurz darauf fiel die Badezimmertür ins Schloss.

»Ich finde es cool, dass Tosca bei uns wohnt«, sagte Robin begeistert.

»Ob Aurora das auch so cool findet, wenn du die Assistentin deines Vaters anhimmelst?«, konterte Ella verbissen.

Der Junge schaute nachdenklich drein, dann zuckte er mit den Schultern. »Gucken ist schließlich nicht verboten.«

Ella verschränkte die Arme vor der Brust. »Ich glaube, dass Aurora auch das nicht gefallen würde. Aber das spielt ohnehin keine Rolle. Diese Frau bleibt nicht hier.«

Robin grinste wieder. »Wetten?«, fragte er.

»Ich wette nicht.« Ella ging zum Küchenschrank und nahm das Müslipaket heraus. Robin war sichtlich verblüfft, als sie es vor ihn stellte.

»Du weißt doch, dass ich nie Müsli esse.«

»Heute schon«, erwiderte Ella und verließ den Raum. In ihr brodelte es, aber ihr Sohn war das falsche Ventil, wenn sie gleich überkochte.

Tosca war offensichtlich noch immer im Bad. Ella hörte die Dusche laufen, als sie oben ankam. Umso besser. Sie wollte mit Max allein sein, wenn sie ihm sagte, was sie zu sagen hatte.

Seit sie und Max beschlossen hatten, sich zu trennen, schlief er im Gästezimmer. Den Kindern hatten sie erzählt, er würde neuerdings schnarchen und wolle Ellas Schlaf nicht stören.

Mathilda und Lilly hatten das fraglos hingenommen. Robin hingegen schien zu spüren, dass etwas nicht stimmte, er hatte ja sogar bereits nachgehakt. Ella fragte sich, wie lange sie ihm noch die Wahrheit verschweigen konnte ...

Ohne anzuklopfen, betrat Ella das Gästezimmer.

Max lag im Bett und schlief tief und fest. Heute Morgen schnarchte er tatsächlich. Das machte er nur, wenn er Alkohol getrunken hatte ...

In diesem Moment schlug Max die Augen auf. Sie starrten einander an, dann richtete er sich leicht auf. »Was machst du hier?«

Ella nannte nur den Namen: »Tosca?«

»Oh Mann, Ella!«

Er schlug die Bettdecke zurück und schwang die Beine über die Bettkante. Er war nackt. »Können wir nicht später darüber reden?«

Ella konnte sich gegen die Bilder in ihrem Kopf nicht wehren. Er und Tosca nebeneinander in diesem Bett ... »Nein, können wir nicht!«, erwiderte sie hart. »Ich will diese Frau nicht hier im Haus haben. Hat Lilly gesehen, dass sie hier bei dir im Bett lag?«

Max schaute sie verständnislos an, dann schien er zu begreifen. Er schüttelte mit fassungsloser Miene den Kopf. »Spinnst du? Tosca hat in meinem Büro geschlafen.«

Eine Welle der Erleichterung durchfuhr Ella, als die Bedeutung der Worte in ihr Bewusstsein sickerten.

Doch Max holte sie brutal aus diesem Zustand. »Und da wird sie auch die nächsten Nächte schlafen«, beschied er knapp.

»Das will ich nicht!«, fuhr sie ihn an.

»Dessen bin ich mir bewusst«, erwiderte er kühl. Er stand auf und kam auf sie zu. »Aber du wirst dich damit abfinden müssen.« Dann ging er vorbei und griff nach seinem Bademantel.

»Niemals!«

Max reagierte nicht. Ohne sich noch einmal nach ihr umzudrehen, verließ er das Zimmer.

Als Ella ihm folgte, verschwand er gerade im Bad. Und während sie sich mit der Frage quälte, ob Tosca ebenfalls noch im Bad war, öffnete sich die Tür zu Max' Büro.

Heraus trat Tosca. Ella spürte einen heftigen Stich. Die Frau sah atemberaubend aus. Sie trug ein malvenfarbenes Kleid, das ihren Körper hauteng umspannte. Dazu Booties aus schwarzem Veloursleder mit hohen Pfennigabsätzen. Ihre roten Haare fielen glänzend über ihre Schultern.

Vor Ella blieb sie stehen. »Ist das Frühstück schon fertig?«, fragte sie.

»Wenn Sie Hotelservice wünschen, müssen Sie in ein Hotel ziehen«, gab Ella verärgert zurück.

»Dann kümmere ich mich mal ums Frühstück.« Tosca zog den rechten Mundwinkel nach oben und stolzierte weiter.

Als Ella ihr nachschaute, bemerkte sie, dass die Booties mit den Pfennigabsätzen eine rote Sohle hatten. Offensichtlich bezahlte Max seine Assistentin ausgesprochen gut.

Ella zog sich in ihr eigenes Zimmer zurück, das einmal ihr und

Max' gemeinsames Zimmer gewesen war. Das war gar nicht mal so lange her, aber es kam ihr gerade unendlich vor. In jeder Hinsicht. Zeitlich, räumlich, körperlich ... In Momenten wie diesem öffnete sich der Panzer um ihr Herz, den sie zum Schutz vor weiteren Verletzungen aufgebaut hatte. Sie ließ die Sehnsucht nach Max zu, spürte sie mit jeder Faser ihres Herzens. Und doch wusste sie, dass das mit ihnen unwiderruflich vorbei war.

Ihr Blick fiel in den großen Spiegel des Kleiderschranks, und das verstärkte ihre niedergeschlagene Stimmung nur noch. Ihr Nachthemd war uralt. Weiße, inzwischen ziemlich verwaschene Blümchen auf hellem Grund. Ein Geschenk ihrer Mutter. Sie selbst hätte sich so etwas nie gekauft, aber sie musste zugeben, dass es ziemlich bequem war. Und erstaunlich gut wärmte in diesen langen, einsamen Nächten.

Ihre blonden Haare wirkten fahl, ihr Gesicht müde und die Fältchen um ihre Augen gruben sich immer tiefer ein. Selbst ihre braunen Augen blickten trübe drein. Es gab nichts Strahlendes an ihr. Nichts, das einen zweiten Blick lohnte, stellte sie deprimiert fest.

Plötzlich musste sie an Chris denken. An die Art, wie er sie angeschaut hatte. »Weil du schön bist«, hatte er gesagt und sie malen wollen. Es hatte ihr geschmeichelt, aber was hatte er in ihr gesehen, das sie selbst nicht mehr fühlen konnte ... *Verdammt! Ich hätte seine Nummer nicht wegwerfen sollen.*

Ella blieb in ihrem Zimmer, bis sie hörte, dass Max das Bad verließ, dann gönnte sie sich selbst eine ausgiebige Dusche, ihrem Haar eine Glanzspülung und ihrem Gesicht ein wenig Puder und Mascara.

Erstaunlicherweise wurde sie in der ganzen Zeit von keinem der Kinder gestört. Das war ungewöhnlich, aber auf eine sehr angenehme und entspannende Art.

Anschließend stand sie vor dem Spiegel und überlegte, was sie anziehen sollte. Sie griff nach dem Kleid, das Max immer so gerne an ihr gesehen hatte, hängte es aber wieder zurück. Auf keinen Fall wollte sie Tosca das Gefühl geben, dass sie in einen Konkurrenzkampf mit ihr trat.

Also zog sie wie jeden Tag eine Jeans an, dazu ihren knallroten Pullover. Damit blieb sie immer noch sie selbst, und so fühlte sie sich auch am wohlsten.

Ella verließ ihr Zimmer. Von unten vernahm sie lautes Lachen und fröhliche Stimmen. Das traf sie tief in der Seele. Ihre Familie schien sich ohne sie ausgezeichnet zu amüsieren. Sie fühlte sich überflüssig, niemand schien sie zu vermissen.

Langsam ging sie die Treppe hinunter und betrat die Küche. Sie wurde nicht einmal bemerkt. Tosca saß auf Ellas Platz, flankiert von Lilly und Mathilda. Lilly trug immer noch ihr Prinzessinnenkleid, Mathilda ihr Nachthemd.

Robin saß auf seinem Stuhl. Sein Blick klebte förmlich an Toscas Gesicht. »Ich habe noch nie so gute Pancakes gegessen«, säuselte er.

»Die sind wirklich hervorragend.« Das war Max. Er saß mit dem Rücken zur Tür, sodass sie sein Gesicht nicht sehen konnte.

»Machst du jetzt jeden Morgen Pämkeks für uns?«, fragte Lilly.

»Klar, wenn ihr das wollt.« Tosca lächelte die Kleine an und strich ihr über die blonden Locken. Dann schaute sie auf und erblickte Ella.

»Da sind Sie ja.« Sie wies auf den noch freien Stuhl am Tisch. »Setzen Sie sich doch.«

*Sie benimmt sich, als wäre sie hier die Hausherrin.* Ella ignorierte Toscas Worte. Sie ging an den Kühlschrank, um den halbvollen Quarkbecher herauszunehmen. Doch der war verschwunden. Sie drehte sich um und warf einen Blick auf den Tisch, aber da war er auch nicht.

»Suchen Sie etwas?«, erkundigte sich Tosca freundlich.

Alle Blicke waren nun auf Ella gerichtet, und so beschloss sie, wenigstens diesmal eine Antwort zu geben. »Da war noch Quark im Kühlschrank.«

»Habe ich nicht gesehen.« Wieder war es Tosca, die antwortete. »Ich habe aber auch nicht danach gesucht, sondern nur nach Eiern und Milch.«

»Warum willst du auch dein olles Müsli essen«, mischte sich Robin ein. »Du musst unbedingt Toscas Pancakes probieren. So was Gutes habe ich schon lange nicht mehr gegessen.«

Wieder empfand Ella tiefen Schmerz. Tosca war erst ein paar Stunden im Haus und schien schon Ellas Platz einzunehmen.

»Danke, nein.« Ella füllte eine Tasse mit Kaffee und setzte sich zu den anderen an den Tisch. Sehr ungern, aber sie wollte Tosca nicht vollständig das Feld überlassen.

Tosca warf ihr einen hochmütigen Blick zu, und das bewies Ella, dass die Assistentin ihres Mannes ihr keineswegs so wohlgesonnen war, wie es nach außen hin den Anschein hatte.

»Machen Sie eine Diät?« Sie zog den rechten Mundwinkel zu ihrem Tosca-Lächeln hoch.

»Nein.« Mehr sagte Ella nicht. Das freundliche Lächeln, das sie aufsetzte, schien Tosca zu verunsichern. Dabei wurde Ella immer deutlicher bewusst, dass sie es keine zwei Tage mit ihr unter einem Dach aushalten würde. *Die Frau muss hier weg!*

»Tosca bleibt übrigens die nächsten Wochen bei uns«, verkündete Max in diesem Moment. Er schaute Ella fest in die Augen, um ihr klarzumachen, dass es keine weitere Diskussion gab.

Ella war entsetzt. Auf keinen Fall würde sie sich darauf einlassen! Allerdings wollte sie sich auch nicht im Beisein der Kinder mit Max streiten. Sie stand auf und verließ die Küche, nicht ohne vorher noch Toscas triumphierenden Blick aufzufangen.

Als sie in den Flur kam, vernahm sie von draußen plötzlich ein klägliches Miauen. Sie öffnete die Haustür, und sofort schlängelte der graugetigerte Kater sich an ihr vorbei ins Haus. Er strich schnurrend um ihre Beine und folgte ihr schließlich ins Obergeschoss.

Ella gönnte sich den Luxus, sich an diesem Vormittag einfach aufs Bett zu legen und zu lesen. Der Kater lag ausgestreckt neben ihr und strahlte eine Ruhe aus, die sich auf Ella übertrug. Als sie ihn streichelte, öffnete er die Augen und schaute sie an. Sein Blick drang durch sie hindurch bis in ihre wunde Seele.

»Gut, dass du da bist«, sagte sie leise.

Der Kater teilte offensichtlich ihre Meinung. Er schmiegte sein Köpfchen in ihre Hand und begann wieder zu schnurren.

# Kapitel 8

Ich bringe ihn um«, flüsterte Laura.

Tobias trat neben sie an die Terrassentür. Auf der anderen Seite saß Henry und starrte ins Zimmer. Schon wieder.

»Der Hund kann nichts dafür«, sagte Tobias sanft.

»Ich rede auch nicht von dem Hund, sondern von Burkard Roth«, stieß Laura erbittert hervor.

»Nachdem du dich geweigert hast, seinen Fall zu übernehmen, war wohl auch nichts anderes zu erwarten«, gab Tobias zu bedenken.

»Wie auch immer, der Hund muss jedenfalls weg. Am besten mitsamt Mann, zur Not aber auch ohne.« Laura schnaubte. »Ich sollte die Gegenseite vertreten. Dann haben wir Ruhe.«

»Ich weiß zwar nicht, worum es geht, aber das klingt, als solltest du dich unbedingt mit der Gegenseite in Verbindung setzen«, schlug Tobias vor. »Oder hat sie schon einen Anwalt?«

»Ich glaube nicht. Jedenfalls kam das Schreiben nicht auf Anwaltspapier.« Laura seufzte tief auf. »Aber leider darf ich das nicht. Laut Bundesrechtsanwaltsordnung.«

Tobias zog sie an sich. »Ich habe zwar keine Ahnung, was da genau drinsteht, aber es macht mich ziemlich an, wenn du über Paragraphen redest. Leg los.«

Laura grinste. »Wenn die Kinder das nächste Mal außer Haus

übernachten, ziehe ich meine Anwaltsrobe an und lese dir aus dem Bürgerlichen Gesetzbuch vor.«

»Ich freue mich jetzt schon darauf«, flüsterte Tobias. Zärtlich küsste er sie.

»Müsst ihr eigentlich immer knutschen?« Hanna kam die Treppe herunter.

Tobias hielt Laura weiter fest im Arm. »Nein, wir müssen das nicht, aber wir wollen es«, sagte er grinsend. »Wenn du dich mal selbst verliebst, wirst du das verstehen.«

Für einen Moment war es vollkommen still im Zimmer, dann umfasste Tobias Lauras Schultern und drehte sie zu Hanna. »Schau mal, unsere Hanna ist ganz rot geworden. Ich glaube, sie ist schon verliebt.«

Hanna winkte ab, lief die restlichen Stufen hinunter und eilte in die Küche.

Laura und Tobias folgten ihr. »Willst du uns nicht mehr erzählen?«, fragte Tobias schmunzelnd.

»Da ist niemand«, behauptete Hanna, ohne ihn oder Laura anzusehen. »Ich bin nicht verliebt.«

Tobias lachte. »Komm schon, mit uns kannst du doch reden.«

Hanna seufzte tief auf. »Na gut, es gibt da einen Jungen in der Schule, den finde ich ganz gut. Eigentlich finden den alle Mädchen in unserer Klasse cool. Der ist aber älter als wir, außerdem wird erzählt, dass er sich nur für Aurora interessiert.«

»Und wie heißt er?«, fragte Laura gerührt.

Doch Hanna winkte sofort ab. »Woher soll ich das wissen?«, entgegnete sie bissig.

»Weil du mit den anderen Mädchen aus deiner Klasse über ihn sprichst. Natürlich weißt du, wie er heißt und wo er wohnt«, entgegnete Tobias ruhig.

Hanna schien mit sich zu kämpfen. »Er wohnt hier in Tannreuth«, rückte sie heraus.

Lauras Neugier war geweckt. »Wir kennen ihn also?«, fragte sie. »Wenigstens vom Sehen?«

»Nein.« Hanna schaute wieder nachdenklich drein. »Glaube ich jedenfalls nicht«, schränkte sie ein. »Seine Familie ist erst Anfang des Jahres nach Tannreuth gezogen. Sie wohnen in Monika Liebergs Haus.«

»Monika?« Laura überlegte, konnte mit dem Namen aber nichts anfangen.

»Monika Lieberg«, wiederholte Hanna. »Die mochte ich gerne. Aber leider musste sie aus ihrem Haus ausziehen.«

»Ah, jetzt erinnere ich mich«, sagte Laura. »Das Haus wurde zwangsversteigert. Ich weiß, dass Peter Stöckel versucht hat, Frau Lieberg zu helfen. Das war ganz am Anfang, als ich bei ihm angefangen hatte, da war das Verfahren schon so gut wie abgeschlossen.«

»Ich kenne die Frau zwar nicht, aber eine Zwangsversteigerung ist immer schlimm«, sagte Tobias ernst.

Laura nickte. Ihre Gedanken wanderten zu Frau Lieberg. Sie erinnerte sich an eine verweinte Frau, die bei Peter Stöckel im Büro gesessen hatte. Völlig verzweifelt, weil ihr alles genommen wurde, was bisher ihr Leben ausgemacht hatte. Immer wieder hatte sie gefragt, was sie denn jetzt machen sollte.

»Das war aber auch wirklich eine sehr traurige Geschichte«, sagte sie schließlich. »Das Haus war ihr Elternhaus. Sie war sehr einsam und unglücklich, nachdem sie nicht nur ihre Eltern, sondern auch ihren Ehemann sehr früh verloren hatte. Und da er die Mindestversicherungszeiten nicht erfüllt hatte, bekam Frau Lieberg keine Witwenrente, ihr blieb nur das Geld, das ihr die Eltern vererbt hatten. Um sich etwas nebenbei zu verdienen, hat sie bei einigen Leuten in der Umgebung geputzt.«

»Wieso hat sie dann letztendlich alles verloren?« Tobias schaute sie fragend an.

Laura seufzte. Ihr ging die Sache immer noch nahe. »Sie hat

sich noch einmal verliebt und geglaubt, endlich das große Glück gefunden zu haben. Aber der Mann war ein Heiratsschwindler. Er hat sich als reicher Geschäftsmann ausgegeben, dessen Geld im Ausland angelegt sei, und ihr eine gemeinsame Zukunft versprochen.«

»Ich verstehe. Er hat sie gebeten, ihm auszuhelfen, bis er an sein Geld kommt. Die alte Geschichte.« Tobias klang wütend.

Laura schenkte ihm einen liebevollen Blick. Sie wusste, dass er nur zu gut verstand, was Monika Lieberg durchgemacht hatte. Er selbst hatte einmal eine Frau geliebt, die sich aber Tobias' Vater zuwandte, als ihr klarwurde, dass dieser über ein großes Vermögen verfügte. Gernot Bernau war Inhaber der Baugesellschaft, für die auch Tobias als Architekt arbeitete. Jedenfalls jetzt wieder. Als sein Vater die schöne Jennifer sogar heiratete, hatte Tobias den Kontakt zu beiden sofort abgebrochen und war in das Haus gezogen, das er von seiner Mutter geerbt hatte. Das Haus neben Lauras, in dem heute Burkard Roth mit Henry lebte.

Jennifer hatte Tobias' Vater zwar nicht in der gleichen Weise betrogen, wie es der Heiratsschwindler mit Monika Lieberg gemacht hatte, aber auf moralische Art und Weise hatte sie sich ebenso schuldig gemacht. Sie hatte Gernot Bernau Gefühle vorgespielt, die sie nie für ihn gehabt hatte, und ihn somit ebenso betrogen wie davor Tobias. Sie war viel unterwegs gewesen, hatte sich kostspielige Reisen und teure Mode gegönnt. Bis Gernot dem irgendwann einen Riegel vorgeschoben hatte ...

»Die arme Frau Lieberg«, durchbrach Tobias jetzt ihre Gedanken. »Warum hast du mir das nie erzählt?«

»Anwaltliche Schweigepflicht.« Laura lächelte schuldbewusst. »Ich hätte auch jetzt nicht darüber gesprochen, wenn die Geschichte nicht eh im ganzen Dorf bekannt wäre. Dabei weiß niemand, wer das in Umlauf gebracht hat.«

»Ich habe jedenfalls noch nichts davon gehört«, sagte Tobias.

»Weil unser Lorenz Eckert nie tratscht und das der einzige Laden ist, den du hier betrittst. Zum Rest der Dorfgemeinschaft hast du auch so gut wie keinen Kontakt.«

»Das stimmt«, sagte er nachdenklich. »Eigentlich würde ich das gerne ändern ...« Er lachte plötzlich auf. »Spätestens wenn ich Rentner bin und die Kinder aus dem Haus sind.«

Später am Vormittag, als sie bei einer Tasse Tee und ein paar Keksen am Küchentisch zusammensaßen, kam Tobias noch einmal auf die Geschichte um Monika Lieberg zurück. »Wieso hat sie das Haus nicht einfach verkauft? Warum hat sie abgewartet, bis es zwangsversteigert wurde?«, wollte er wissen.

Laura stieß einen Seufzer aus. Die Geschichte war wirklich tragisch. »Weil sie seinen Versprechungen geglaubt und dem Betrüger nicht nur ihr Erbe gegeben, sondern für ihn außerdem auch noch hohe Schulden aufgenommen hat. Und dabei war das Haus die Sicherheit für die Rückzahlung der Kredite. Aber nachdem dieser Mensch alles, was möglich war, von ihr geholt hatte, ist er verschwunden. Damals hat er sie in dem Glauben gelassen, dass er seine letzten Auslandsgeschäfte abwickeln und ihr bei seiner Rückkehr das ganze geliehene Geld auf einen Schlag zurückzahlen würde.«

»Was natürlich nie passiert ist.« Tobias atmete tief durch.

»Nie.«

Sie schwiegen einen Moment.

»Was ist denn aus dieser Frau geworden?«, fragte Tobias dann interessiert.

Laura stieß einen Seufzer aus. »Ich weiß es ehrlich gesagt nicht. Ich weiß nur, dass Monika Lieberg Tannreuth mit unbekanntem Ziel verlassen hat. Sie ist quasi verschwunden. Und das Haus wurde von einer Familie aus Köln ersteigert. Mehr weiß ich nicht«, sagte Laura.

In diesem Moment trat Hanna zu ihnen. »Die sind aus Düsseldorf«, verbesserte sie, offenbar hatte sie Lauras Worte gehört. »Und ein paar Leute hier im Dorf sind ziemlich sauer auf Robins Familie, weil die das Haus ersteigert haben«, fügte sie ernst hinzu.

Tobias grinste. »Immerhin wissen wir jetzt, dass er Robin heißt. Und dass dein Robin aus Düsseldorf kommt.«

»Er ist nicht mein Robin«, begehrte Hanna auf, um dann ein kleines, verschämtes »Leider« hinzuzufügen.

In diesem Augenblick stürmte Juna in die Küche. »Der Henry hat Kasimir gefressen!«, schrie sie.

Laura erschrak zutiefst. »Wie kommst du darauf?«, stieß sie hervor.

»Der Henry sitzt an der Terrassentür und leckt sich den Mund. Und Kasimir ist verschwunden.« Die Kleine hob in einer Geste der Hilflosigkeit die Arme und ließ sie wieder sinken. »Ich hab ihn überall gesucht.«

Laura erklärte, dass sie Kasimir nach dem Frühstück aus dem Haus gelassen hatte, trotzdem glaube sie nicht, dass Henry den Kater erwischt hatte. »Dann würde er ja nicht mehr vor der Terrassentür sitzen«, versuchte sie Juna zu erklären. »Er wartet wahrscheinlich ebenso wie wir darauf, dass Kasimir nach Hause kommt.«

»Aber Kasimir kann doch nicht nach Hause kommen, solange Henry da sitzt.« Flehend wandte sie sich an Tobias. »Kannst du den nicht wegmachen?« Das Mädchen war den Tränen nahe.

Tobias nahm Juna auf den Arm. »Nicht weinen«, bat er. »Ich werde alles tun, was in meiner Macht steht.«

Juna schmiegte sich vertrauensvoll an ihn, und Laura dachte nicht zum ersten Mal, wie viel Glück die ganze Familie mit Tobias hatte. Er liebte die Kinder, für ihn hatte nie ein Zweifel daran bestanden, dass die drei bei ihm und Laura aufwachsen würden.

Jetzt stellte er Juna wieder auf den Boden, nahm ihre Hand

und ging mit ihr ins Wohnzimmer bis zur Terrassentür, dicht gefolgt von Laura und Hanna.

Henry saß immer noch wie eine Statue hinter der Scheibe. Es war geradezu unheimlich, wie er sie alle anstarrte.

»Verschwinde«, brüllte Tobias plötzlich, und Henry reagierte tatsächlich: Er erhob sich und wedelte mit dem Schwanz. Eigentlich wedelte das ganze Hinterteil des Hundes.

»Aufgestanden ist er schon mal, aber er geht nicht.« Tobias stöhnte auf. »Sieht so aus, als wäre meine Macht hier erschöpft.«

»Aber du musst den wegmachen.« Juna hielt nach wie vor seine Hand und schaute zu ihm auf. »Du hast es versprochen.«

*Nein, das hat er nicht*, dachte Laura lächelnd. Aber Tobias hätte wissen müssen, dass Juna seine Worte genau so deuten würde.

Tobias beugte sich ein wenig hinunter, bis er auf Augenhöhe mit dem Hund war. Sehr tief musste er sich dafür nicht bücken. »Verschwinde!«, rief er noch einmal. »Hau endlich ab.«

Wieder reagierte der Hund, wenn auch nicht in der geplanten Weise. Nein, Henry gebärdete sich förmlich wie verrückt, der ganze Hund wackelte vor Begeisterung, als hätte er gerade besondere Zuneigung zur Nachbarfamilie entwickelt.

Tobias richtete sich auf. »Der Köter spinnt.«

»Und der geht nicht«, stellte Juna ihrerseits fest. »Vielleicht hört er dich nicht richtig durch die Scheibe.« Sie zog Tobias am Arm. »Du musst rausgehen und ihm sagen, dass er verschwinden soll.«

Tobias' Miene spiegelte sein Entsetzen. Ihm war anzusehen, dass er nicht das geringste Bedürfnis verspürte, die Sicherheit des Hauses aufzugeben. Doch plötzlich änderte sich sein Gesichtsausdruck. »Ja«, sagte er entschlossen. »Ich werde dafür sorgen, dass Henry verschwindet.«

Laura erschrak. »Nein, du gehst nicht raus!«, beschied sie. »Uns fällt bestimmt etwas anderes ein …«

Tobias lächelte ihr beruhigend zu. »Mach dir keine Sorgen. Ich regle das, ohne das Haus zu verlassen.«

Er zog sein Handy aus der Tasche und ging die Treppe hinauf. Laura und die Mädchen blickten ihm nach. Auch Henry rührte sich nicht von der Stelle.

Es dauerte nicht lange, bis Burkard Roth auf ihrer Terrasse auftauchte. Er grüßte nicht, warf nur einen finsteren Blick durch die Scheibe, bevor er Henry am Halsband fasste und mit sich zog.

Kurz darauf kam auch Tobias wieder die Treppe hinunter.

»Super, Tobias!«, rief Hanna. »Wie hast du das geschafft?«

»Ich habe Herrn Roth angerufen und ihn gebeten, seinen Hund abzuholen«, sagte Tobias mit undurchdringlicher Miene.

»Einfach so?« Hanna schaute ihn ungläubig an. »Das war alles?«

Tobias nickte, doch um seine Mundwinkel zuckte es verräterisch.

»Und was hast du wirklich zu ihm gesagt?«, fragte Laura später leise, als sie mit Tobias allein war.

»Ich habe ihm gesagt, dass ich im Dorf einen Jäger kenne, und den würde ich anrufen, wenn er seinen Köter nicht innerhalb der nächsten fünf Minuten von unserer Terrasse holt.«

Laura war entsetzt. »Du hast ihm angedroht, du würdest Henry erschießen lassen?«

»Nein, natürlich nicht!« Tobias spielte den Empörten. »Ich habe lediglich gesagt, dass ich einen Jäger anrufe. Ich habe niemals gesagt, dass ich den Hund erschießen lasse.«

Laura musste lachen, aber das Gefühl, dass das Problem namens Henry noch lange nicht ausgestanden war, ließ sie nicht los.

»Kasimir ist immer noch nicht da«, beklagte sich Juna am Abend.

Inzwischen machte Laura sich auch Sorgen um den Kater, aber das ließ sie sich vor Juna nicht anmerken. »Er kommt schon noch nach Hause«, versuchte sie die Kleine zu trösten. »Spätestens wenn er Hunger hat.«

Doch je mehr Zeit verging, desto größer wurde ihre Angst um Kasimir. Aber er tauchte weder auf der Terrasse noch an der Haustür auf …

# Kapitel 9

Etwas stampfte auf Ellas Bauch herum. Sie öffnete die Augen und musste lachen, als sie den Kater sah. Er war die ganze Nacht bei ihr geblieben, hatte ihr nicht nur am vergangenen Tag, sondern vor allem am Abend Trost gespendet. Max war nämlich auf die Idee gekommen, mit Tosca und den Kindern auswärts zu essen. Ihr hatte er das lediglich mitgeteilt. Niemand hatte sie gefragt, ob sie mitkommen wollte.

Gut, sie hätte ohnehin abgelehnt, aber sie wäre wenigstens gerne gefragt worden …

Der Kater hielt inne und schaute sie an. Auch jetzt kam es ihr wieder so vor, als wüsste er genau, was gerade in ihr vorging. Sie musste lachen. »Du hast recht«, sagte sie und streichelte sein Köpfchen. »Das ist ziemlich albern, was ich da denke. Aber diese dummen Gedanken entspringen meinen Gefühlen, weißt du. Und ich bin gerade sehr traurig, weil …« Sie verstummte, als es leise an der Tür klopfte.

»Mami?« Das war Lilly. »Darf ich reinkommen?«

Was für eine Frage? Und seit wann klopfte die Kleine an?

»Ja, natürlich.«

Die Tür wurde vorsichtig geöffnet, und Lilly schaute durch den Spalt. »Mit wem hast du geredet?« Sie hatte die Frage kaum ausgesprochen, da entdeckte sie den Kater.

»Ist der für mich?« Begeistert kam das Mädchen ins Zimmer. »Kriege ich den zu Weihnachten? Willst du den so lange hier verstecken?« Lilly kam zu ihr aufs Bett und streichelte das Tier nun ebenfalls. »Der ist so süß! Mami, kann ich den jetzt schon haben?«

»Leider nein.« Ella strich über die Wange ihrer Tochter. »Der Kater gehört uns nicht. Er ist nur zu Besuch.«

»Aber vielleicht will er nicht mehr zu den Leuten, bei denen er sonst wohnt.«

»Das glaube ich nicht.« Ella betrachtete das Tier aufmerksam. Sie hatte sich auch schon Gedanken darüber gemacht, wem es gehörte. Aber da er immer nur zu Besuch kam, ging es wahrscheinlich zwischendurch nach Hause zurück. »Er ist gut genährt, wird also regelmäßig gefüttert. Und sein Fell glänzt. Er sieht so aus, als hätte er ein gutes Zuhause.«

»Schade, ich möchte den gerne behalten.« Lillys trauriges Gesichtchen rührte Ella.

»Vielleicht gibt es da, wo er wohnt, ja auch ein kleines Mädchen.« Ella zog ihre Tochter an sich. »Und das wäre sehr traurig, wenn wir ihr Kätzchen einfach behalten.«

»Kann ich dann einen anderen Kater haben? Einen, der genauso süß und lieb ist?«

Ella antwortete nicht sofort, weil sie nicht wusste, wie es für sie und die Kinder weiterging. Grundsätzlich aber gefiel ihr der Gedanke ... »Ich muss darüber nachdenken«, wich sie aus.

Fragend schaute Lilly sie an. »Und mit Papa reden?«

Ella zögerte. Sie konnte Lilly schlecht sagen, dass Max bei solchen Themen zukünftig nichts mehr zu sagen hatte. Auch wenn er nicht vollständig aus dem Leben der Kinder, und damit auch aus ihrem eigenen, verschwand, so gab es doch Punkte, bei denen er nicht mehr mitbestimmen durfte. Die Frage nach der Anschaffung eines Haustieres gehörte dazu.

Allerdings würde sie nicht zögern, diesen speziellen Kater sofort zu adoptieren, wenn seine Besitzer damit einverstanden wären. Seine Anwesenheit tat ihr gut.

»Lilly, wir müssen jetzt aufstehen. Heute ist wieder Kindergarten und Schule.« Ella setzte sich auf. »Ich muss deine Geschwister wecken.«

Lillys Gesichtchen leuchtete auf. Sie liebte den Kindergarten in Tannreuth weitaus mehr als den in Düsseldorf.

»Ab ins Bad«, ordnete Ella an. »Du kannst dich schon einmal waschen und dir die Zähne putzen. Ich komme gleich.«

Lilly flitzte los, während Ella zuerst Robin, danach Mathilda und dann wieder Robin weckte, der sich wie üblich einfach umgedreht hatte und wieder eingeschlafen war. Anschließend ging sie zu Lilly ins Bad und diskutierte mit ihr über die Kleidung, die sie heute anziehen wollte, bevor sie Robin ein drittes Mal weckte.

»Dieser Junge schafft mich«, murmelte sie. Mathilda, die gerade an ihr vorbei ins Badezimmer wollte, öffnete die Tür zu Robins Zimmer und rief laut: »Mama, die Tosca läuft splitternackt durch den Flur.«

Noch nie zuvor hatte Ella ihren Sohn so schnell aus dem Bett springen sehen. Er flog regelrecht an ihr vorbei in den Flur, schaute nach rechts, nach links, wieder nach rechts. Dann richtete er den Blick auf seine Schwester: »Blöde Kuh!«

»Idiot«, erwiderte Mathilda und streckte die Zunge raus. Dann bemerkte sie den Kater, der sich auf den Weg zur Treppe machte und hinunterging.

»Wo kommt der her?«, wollte Mathilda wissen. »Und wohnt der jetzt bei uns?«

»Bloß nicht!«, sagte Robin empört. »Tosca hat eine Katzenallergie.«

Ella fuhr herum. »Woher weißt du das?«

»Das hat sie gestern Abend beim Essen erzählt«, berichtete der Junge.

»Ja«, bestätigte Mathilda. »Noch schlimmer allergisch ist sie gegen Nüsse.«

Bevor Ella diese Informationen verarbeiten konnte, kam Tosca aus dem Zimmer am Ende des Ganges. »Was ist denn hier für ein Lärm?«, beschwerte sie sich.

»In diesem Haus leben Kinder, die morgens pünktlich in den Kindergarten und die Schule gehen müssen«, erwiderte Ella spitz. »Ziehen Sie in ein Hotel, wenn Ihnen das nicht passt.«

Robin warf ihr einen bösen Blick zu, bevor er Tosca zulächelte. »Ich sorge sofort dafür, dass die Kleinen ruhig sind«, versprach er und machte damit auch gleichzeitig klar, dass er nicht zu »den Kindern« zählte.

Tosca lächelte zurück. »Danke, du bist ein Schatz.« Sie warf ihm eine Kusshand zu und ging zurück ins Zimmer.

Ella stand reglos da, staunte und ärgerte sich zugleich. Dann wandte sie sich um und stieg ohne ein weiteres Wort die Treppe hinunter, während sie sich alle nusshaltigen Rezepte in Erinnerung rief, die sie kannte.

Der Kater stand bereits an der Haustür und verlangte miauend, hinausgelassen zu werden.

Ella zückte ihr Handy und machte ein Foto von ihm. Vielleicht würde ihr das helfen herauszufinden, wem er gehörte. Dann öffnete sie die Haustür.

Der Kater strich noch einmal um ihre Beine, bevor er losflitzte.

»Besuch uns mal wieder«, sagte Ella leise.

Plötzlich stand Max neben ihr. »Mit wem sprichst du da?«, wollte er wissen.

»Mit niemandem.« Ella schloss die Tür und ging an ihm vorbei in die Küche. Max folgte ihr.

»Es wäre schön, wenn wir in unseren letzten Wochen normal miteinander umgehen könnten«, sagte er.

»Was immer du unter normal verstehst.« Sie wandte ihm den

Rücken zu, damit er die Tränen in ihren Augen nicht sah. »Ich werde so bald wie möglich die Scheidung einreichen«, brachte sie hervor.

»Wir wollten damit doch bis nach Weihnachten warten!«, warf er ein.

Ella wandte sich ihm wieder zu. »Wir wollten bis nach Weihnachten warten, bevor wir es den Kindern sagen.« Sie musterte ihn prüfend. »Unsere Entscheidung steht doch fest?« Es war mehr eine Frage als eine Feststellung.

Seine Antwort kam schnell und entschlossen: »Ja!«

Ella wusste selbst nicht genau, was sie eigentlich erwartet hatte. Hatte sie wirklich geglaubt, dass er seine Meinung geändert hatte? Seine spontane Reaktion tat weh. Sie war gefangen in einer Situation, die sie so nicht wollte, und hatte gleichzeitig keine Ahnung, wie sie wieder herauskommen sollte.

»Wir werden erst geschieden, wenn wir nachweislich ein Jahr getrennt waren«, sagte er. Offensichtlich hatte er sich bereits informiert. Die Bestätigung dafür erhielt sie unmittelbar im Anschluss. »Ich war bei unserem Anwalt.«

»Dann ist es jetzt dein Anwalt«, stieß Ella hervor. Vor allem war Timo Grefrath der beste Freund ihres Mannes. Die beiden kannten sich schon seit ihrer gemeinsamen Schulzeit.

»Timo sagt, wir können einen gemeinsamen Anwalt nehmen, um bei der Scheidung Kosten zu sparen.«

Ella wollte antworten, dass das für sie nicht infrage kam, doch in diesem Moment betrat Tosca die Küche. Wie immer stylisch gekleidet. Diesmal in Jadegrün, der Farbe ihrer Augen. Die perfekte Ergänzung zu ihren roten Haaren. Die hatte sie heute so gekämmt, dass sie über ihre rechte Schulter fielen.

Lächelnd schaute sie zuerst Max an, dann blieb ihr Blick an Ella hängen. Das arrogante Lächeln vertiefte sich. Ganz offensichtlich hatte Tosca Max' letzte Worte gehört.

Ella spürte eine so heftige Wut in sich aufsteigen, wie sie es noch nie zuvor empfunden hatte. Es herrschte kein Zweifel: Tosca wusste es. Offensichtlich hatte Max seiner Assistentin bereits vor ihr von seinem Anwaltsbesuch erzählt.

Sie ballte die Hände zu Fäusten, als Tosca den Mund öffnete. *Wenn sie sich jetzt zu unserer Scheidung äußert ...*

»Gibt es Frühstück?«, fragte Tosca.

»Ich bin nicht die Bedienstete deiner Assistentin«, fauchte Ella ihren Mann an. Damit ging sie die Treppe hinauf. Sie konnte weder Max' noch Toscas Gegenwart ertragen.

»Ich habe gestern schon Frühstück gemacht«, rief Tosca ihr nach.

Max und Tosca waren weg, als sie und die Kinder eine Viertelstunde später nach unten kamen. Offensichtlich ohne Frühstück, denn weder war die Kaffeemaschine benutzt noch stand etwas auf dem Tisch.

Doch dann stellte Ella fest, dass wieder Brot fehlte. Max und Ella hatten doch nicht nur trockenes Brot gegessen?

Die Mädchen gaben sich mit Müsli zufrieden. Robin moserte herum, bis Ella ihm Geld zusteckte, damit er sich unterwegs etwas Essbares kaufen konnte. Er zog zufrieden ab.

Eine halbe Stunde später machte Ella sich mit den Mädchen auf den Weg. Da Mathildas erste Stunde heute ausfiel, brachten sie Lilly zuerst in den Kindergarten.

»Mama, wir brauchen neues Brot«, sagte Mathilda, als sie anschließend den Marktplatz überquerten und an der Bäckerei vorbeikamen. Sie blieb stehen und schnupperte. »Riech mal, wie das duftet.«

Ella musste lachen. »Ich muss sowieso einkaufen, ich bringe nachher welches aus dem Supermarkt mit«, sagte sie. »Komm, wir müssen weiter.«

»Kannst du nicht nochmal das von Bäcker Eckert kaufen? Das ist viel leckerer als das olle Supermarktbrot«, wandte Mathilda ein.

»Das stimmt«, sagte Ella lediglich und bog in die Straße zur Grundschule ein. Ein gutes Stück vor ihnen ging eine Frau mit zwei Kindern. Ella erkannte sie als Laura, das Mädchen hieß Juna, hatte Mathilda erzählt. Diesmal war aber auch ein Junge dabei.

»Das ist Leo«, flüsterte Mathilda, als hätte sie ihre Gedanken erraten. »Junas Bruder. Die beiden haben noch eine große Schwester. Die heißt Hanna.« Mathilda blieb stehen, zögerte. »Versprich mir, dass du nie, nie, nie stirbst«, stieß sie plötzlich hervor.

Ella erschrak. »Wie kommst du denn darauf?«

Mathilda senkte den Blick auf den Boden. »Das ist mir gerade eingefallen«, sagte sie leise. »Weil die Eltern von Juna im Himmel sind.« Sie schluckte schwer, dann hob sie den Kopf und suchte Ellas Blick. »Wo sollen wir denn hin, wenn du mal weg bist? Papa hat keine Zeit für uns, und wir haben keine Tante Laura.« Jetzt glitzerten Tränen in ihren Augen.

Die Worte ihrer Tochter rührten Ella zutiefst. Schade, dass Max sie nicht gehört hatte! Sie nahm ihre Tochter in die Arme. »Ich kann dir nicht versprechen, dass ich nie sterbe«, sagte sie ruhig. »Das geht nicht. Aber ich hoffe, dass ich noch sehr lange lebe. Und ich bin mir ganz sicher, dass Papa sich immer um euch kümmern wird. Du musst keine Angst haben.« In diesem Punkt war Ella sich sicher. Max hätte sicher weniger Zeit für die Kinder als sie, aber er liebte sie und würde sie niemals im Stich lassen.

Mathilda umarmte sie fest. »Ich will trotzdem nicht, dass du stirbst. Ich hab dich ganz doll lieb, Mama, und ich würde dich total vermissen.«

»Ich hab dich auch ganz doll lieb.« Sie wünschte sich, sie könnte etwas sagen, um ihrer Tochter die Angst zu nehmen. »Ich verspreche dir, dass ich immer ganz vorsichtig bin, okay?«

Mathilda schien diese Antwort zu beruhigen. Sie lächelte

schon wieder. Leider kam sie auf ein Thema zurück, das Ella auch nicht wirklich gefiel.

»Kaufst du uns Brot bei Bäcker Eckert?«, fragte sie, als sie den Schulhof betraten.

»Ach Mathilda ... Du weißt doch, dass ich nicht gerne dort einkaufe«, sagte sie ehrlich, fügte aber, als sie Mathildas enttäuschte Miene sah, hinzu: »Doch meinetwegen kann ich es ab und zu trotzdem machen.«

Mathilda umarmte sie fröhlich zum Abschied, dann lief sie neben Juna und Leo über den Schulhof in Richtung Schulgebäude.

Laura trat zu Ella. »Entschuldigen Sie, dass ich mich einmische, aber ich habe Ihre Unterhaltung gehört«, sagte sie lächelnd. »Lorenz Eckert kann wirklich ein wenig einschüchternd wirken, aber im Grunde ist er sehr nett. Und sein Brot ist wirklich Weltklasse.«

Ella lachte. »Ja, zumindest was das Brot betrifft, haben Sie natürlich recht«. Sie zögerte. »Aber es geht gar nicht um den Bäcker ...«, sagte sie schließlich vage in der Hoffnung, dass Laura sich damit zufriedengeben würde. Sie kannte die Frau ja nicht einmal, auch wenn Ella zugeben musste, dass sie ihr sehr sympathisch war.

»Nicht? Warum sonst sollte man nicht gerne bei Bäcker Eckert einkaufen?« Laura sah sie freundlich an.

Ella gab sich einen Ruck. »Nein, es liegt wirklich nicht am Bäcker. Es ist eher so, dass ... Die Leute in Tannreuth mögen uns nicht besonders. Es war offenbar ein Fehler, ein Haus zu ersteigern.«

Laura lachte laut auf. »Lassen Sie sich so etwas doch nicht einreden! Wenn Sie es nicht genommen hätten, dann hätte es jemand anders ersteigert.« Sie lächelte freundlich. »Die meisten Leute hier in Tannreuth sind sehr nett.«

»Ja, das mag sein.« Ella dachte an Odilia Hintze. »Aber ... nach den ersten Begegnungen mit meiner Nachbarin habe ich gar nicht erst versucht, hier andere Menschen kennenzulernen. Odilia Hintze, kennen Sie die? Sie gibt mir das Gefühl, als wäre ich persönlich schuld an dem Unglück, das die Vorbesitzerin unseres Hauses getroffen hat.«

Laura lachte. »Ja, ich kenne sie. Aber jetzt haben Sie mit mir jemanden aus Tannreuth kennengelernt, die nicht so denkt.« Sie streckte ihr die Hand entgegen. »Ich bin Laura.«

»Ella«, stellte Ella sich ebenfalls vor.

»Ich schlage vor, dass wir uns gleich duzen«, sagte Laura fröhlich. »Das ist hier im Dorf so üblich, und ich glaube, wir sind ungefähr im gleichen Alter.«

»Ja, sehr gerne.« Ella empfand zum ersten Mal seit langem in Tannreuth Freude.

»Und wenn du willst, gehen wir jetzt zusammen in die Bäckerei. Ich muss nämlich auch schon wieder hin. Meine Familie liebt Lorenz' Brot.«

»Meine leider auch.« Ella seufzte, dann lachte sie. »Und wird es jetzt vielleicht auch öfter bekommen. Ich bin echt froh, dass ich dich getroffen habe.«

»Und mir tut es leid, dass ich dich nicht schon früher angesprochen habe«, sagte Laura. »Wir sind uns ja schon ein paarmal auf dem Schulhof begegnet.« Sie zögerte kurz. »Ich habe schon gehört, dass einige Leute euch die Ersteigerung übelnehmen.«

Ella seufzte laut auf. »Ja. Und in einem Dorf wie Tannreuth spricht sich das alles schnell herum. Ich glaube, es wäre nur halb so schlimm, wenn Odilia die Leute nicht gegen uns aufwiegeln würde.«

Sie gingen beide eine Weile schweigend nebeneinander her, um dann gleichzeitig ein Wort auszustoßen: »Nachbarn!«

Beide blieben stehen, lachten sich an. »Hast du etwa auch Probleme mit einem Nachbarn?«, fragte Ella.

»Und wie.« Laura starrte an Ella vorbei. »Wenn man vom Teufel spricht«, sagte sie leise.

Ella wandte sich um und bemerkte einen hageren Mann, der einen riesigen Rottweiler an der Leine führte. Als der Mann Laura erblickte, wechselte er die Straßenseite. Der Rottweiler hingegen wedelte beim Anblick der Frauen mit dem Schwanz und wollte über die Straße zu ihnen. Sein Besitzer sagte etwas, das Ella nicht verstehen konnte, den Hund aber sofort zur Ordnung rief.

»Den kenne ich«, sagte Ella überrascht.

»Du kennst Herrn Roth?« Laura musterte sie interessiert.

Ella schüttelte den Kopf. »Nein, ich kenne den Hund. Der hat einen kleinen Kater gejagt.« Sie erzählte von ihrer Begegnung bei ihrer spätabendlichen Rückkehr aus Düsseldorf, als der Hund sie und den Kater nicht aus dem Auto gelassen hatte.

Laura starrte sie an. »Wie hat der Kater ausgesehen?«

Ella zückte ihr Handy und zeigte ihr das Foto, das sie am Morgen aufgenommen hatte. »Hier, das ist er. Das Bild habe ich heute Morgen gemacht, er ist gestern wiedergekommen und hat die ganze letzte Nacht bei uns verbracht.«

»Das ist Kasimir!«, stieß Laura aufgeregt hervor. »Er gehört uns. Oh, was bin ich froh, dass es ihm gut geht, wir haben uns solche Sorgen um ihn gemacht. Dieser verflixte Rottweiler jagt ihn. Ich fürchte, irgendwann erwischt er Kasimir. Und unser netter Herr Nachbar tut nichts, um das zu verhindern.«

Ella war entsetzt. Der arme Kasimir! Nicht auszudenken, wenn ihm etwas passierte! Plötzlich kam ihr eine Idee.

Ella wählte ihre Worte mit Bedacht. »Wie wäre es, wenn Kasimir bei uns Asyl erhält? Jedenfalls so lange, bis sich das Problem mit eurem Nachbarn gelöst hat?«

Laura war sichtlich überrascht. »Wir können doch nicht unseren Kasimir abgeben! Die ganze Familie verdankt ihm so viel ...« Sie brach ab. »Ich kann mir ein Leben ohne Kasimir nicht mehr vorstellen. Er ist ... ich meine ...« Sie schien keine Worte zu finden.

Ella bemerkte, wie nah ihr das Thema ging. »Du musst nichts erklären«, sagte sie sanft. »Mir tut es auch gut, wenn er bei mir ist. Seine Nähe hat etwas tröstlich Beruhigendes.«

»Ja, das stimmt.« Laura lächelte wehmütig. Dann atmete sie tief durch. »Vielleicht hast du recht, vielleicht ist das wirklich die Lösung. Das Wichtigste ist, dass es Kasimir gut geht. Ihr wohnt ja fast am anderen Ende des Dorfes, und Henry sucht Kasimir immer bei uns.«

»Henry ist ihm einmal bis zu unserem Haus gefolgt, aber da hatte er seine Spur schon aufgenommen. Ich glaube kaum, dass der Hund auf die Idee kommt, bei uns nach Kasimir zu suchen.«

»Nein, ganz sicher nicht«, stimmte Laura ihr zu. »Der steht eher vor unserer Terrassentür und starrt ins Wohnzimmer, ob er Kasimir irgendwo erblickt.« Sie schwieg einen Moment. »Ich darf einfach nicht riskieren, dass Henry ihn erwischt. Außerdem scheint sich Kasimir bei dir wohlzufühlen.«

»Der Hund heißt Henry?« Jetzt musste Ella lachen. »Der Name passt so gar nicht zu einer Bestie wie ihm.« Sie blickte die Straße hinunter, doch Henry und sein Herrchen waren verschwunden. »Obwohl er eben so freundlich wirkte.« Ihre Miene wurde wieder ernst. »Aber ich weiß ja, dass er auch anders kann.«

»Ja, das war wirklich nur eine Momentaufnahme.« Wieder schien Laura eine Weile nachzudenken. »Und das mit Kasimir wäre ja auch nicht zu lange«, murmelte sie, als wolle sie sich selbst bestärken. »Wenn seine Ex tatsächlich den Prozess gegen Burkard Roth gewinnt …«

»Wie bitte?« Ella verstand überhaupt nichts.

Laura winkte ab. »Vergiss es. Ich habe nur laut gedacht. Manchmal hilft mir das, meine Gedanken zu ordnen.«

Ella lachte. »Mir bringt das nichts, das habe ich auch schon oft versucht. Leider vergeblich.«

Laura lächelte. »Irgendwie finde ich es gerade schade, dass wir nicht schon früher miteinander gesprochen haben. Ehrlich gesagt hast du auf mich immer einen leicht abweisenden Eindruck gemacht, aber jetzt weiß ich ja, warum.« Sie hängte sich bei Ella ein, als sie den Marktplatz überquerten. »Doch damit ist jetzt Schluss. Ich verspreche dir, ich werde dich in die Tannreuther Gesellschaft einführen«, sagte sie feierlich.

Ella lächelte. *Mein wirklich erster guter Tag in Tannreuth*, dachte sie. *Von jetzt an kann es nur noch besser werden ...*

# Kapitel 10

Carlo stand im Laden, als Laura zusammen mit Ella die Bäckerei betrat. Heute trug er ein weißes Leinenhemd, das die Bräune seiner Haut betonte.

»Ich komme sofort«, sagte er, bevor er mit einem leeren Weidenkorb durch die Tür zur Backstube verschwand.

»Wow«, stieß Ella hervor.

»Das sagen sie alle«, konterte Laura trocken.

»Wo wird man um diese Jahreszeit so braun?«

»Keine Ahnung.« Laura schmunzelte. »Aber da wäre ich jetzt gerne. Für die nächsten Tage sind heftige Schneefälle gemeldet. Und dabei haben wir gerade erst Anfang November.«

Carlo kam zurück. »Ich liebe Schnee«, sagte er. »Aber ich mag auch das Meer und die Sonne.« Er wandte sich an Ella. »Wir kennen uns noch nicht, glaube ich. Ich gebe mir zumindest Mühe, mir alle Gesichter zu merken.«

»Nein, wir kennen uns noch nicht«, bestätigte Ella. »Ich heiße Ella.«

»Und ich bin Carlo.« Sein Blick schien Ella vor Wärme und Zärtlichkeit geradezu einzufangen. »Carlo aus Italien.«

Laura beobachtete gespannt das Geschehen. *Wenn ich nicht wüsste, dass er schwul ist …*

»Ich liebe Italien!«, rief Ella neben ihr. Und stieß einen Seufzer aus. »Ach, es ist so lange her, seit ich zuletzt da war.« Ella atmete tief durch. »Besonders die Gegend um Florenz. Als ich noch gearbeitet habe, war ich oft da. Wir hatten da einen Künstler, der …« Sie brach ab, sah sich unsicher um. »Aber das interessiert sicher niemanden«, meinte sie.

»Doch«, sagte Laura schnell, und das entsprach der Wahrheit.

»Mich interessiert das sogar sehr. Erzähl weiter«, betonte Carlo. Laura fiel auf, dass er Ella nicht aus den Augen ließ.

*Ob er sich auch für Frauen interessiert?*, überlegte Laura. *Hoffentlich macht er Lorenz nicht unglücklich.*

»Na gut. Also, ich habe in Düsseldorf für eine Kunstgalerie gearbeitet«, sagte Ella. »Eine meiner Aufgaben war es, mit Künstlern zu verhandeln. Und in dem Zusammenhang durfte ich einmal im Jahr nach Florenz reisen.«

»Zu einem bekannten Künstler?«, fragte Laura.

»Ja. Aber leider konnte ich nie mit ihm persönlich reden, sondern immer nur mit seinem Agenten. Und selbst der kennt den Maler nicht persönlich.«

Lauras Neugier war geweckt. »Das klingt ziemlich spannend. Um wen geht es denn?«

»Kennt ihr MoKo?«

»Natürlich! Was für eine Frage!«, rief Laura überrascht. »Ich finde seine Präsentationen sehr mutig. Und mit dem hast du verhandelt?«

»Nicht mit ihm, sondern mit seinem Agenten«, sagte Ella noch einmal.

»Ich kenne MoKo auch«, mischte Carlo sich ein. »Ich war sogar gerade in Mailand, als er seine Version des Abendmahls in der *Santa Maria delle Grazie* ausgestellt hat.«

»Ausgestellt ist gut.« Ellas Augen glänzten vor Vergnügen. »Niemand weiß, wie er das Bild da reingebracht hat. Ebenso wie seine Version der Mona Lisa, die er in den Louvre geschmuggelt hatte.«

»Ich mag seine Bilder«, sagte Carlo.

»Und ich liebe seine Bilder«, rief Ella überschwänglich aus.

»Offensichtlich habt ihr beide einiges gemeinsam«, stellte Laura amüsiert fest. »Mich spricht seine Kunst auch an, aber mehr noch das Geheimnisvolle, das ihn umgibt. Niemand weiß, wer er wirklich ist oder wo er lebt.«

»Wir sollten einen MoKo-Fanclub gründen«, schlug Carlo vor.

»Ich bin sofort dabei!« Ella grinste, dann schwieg sie einen Moment. »Leider gilt MoKo seit fast einem Jahr als verschollen. Es gab keine Zeichnungen mehr von ihm, überhaupt kein Lebenszeichen. Auch sein Agent hat nichts mehr von ihm gehört.« Sie stieß einen Seufzer aus und blickte von Carlo zu Laura. »Ach, mir wird gerade wieder klar, wie sehr ich meine Arbeit in der Galerie vermisse.«

»Das kann ich verstehen«, sagte Laura ehrlich. »Eine Galerie können wir dir hier in Tannreuth nicht bieten, dafür aber einen Bastelladen mit einem tollen Kursangebot«, ergänzte sie lächelnd. »Ich zum Beispiel bin in der Töpfergruppe.«

»Töpfern!« Carlo klatschte begeistert in die Hände, dann hielt er inne und schaute Laura fragend an. »Macht ihr sowas wie Gefäße auf der Töpferscheibe oder richtige Skulpturen?«

»Wir fertigen richtige Skulpturen.« Laura musste lachen. »Mit mehr oder weniger Talent, wie ich ehrlich zugeben muss. Eigentlich gibt es nur ein Gruppenmitglied, das wirklich richtig gut …« Laura brach ab, als ihr bewusst wurde, dass Kathi die Künstlerin ihrer Töpfergruppe war. Die Frau, mit deren Mann Carlo nun zusammenlebte.

»Jedenfalls haben wir viel Spaß«, schloss sie.

»Kann ich da mitmachen?« Carlo blickte Laura erwartungsvoll an.

Laura zuckte zusammen. Wieder dachte sie an Kathi. Auch wenn die sich inzwischen damit abgefunden hatte, dass ihr Mann auf Männer stand, mit seinem Liebhaber mochte sie bestimmt nicht in der gleichen Gruppe sein.

»Komm du doch auch mit«, wandte Carlo sich an Ella.

Das wurde ja immer besser. Lorenz' Liebhaber in einer Gruppe mit Kathi, und der wiederum interessierte sich offensichtlich auch für Frauen. Beziehungsweise für eine spezielle Frau: Ella.

All das schrie geradezu nach Komplikationen! Nichts, was Laura jetzt gebrauchen konnte.

Zu ihrem Entsetzen stimmte nun auch Ella zu. »Ist das möglich? Weißt du, ob da noch zwei Plätze frei sind?«

»Ich ... habe keine Ahnung«, erwiderte Laura zögernd, dann kam ihr die rettende Idee. »Ihr müsst Pia fragen, die leitet nicht nur den Bastelladen, sondern auch die Gruppe.«

Carlo und Ella einigten sich darauf, noch heute mit Pia zu reden. Danach kaufte Ella ein Brot. Mit Walnüssen.

»Wir haben auch Kartoffelbrot«, pries Carlo an. »Das ist ebenfalls hervorragend. Oder unser Roggenbrot.«

Ella lächelte. »Enthalten die Brote Nüsse?«

Carlo schüttelte den Kopf. »Aber wir haben ein Dinkel-Nussbrot. Das soll ausgezeichnet sein.«

»Dann nehme ich das noch dazu.«

Laura beschloss, das Dinkel-Nussbrot ebenfalls zu probieren, und kaufte einen halben Laib. Als sie den Laden verließen, hatte sie den Eindruck, dass Ella ausgesprochen zufrieden wirkte.

Zwei Stunden später hatte sie einen Gerichtstermin in Freiburg. Lauras Mandant, Niklas Tellmann, klagte gegen die Eigenbedarfskündigung seines ehemaligen Vermieters. Angeblich sollte dessen Mutter in die Wohnung ziehen, doch nach seinem Auszug hatte Niklas Tellmann in Erfahrung gebracht, dass sein Vermieter die Wohnung räumen wollte, um sie nach einer Luxussanierung teurer zu vermieten.

Laura hatte mit solchen Fällen Erfahrung und die nötigen Beweise zusammengestellt. Damit überzeugte sie auch den Richter.

Zufrieden verließ sie den Gerichtssaal. Im Treppenhaus begegnete ihr Peter Stöckel, der ebenfalls einen Termin hatte.

»Du solltest Pia lieber aus dem Weg gehen«, riet er ihr mit einem verschwörerischen Zwinkern. »Sie wollte eben in der Kanzlei zu dir. Ich glaube, sie ist gerade nicht so gut auf dich zu sprechen.«

»Das habe ich befürchtet.« Zweifellos waren Carlo und Ella bereits bei Pia gewesen. Laura quälten Gewissensbisse, weil sie die Entscheidung auf sie abgewälzt hatte.

»Was hast du denn Schlimmes angestellt?«, wollte Peter wissen.

Als Laura es ihm erzählte, brach er in lautes Lachen aus. »Da hast du dich elegant aus der Affäre gezogen, aber ich gebe zu, ich hätte es genauso gemacht.«

Laura seufzte. »Dann fahre ich jetzt zurück und stelle mich. Nur gut, dass Tobias heute wieder zu Hause arbeitet und sich um die Kinder kümmern kann.«

Durch das Schaufenster konnte Laura sehen, dass niemand im Bastelladen war. Der Eingang zur Kanzlei war direkt daneben.

Entgegen ihrem ursprünglichen Vorhaben schlich sie nun leise die Treppe hinauf. Sie hatte Hunger, wollte erst etwas essen, bevor sie Pias Standpauke über sich ergehen ließ.

Auf ihrem Schreibtisch lag der Apfel, den sie mitgebracht hatte. Aber das Brot, das sie am Morgen gekauft hatte, duftete so verführerisch, dass sie ein Stück davon abbrach und sich in den Mund steckte.

»Hmm!« Sie schloss genussvoll die Augen. Als Laura sie wieder öffnete, stand Pia vor ihrem Schreibtisch. Die Hände in die Hüfte gestemmt, mit strafendem Blick, kam sie sofort zur Sache: »Du sagst Kathi persönlich, dass unsere Töpferrunde jetzt zwei weitere Mitglieder hat! Und du sagst ihr auch, um wen es sich handelt.«

Laura schluckte den Bissen runter. »Du hast die beiden tatsächlich in unseren Kurs aufgenommen?«

»Was denkst du denn? Ich konnte sie ja schlecht ablehnen, wo doch ein großes Schild im Schaufenster verkündet, dass wir noch Plätze freihaben.«

»Es ist ja nicht so, dass ich dabei nicht an Kathi gedacht habe!«, rechtfertigte sich Laura. »Aber was hätte ich denn sagen sollen, als sie mitmachen wollten? Und im Ernst: Die beiden sind sehr nett, über diesen Zuwachs unserer Gruppe würde ich mich wirklich freuen.«

»Ja, besonders Carlo ...« Ein verträumtes Lächeln glitt über Pias Gesicht. »Lorenz muss ein glücklicher Mann sein.«

»Das ist er ...« Laura zögerte. »Noch ...«

Pia schaute sie verständnislos an.

Laura erzählte ihr von ihrer Beobachtung von seinem Verhalten gegenüber Ella.

»Schade, dass er mir nicht lange und tief in die Augen geschaut hat.« Pia lachte. »Aber vielleicht ist das auch gut so. Auf keinen Fall will ich es mir mit Lorenz verscherzen. Selbst ein Mann wie Carlo wäre es mir nicht wert, zukünftig auf das köstliche Brot zu verzichten.«

Laura lächelte. Pia war mit Peter Stöckels einzigem Sohn verheiratet gewesen. Seit seinem Tod vor ein paar Jahren hatte es nie wieder einen Mann in ihrem Leben gegeben.

»Da hast du sicher recht.« Laura zögerte. »Denkst du manchmal daran, wie es wäre, wieder einen Mann in dein Leben zu lassen?«, wagte sie vorsichtig zu fragen.

Doch Pia schüttelte lachend den Kopf. »Versuch erst gar nicht, vom Thema abzulenken. Du wirst Kathi sagen, dass nicht nur Ella, sondern vor allem der Liebhaber ihres Mannes ab Montag in unserer Töpferrunde sitzt.« Sie ging zur Tür, drehte sich da noch einmal um. »Und um deine Frage zu beantworten: Sollte ich mich je wieder in einen Mann verlieben, werde ich mich nicht dagegen wehren. Aber es ist auch okay, wenn es nicht passiert.« Sie hob winkend die Hand. »Vergiss Kathi nicht.« Dann ging sie.

Laura stieß einen Seufzer aus und machte genau das, was Pia von ihr verlangt hatte: Sie rief Kathi an.

Am anderen Ende vernahm sie das Freizeichen. Immer wieder, und als sie schon dachte, dass Kathi nicht zu Hause war, wurde am anderen Ende abgehoben.

»Ja?«

Laura wusste, dass Kathi sich grundsätzlich nicht mit ihrem Namen meldete, aber ihre Stimme klang wie immer ziemlich grantig.

»Hallo, Kathi. Hier ist Laura.«

»Das sehe ich auf dem Display.« Danach war es still.

»Es ist kein Vergnügen, mit dir zu telefonieren«, scherzte Laura.

»Warum rufst du mich dann an?«

Laura holte tief Luft. »Weil wir eventuell zwei neue Mitglieder für den Töpferkurs haben«, begann sie. Eventuell stimmte das nicht so ganz, aber Laura wollte Kathi wenigstens das Gefühl geben, dass sie mitentscheiden konnte.

»Schön.« Kathis Stimme klang jetzt verwundert. »Und deshalb rufst du mich an?«

Laura beschloss, sofort zur Sache zu kommen. »Ja. Carlo möchte töpfern lernen.«

Es blieb still am anderen Ende, mehrere Sekunden lang. Und dann vernahm sie ein Geräusch, das sie zuerst nicht einordnen konnte.

»Weinst du?«, fragte Laura erschrocken.

Das Geräusch wurde lauter, und Laura erkannte, dass Kathi lachte. Sie lachte so sehr, dass Laura Angst bekam. Brachte die Mitteilung, dass sie Carlo persönlich begegnen würde, sie nun völlig um den Verstand?

»Geht es dir gut?«, erkundigte sich Laura vorsichtig.

»Ja, mir geht es sehr gut«, versicherte Kathi, als sie sich beruhigt hatte.

»Kathi, sag ehrlich: Hast du ein Problem damit, wenn Carlo der Gruppe beitritt?« *Warum nur habe ich heute Morgen über die Töpfergruppe gesprochen*, dachte Laura. Aber wie hätte sie auch nur ansatzweise ahnen können, dass Carlo sich dafür interessierte? »Dann werde ich ihm sagen, dass …«

»Nein, schon gut«, unterbrach Kathi sie. »Ich bin sehr gespannt auf diesen Herrn!« Das klang schon fast wie eine Drohung. Kathi hatte die Bäckerei seit der Trennung nie mehr betreten.

»Dann ist ja alles gut. Wir sehen uns am Montag«, beendete Laura das Gespräch. Zurück blieb ein sehr ungutes Gefühl. Sie liebte ihre Töpferrunde und fürchtete, dass der Frieden und die Harmonie der Gruppe zerstört wurden.

Doch es war zu spät. Sie konnte es nicht mehr rückgängig machen und nur abwarten, was passierte.

Später als gedacht traf Laura zu Hause ein. Juna kam ihr bereits im Hausflur entgegen. »Der Henry hat unseren Kasimir eben fast erwischt«, beschwerte sie sich.

»Hallo!« Tobias trat zu ihnen. Er küsste sie zärtlich, dann bestätigte er Junas Worte. »Kasimir wollte raus. Ich hab die Tür kaum aufgemacht, da kam Henry auch schon angeschossen. Ich konnte ihm die Tür gerade noch vor der Nase zuschlagen.«

Junas Gesichtchen leuchtete kurz auf. »Das hat richtig gebumst, als der Henry dagegengeknallt ist.« Gleich darauf zeigte sie wieder eine betrübte Miene. »Ich will aber auch nicht, dass Henry sich wehtut. Der kann ja nix dafür, dass er ein Hund ist.«

»Und er kann auch nichts dafür, dass sein Besitzer so unvernünftig ist«, ergänzte Tobias.

»Er lässt sich einfach nicht einschüchtern. Weder durch meinen Brief, auf den er übrigens immer noch nicht reagiert hat, noch durch deinen Anruf«, sagte Laura deprimiert.

»Ich habe keine Ahnung, was wir jetzt noch machen können. Außer wirklich vor Gericht zu gehen.«

Laura nickte. Sie hoffte immer noch auf Simone Bahlmann. Wenn die mit Burkard Roth vor Gericht ging und Henry anschließend mitnahm, war dieses Problem gelöst. Sie bemerkte, dass Tobias sie aufmerksam anschaute. »Ich darf es nicht ausführen, aber es besteht die Möglichkeit, dass Henry hier bald nicht mehr frei herumlaufen wird«, sagte sie vorsichtig.

Tobias nickte, fragte aber nicht nach. »Das wäre schön.«

In Junas Augen glomm ein Hoffnungsschimmer auf. »Wie denn?«

Laura ging vor dem Kind in die Hocke und griff nach ihrer Hand. »Ich darf darüber nicht reden, Juna. So etwas nennt sich anwaltliche Schweigepflicht. Das bedeutet, dass ich schweigen muss über alles, was mit meiner Arbeit als Anwältin zu tun hat. Wenn ich das nicht mache, verliere ich möglicherweise meine Arbeit.«

Jetzt kam Leo dazu. Auch er hörte gespannt zu.

Juna schien die Aussicht, dass Laura nicht mehr arbeiten ging, zu erfreuen. Sie strahlte. »Bist du dann immer zu Hause?«

»Äh ... ja«, erwiderte Laura vorsichtig.

»Das finde ich nicht gut«, erklärte Leo sehr bestimmt. »Wenn Laura immer zu Hause ist, kocht Tobias bestimmt nicht mehr für uns.«

»Wer denn sonst?«, fragte Juna überrascht.

Leo zeigte auf Laura. »Die! Wer sonst?«

Juna schaute daraufhin so entsetzt drein, dass Tobias laut auflachte.

Laura stieß ihn entrüstet an, woraufhin er versuchte, sein Lachen zu unterdrücken. So ganz gelang ihm das nicht. Er grinste.

»Deine Kochkünste sind ...« Er suchte offensichtlich nach den richtigen Worten. »... sehr bemüht.«

»Die sind Kacke«, brachte Leo es drastisch auf den Punkt. »Das kann keiner essen.«

Laura war empört. Sie ließ ihren Blick der Reihe nach über ihre Familie gleiten – und dann musste sie plötzlich selbst lachen. »Okay«, gab sie zu. »Ich kann nicht kochen. Aber nicht nur deshalb möchte ich gerne weiterhin arbeiten.« Sie streichelte Junas Hand. »Weißt du, ich mag es, anderen Menschen zu helfen.«

Juna nickte. »Und unserem Kasimir?«, kam sie auf das ursprüngliche Thema zurück. »Wann verschwindet der Mann denn mit Henry?«

»Hoffentlich bald.« Laura hoffte nach wie vor, dass sich dieses Problem erledigen würde, sobald Burkard Roth den Prozess gegen Simone Bahlmann verlor. Oder er verschwand einfach, weil er Henry nicht ausliefern wollte. In beiden Fällen waren sie Henry los und Kasimir war nicht mehr in Gefahr.

Doch das konnte noch Wochen dauern. Ihr fiel Ella ein, und deren Vorschlag nahm plötzlich Gestalt an. »Es gibt eine Möglichkeit, dafür zu sorgen, dass Kasimir in Sicherheit ist«, begann sie vorsichtig. »Ich muss aber erst noch prüfen, ob das überhaupt geht.«

Jetzt kam auch Hanna dazu. »Wieso steht ihr alle im Flur herum?«

»Weil wir überlegen, wie wir Kasimir retten«, sagte Juna.

»Könnt ihr das nicht auch im Wohnzimmer?«

»Nein!« Juna winkte ab. »Tante Laura hat eine Idee.«

»Wärt ihr bereit, Opfer zu bringen, damit Kasimir nichts passiert?«

Alle, einschließlich Tobias, nickten zustimmend.

Laura atmete tief durch. »Ich kenne eine Frau, die unseren Kasimir genauso liebhat wie wir. Er hat sie schon besucht, und sie hat angeboten, manchmal auf ihn aufzupassen. Ich könnte sie fragen, ob Kasimir schon bald zu ihr in Ferien kommen kann«, formulierte Laura vorsichtig. »Sie wohnt am anderen Ende des Dorfes. Ich glaube nicht, dass Henry unseren Kasimir da sucht.« Sie verschwieg, dass der Rottweiler dem Kater einmal auf der Jagd dorthin gefolgt war. Aber wenn Kasimir nicht mehr hier war, konnte Henry ihn auch nicht jagen. Er würde wahrscheinlich einfach weiterhin auf ihrer Terrasse an der Glastür sitzen und auf der Suche nach Kasimir ins Wohnzimmer starren.

»Ich weiß nicht.« Leo scharrte mit einem Fuß auf dem Boden und wirkte sehr unzufrieden. »Nachher gibt die Frau uns Kasimir nicht mehr zurück.«

Juna zeigte sich einsichtiger. »Ich will aber auch nicht, dass Kasimir was passiert.« Flehend schaute sie Laura an. »Kommt Kasimir dann wieder zu uns zurück? Und kann ich ihn da besuchen, wo er ist?«

»Ich bin dagegen«, sagte Hanna entschieden. »Ich kenne die Frau doch gar nicht. Wo willst du ihn überhaupt hinbringen?«

Laura lächelte. Schon bevor sie antwortete, wusste sie, dass Hanna zustimmen würde, sobald sie erfuhr, wer sich in Kasimir verliebt hatte.

»Zu Robins Mutter. Aber ich muss das alles erst genau mit ihr klären.«

Hanna starrte sie mit großen Augen an. »Also, eigentlich finde ich die Idee doch nicht so schlecht. Wenn wir ihn besuchen dürfen.« Sie wandte sich an ihre kleine Schwester. »Und ich bringe dich auch immer dahin, wenn du Kasimir sehen willst.«

»Echt?« Juna staunte, weil ihre große Schwester sonst nicht so entgegenkommend war.

»Ganz echt«, versicherte Hanna. »Wir wollen doch alle alles tun, um unseren Kasimir zu retten.«

Dem war nichts hinzuzufügen …

# Kapitel 11

Die Stille im Haus war mit einem Schlag vorbei, als Robin am späten Nachmittag eintrudelte.

»Wieso kommst du so spät?«, fragte Ella ihren Sohn streng.

»Mama!« Robin warf ihr einen gequälten Blick zu. »Ich bin kein Kleinkind mehr. Ich kann auch mal nach Einbruch der Dunkelheit nach Hause kommen.«

»Darum geht es nicht! Ich habe mehrmals versucht, dich auf deinem Handy anzurufen. Warum hast du dich nicht gemeldet? Du weißt doch, dass ich mir Sorgen mache.«

»Oh Mann! Ich hab mich doch gemeldet. Ich habe dir eine SMS geschickt.«

Ungläubig starrte Ella ihn an. Das konnte nicht stimmen, sie hatte ihr Handy fast minütlich überprüft! Dann zog sie es aus der Tasche ihrer Jeans. Tatsächlich, da war eine Nachricht von Robin. Er hatte sie vor wenigen Minuten abgeschickt: *Bin auf dem Heimweg.*

»Das ist nicht dein Ernst!«, rief Ella wütend. Sie wollte gerade zu einer Standpauke ansetzen, als Max und Tosca in die Küche kamen.

»Wieso kommt ihr so früh?«, entfuhr es Ella. Normalerweise kam Max immer erst abends nach Hause, wenn er in Freiburg war.

»Dir kann es aber auch keiner recht machen«, beschwerte sich

Robin. »Der eine kommt zu spät, die anderen zu früh …« Er verstummte, als Ella ihm einen wütenden Blick zuwarf. Zumindest wusste er, dass er besser den Mund hielt, wenn es so in ihr brodelte.

»Mütter!« Toscas Stimme klang hämisch in Ellas Ohren und wurde von ihrem üblichen Tosca-Lächeln begleitet. »Die können echt nervig sein.«

»Vorsicht«, mahnte Ella leise.

»Jetzt hört auf!«, rief Max bestimmt. »Es muss doch möglich sein, dass wir alle wie einigermaßen zivilisierte Menschen miteinander umgehen!« Dann wandte er sich an Ella. »Wir kommen so früh, weil ein Schneesturm gemeldet wurde.«

»Wir hätten auch in Freiburg in einem Hotel übernachten können.« Toscas Stimme war deutlich zu entnehmen, dass sie diese Möglichkeit vorgezogen hätte. »Ein nettes Zimmer, ein gemütliches Abendessen und ein Drink an der Hotelbar.«

Ella registrierte, dass sie von »einem« Zimmer sprach.

Max war nicht anzumerken, ob ihm das auch auffiel. »Ich sehe nicht ein, wieso ich in ein Hotel ziehen soll, wenn ich hier ein Haus habe«, erwiderte er.

»Wir haben hier ein Haus«, stellte Ella mit einem kühlen Lächeln richtig. »In dem unsere Familie lebt. Aber in einem Punkt stimme ich deiner Assistentin zu: Ich fände es auch gut, wenn sie in einem Hotel wohnt.«

»Ich brauche Tosca hier.« Max' Miene, aber auch der Klang seiner Stimme verrieten deutlich, dass er nicht länger darüber diskutieren wollte.

»Kommst du?«, forderte er Tosca auf. »Wir haben heute Abend noch eine Menge zu erledigen.«

»Wo wollt ihr denn arbeiten?«, fragte Ella verblüfft.

»In meinem Büro natürlich. Rufst du uns bitte, wenn das Abendessen fertig ist?«

Ella wusste nicht, worüber sie sich mehr aufregte. Darüber, dass Max jetzt Zeit mit Tosca in dem Raum verbrachte, der zurzeit sehr viel mehr Toscas Schlafzimmer als sein Büro war. Oder über seine Forderung, dass sie für ihn und Tosca das Abendessen vorbereiten sollte. Er behandelte sie wie eine Haushälterin!

Widerwillig deckte sie den Tisch, stellte die Aufschnittplatte darauf und bereitete einen leichten Salat zu. Zuletzt nahm sie die Brote aus der Tüte und schnitt Scheiben von den frischen Laiben, die sie in den Brotkorb legte. Inzwischen kamen die Mädchen in die Küche.

»Mami, ich habe Hunger«, quengelte Lilly.

Mathilda setzte sich auf ihren Platz.

»Ich bin gleich so weit«, sagte Ella. »Kannst du bitte den anderen sagen, dass das Essen fertig ist?«

Lilly rannte in den Flur, kurz darauf hörte Ella sie laut rufen: »Eeeeeeeeessen ist feeeeeeertig!«

»Das hätte ich auch gekonnt«, sagte Ella.

»Ich auch.« Mathildas Blick glitt über den Tisch. Beim Anblick des Brotes leuchteten ihre Augen auf. »Du hast das gute Brot von Bäcker Eckert gekauft?«

»So wie du es dir gewünscht hast.« Ella lächelte, als sie an den Morgen dachte. Die Begegnung mit Laura und auch die mit Carlo wirkten noch in ihr nach. Endlich hatte sie hier Menschen kennengelernt, die ihr sympathisch waren. Sie freute sich richtig auf den Töpferkurs am kommenden Montag.

Robin betrat schlurfend die Küche und setzte sich zu seinen Schwestern an den Tisch. »Wo sind Papa und Tosca?«, fragte er, während er nach der Salatschüssel griff.

»Sie haben Lilly offensichtlich nicht gehört«, erwiderte Ella.

Lilly stöhnte auf. »Muss ich jetzt nochmal rufen?«

»Ich hatte eigentlich gedacht, dass du raufgehst, um alle zu holen«, sagte Ella schmunzelnd.

Lilly rutschte langsam von ihrem Stuhl zu Boden. »Ich bin zu schwach vor Hunger«, jammerte sie.

»Ist schon gut, ich gehe.« Robin sprang auf.

»Danke.« Ella ahnte, dass er wegen Tosca so bereitwillig half, fand es aber beunruhigend, dass ihr Sohn an der gleichen Frau Gefallen fand wie sein Vater.

Wenig später kam Robin zusammen mit Tosca nach unten, Max folgte ein paar Sekunden später.

Erstaunt beobachtete Ella, wie Robin der Assistentin ihres Mannes den Stuhl zurechtrückte. Bevor er sich selbst setzte, reichte er ihr den Brotkorb.

Tosca starrte die Scheiben an. »Was ist das denn?«

»Brot«, erwiderte Ella ungerührt.

»Sind da Nüsse drin?«

»Ja, das ist Walnussbrot.« Ella wies auf die entsprechenden Scheiben. »Und das andere ist ein feines Dinkel-Nussbrot. Mit Haselnüssen.« Ella lächelte Tosca freundlich an. »Lassen Sie es sich schmecken.«

»Das kann ich nicht essen.« Tosca stellte den Brotkorb zurück auf den Tisch. »Ich habe eine Nussallergie.«

»Das tut mir leid«, erwiderte Ella mit scheinheiliger Freundlichkeit.

»Mathilda hat dir das doch gesagt«, verriet Lilly. »Und wir wissen das, weil Tosca das gesagt hat, als Papa uns alle zum Essen eingeladen hat.«

Eine angespannte Stille breitete sich am Tisch aus. Ella schluckte. Lilly hatte sie sicher nicht in böser Absicht verraten, ihre Tochter wirkte selbst verwirrt.

Max hingegen war aufgebracht. »Also wirklich, Ella! Was hast du dir dabei gedacht?«

»Dass mir alles, was dich und vor allem deine Assistentin betrifft, vollkommen egal sein kann«, erwiderte Ella wütend. Als sie sah, dass Max den Mund öffnete, fuhr sie ihn an: »Und ich werde mich im Beisein der Kinder nicht mit dir darüber unterhalten.«

Max schloss den Mund wieder.

»Ich werde nicht mit dir darüber diskutieren«, fügte sie ruhiger hinzu. Sie nahm den Brotkorb und reichte ihn an ihre Kinder weiter.

»Bist du böse mit uns?«, fragte Lilly eingeschüchtert.

»Nein, Lilly.« Ella lächelte dem Mädchen zu. »Natürlich nicht«, versicherte sie.

Tosca griff nach der Salatschüssel. »Sind da etwa auch Nüsse drin?«, fragte sie misstrauisch.

Ella grinste. »Daran habe ich leider nicht gedacht.«

Max presste die Lippen zusammen. Er stand auf und öffnete den Gefrierschrank. »Wir haben noch Tiefkühlpizza.« Er blickte zu Tosca. »Nicht ganz so gut wie beim Italiener, aber essbar.«

»Perfekt.« Tosca lächelte ihn an. Nicht mit ihrem arroganten Tosca-Lächeln, sondern sanft, fast schon zärtlich.

»Ich will auch Pizza«, rief Lilly.

»Ich dann auch«, stimmte Mathilda ihr zu.

»Okay, wir essen alle Pizza.« Robin hatte nur Augen für Tosca.

»Also Pizza für alle«, sagte Max fröhlich.

»Für mich nicht«, lehnte Ella ab.

»Dann bleibt mehr für uns.« Tosca grinste sie an, und diesmal war es wieder das arrogante Tosca-Lächeln, fast schon schadenfroh.

Als die Pizzen fertig waren, hatte Ella ihr Mahl bereits beendet. Etwas Salat, eine Schnitte Brot, mehr mochte sie nicht essen. Dabei lief ihr das Wasser im Mund zusammen, als der köstliche Duft aus dem Ofen durch die Küche zog.

Sie räumte das Brot weg und stellte die Aufschnittplatte in den Kühlschrank. Dann rief Laura an und bot ihr damit die Möglichkeit, sich zurückzuziehen. Sie ging ins Wohnzimmer. Aus der Küche waren Stimmen und fröhliches Lachen zu hören.

»Du möchtest doch gerne unserem Kasimir Asyl gewähren«, begann Laura. Ihre Stimme klang belegt.

Ella war sekundenlang sprachlos vor Überraschung. »Willst du ihn nun doch abgeben?«, brachte sie hervor.

Laura zögerte. »Nicht abgeben ...«

Obwohl Ella sie noch nicht lange kannte, spürte sie, dass Laura jedes Wort schwerfiel. Sie ließ ihr Zeit.

»Eher ... Könntest du dir wirklich vorstellen, Kasimir eine Zeitlang bei euch aufzunehmen?«, sagte sie schließlich. »Ein paar Wochen, bis sich das Problem mit dem Rottweiler gelöst hat?«

Ella spürte Freude in sich aufsteigen. Ging ihr Wunsch etwa gerade in Erfüllung?

»Ich weiß, das ist ziemlich viel verlangt«, sagte Laura. »Aber du hast es angeboten, und da dachte ich ...«

»Ich nehme ihn gerne auf«, erwiderte Ella schnell. Dann lachte sie. »Und ja, es ist ziemlich viel verlangt, allerdings nur, dass wir ihn dann wieder abgeben müssen. Zumal wir uns sicher sehr an ihn gewöhnen, wenn er längere Zeit bei uns bleibt.«

»Ich weiß. Ich würde dich auch niemals darum bitten, wenn wir alle nicht so große Angst um Kasimirs Leben hätten.«

Ella versuchte vergeblich, sich gegen die Bilder in ihrem Kopf zu wehren. Der kleine Kater, gefangen in dem mächtigen Gebiss des Rottweilers. In ihrem Kopf glaubte sie sogar die Todesschreie des Katers zu vernehmen. Erschrocken zuckte sie zusammen, als Lilly in der Küche vor Vergnügen laut quietschte.

»Nein, kein Problem. Ich mache es«, versicherte sie noch einmal.

»Wirklich?« Laura klang zutiefst erleichtert. »Das freut mich sehr. Es ist die beste Lösung für ihn, wir sind dir wirklich alle sehr dankbar.«

»Ach, ich mache das doch gerne.« Plötzlich kam ihr ein Gedanke. »Aber wie soll ich verhindern, dass Kasimir zu euch läuft?«

»Darüber habe ich auch schon nachgedacht. Ich glaube, es gibt dafür nur eine Lösung: Ihr müsst ihn im Haus halten«, sagte Laura.

Nach den Bildern, die ihre Fantasie ihr eben vorgegaukelt hatte, stimmte Ella vorbehaltlos zu.

»Katzenstreu, Futter und alles andere, was er so braucht, bekommst du natürlich von uns«, versicherte Laura. Dann lachte sie leise. »Und wenn Kasimir wieder hierherkommt, weißt du, ob eine Katze wirklich in eure Familie passt. Mit all den Anforderungen, die ein Tier nun einmal mit sich bringt. Und du kannst auch gleich feststellen, ob eines deiner Kinder möglicherweise allergisch reagiert.«

Katze – Allergie – Tosca ... Daran hatte Ella noch gar nicht gedacht. »Ich freue mich auf Kasimir.« Ella lächelte. »Und meine Kinder auch, das weiß ich ganz bestimmt.«

»Danke!«, stieß Laura noch einmal hervor. »Vielen, vielen Dank.«

An diesem Abend ging Ella früh zu Bett. Kurz nach eins wachte sie auf. Der Sturm heulte ums Haus, der Schnee wirbelte wild umher und erhellte die Nacht.

Ella drehte sich auf die andere Seite, konnte aber nicht mehr einschlafen. Eine ganze Weile wälzte sie sich unruhig hin und her, schließlich beschloss sie, sich in der Küche einen Tee zu machen.

Doch als sie aufstand und ihre Zimmertür öffnete, vernahm sie leise Schritte, die die Treppe hinaufkamen.

Ella zögerte. Wer konnte das sein? Die Mädchen würden um diese Zeit nicht alleine hinuntergehen, sondern zu ihr kommen, wenn sie etwas brauchten.

Vielleicht Robin, der Durst oder Hunger verspürte? Er konnte sich gut selbst versorgen.

Aber was, wenn da gerade Max oder Tosca nach oben kamen? Keinem der beiden wollte Ella begegnen. Und so zog sie sich leise in ihr Zimmer zurück und schloss die Tür.

Nachdenklich trat sie ans Fenster. Der Schnee fiel dicht, sie beobachtete die tanzenden Flocken. Der Anblick hatte etwas Entspannendes, und sie spürte, dass sie wieder schläfrig wurde. Kaum dass sie wieder im Bett lag, schlief sie ein.

»Das gibt es doch nicht!« Fassungslos starrte sie am nächsten Morgen auf das Chaos in der Küche. Niemand, und dabei dachte sie vor allem an Max und Tosca, war auf die Idee gekommen, den Tisch abzuräumen.

Benutztes Geschirr, Besteck und Gläser standen oder lagen auf dem Tisch. Die Wasserflasche war noch halb voll, aber offen. Die Teller waren verschmiert, auf einem lag der angebissene Rest eines Pizzastücks. Randstücke waren auf dem Tisch verstreut.

Auch auf der Ablagefläche des Küchenschranks herrschte ein heilloses Durcheinander. Käse war in geschmolzenem Zustand auf Schrank und Boden getropft und dort wieder fest geworden.

»Das mache ich nicht sauber«, sagte Ella entschlossen.

Lilly tauchte neben ihr auf. Verwundert schaute sie in die Küche. »Mit wem redest du?«

»Mit mir selbst.«

Lilly neigte das Köpfchen ein wenig zur Seite. »Aber wer antwortet denn, wenn du mit dir selbst redest?«

»Ich«, sagte Ella und konnte sich ein Lächeln nicht verkneifen. Sie genoss solche Unterhaltungen mit ihrer kleinen Tochter. Ihre schlechte Laune schwand, der Entschluss, in der Küche keinen Finger zu rühren, blieb.

»Und das Beste ist, dass mir niemand wiederspricht, wenn ich mit mir selbst rede«, fuhr Ella fort.

Lilly kicherte. Plötzlich hob sie lauschend den Kopf, dann

rannte sie zur Tür. Entzückt quietschte sie auf, als Kasimir hereinkam. Er strich zuerst um ihre Beine, dann lief er zu Ella.

Ella hatte bisher noch nichts von ihrer Abmachung mit Laura erzählt. Am vergangenen Abend war die Stimmung in der Küche ausgelassen gewesen, sie hatte sich ausgegrenzt gefühlt und deshalb früh zurückgezogen. Laura würde das Kätzchen und alles, was es für einen Aufenthalt bei ihnen brauchte, am Vormittag vorbeibringen, so hatten sie es ausgemacht. Nun hatte Kasimir offenbar beschlossen, schon vorauszugehen.

Ella nahm ihn auf den Arm. »Du fühlst dich ja ganz kalt an«, sagte sie liebevoll. Kasimir schnurrte.

»Wird der jetzt krank?« Lilly schaute sie besorgt an. »Darf der dann bei mir im Bett schlafen?«

»Ich glaube nicht, dass Kasimir krank wird. Er fühlt sich nur so kalt an, weil er draußen war. Es hat heftig geschneit heute Nacht.«

»Aber der brummt so komisch. Vielleicht ist der innen drin kaputt.«

»Kasimir schnurrt. Katzen machen das so, wenn sie sich wohlfühlen.«

»Woher weißt du das?«

»Als ich in deinem Alter war, hatte ich auch einen Kater. Er sah so ähnlich aus wie Kasimir.«

Lilly guckte sie mit großen Augen an. »Und woher weißt du, dass der Kater Kasimir heißt?«

»Ich habe gestern die Frau kennengelernt, der Kasimir gehört. Sie hat es mir gesagt.«

»Du weißt, wem der gehört?« Sie starrte Ella an. »Also können wir ihn nicht behalten ...« Lillys Stimmchen wurde ganz leise vor Enttäuschung.

Ella war gerührt. Eigentlich hatte sie vorgehabt, den Kindern erst nach der Schule von ihrer Abmachung mit Laura zu erzählen, wenn der Kater auch wirklich hier war. Aber Lilly wirkte so traurig, dass sie sich umentschied. »Nein, wir können Kasimir nicht behalten«, sagte sie ruhig. »Das habe ich dir gestern schon erklärt.« Sie suchte ihren Blick. »Aber ich habe ausgemacht, dass Kasimir eine Weile zu uns in Ferien kommen kann.«

Lillys Gesicht leuchtete wieder auf. »Wirklich? Danke, Mama!« Sie hüpfte aufgeregt auf und ab, dann hielt sie abrupt inne. »Vielleicht will er ja dann gar nicht mehr zu der anderen Familie zurück«, sagte sie hoffnungsvoll.

»Das glaube ich nicht«, entgegnete Ella ehrlich. »Aber vielleicht können wir uns dann eine eigene Katze anschaffen«, schlug sie vor. »Wenn Kasimir eine Weile bei uns bleibt, können wir ja ausprobieren, ob das klappt.«

»Jaaa«, hauchte Lilly. »Ich hab mir eine Katze zu Weihnachten gewünscht. Ein Hund geht aber auch.« Ihre Augen leuchteten auf. »Oder beides.«

Ella grinste. Das war mal wieder typisch für Lilly. »Wir bleiben bei der Katze«, sagte sie bestimmt. »Die kann auch mal alleine Gassi gehen.« Kasimir begann zu zappeln und wollte von ihrem Arm. Als Ella ihn auf den Boden setzte, lief er ins Wohnzimmer. Sie folgten ihm beide und beobachteten, wie er aufs Sofa sprang, sich zusammenrollte und die Augen schloss.

»Wir müssen jetzt ganz leise sein«, flüsterte Lilly. Auf Zehenspitzen schlich sie aus dem Wohnzimmer. Ella folgte ihr vorsichtig. Doch als sie auf eine der knarrenden Dielen trat, die es überall im Haus gab, drehte Lilly sich um und legte mahnend ihren Zeigefinger über die Lippen. »Pst, Mama. Sonst wird der Kasimir wieder wach.«

»Wer ist Kasimir?« Max kam gerade die Treppe herunter. Er war noch im Pyjama, sein Haar verstrubbelt. So sah er aus, wenn er gerade aus dem Bett kam.

Ella spürte ein sehnsuchtsvolles Ziehen in ihrem Herzen. Er war ihr so vertraut und gleichzeitig so weit entfernt. Warum war das alles so kompliziert zwischen ihnen? Und was empfand Max eigentlich noch für sie? War da überhaupt noch der Funke eines positiven Gefühls?

»Kasimir ist unser Kater«, berichtete Lilly jetzt eifrig.

Max war sichtlich überrascht. »Seit wann haben wir einen Kater?«

»Seit bald. Wenn Kasimir wieder in seinem Zuhause ist.«

»Ich verstehe überhaupt nichts.« Max sah Ella an. So weich und freundlich, wie sie ihn schon lange nicht mehr erlebt hatte.

»Ich nehme Kasimir für kurze Zeit in Pflege«, erklärte sie ruhig.

Max schien das zu genügen.

»Willst du den Kasimir mal angucken?«, fragte Lilly. Sie griff nach der Hand ihres Vaters und zog ihn in Richtung Wohnzimmer, ohne eine Antwort abzuwarten.

Ella füllte derweil die Kaffeemaschine.

Kurz darauf kam Max ebenfalls in die Küche. Er verlor kein Wort über Kasimir und begann sofort mit den Aufräumarbeiten. »Hast du die restliche Pizza schon in den Kühlschrank gestellt?«, fragte er nach einer Weile.

»Ich habe überhaupt nichts gemacht hier.« Ella öffnete den Kühlschrank und schaute hinein. »Hier ist keine Pizza.«

»Komisch.«

»Vielleicht hat Robin sie gegessen. Ich habe letzte Nacht gehört, dass jemand unten war.«

Max lächelte. »Ja, Robin futtert auch kalte Pizza.« Während er den Tisch abräumte und alles in den Geschirrspüler stellte, legte Ella Brot in einen Korb und stellte ihn auf den Tisch.

Max zog kurz die Augenbrauen hoch, als er das sah.

»Schon gut«, sagte Ella friedfertig. »Wir haben noch tiefgefrorene Brötchen. Ich werde ein paar aufbacken.«

»Danke.« Max schaute sie an. Es war fast so wie früher, als sie einander noch nahe waren ...

»Gibt es Kaffee?« Tosca betrat die Küche. Wie immer tadellos gekleidet. Angefangen von dem dunkelblauen Wollkleid, das ihren Körper perfekt modellierte, bis hin zu ihren roten Haaren, die sie heute zu einem lockeren Dutt hochgebunden hatte. Objektiv betrachtet sah sie fantastisch aus, aber Ella war nicht dazu in der Lage, diese Frau vorurteilsfrei zu sehen. Sie antwortete auch nicht auf Toscas Frage.

»Kaffee ist gleich durch.« Max wies auf die Maschine. »Außerdem hat Ella noch ein paar Aufbackbrötchen in der Truhe. Du musst heute Morgen also nicht verhungern.«

»Ach, und das ist Ihnen gestern Abend nicht eingefallen?«, fragte Tosca spitz.

»Nein.« Mehr sagte Ella nicht. Sie musste ohnehin an sich halten, um nicht laut zu schreien. Tosca zerstörte durch ihren Auftritt den friedvollen Moment zwischen ihr und Max.

Lilly kam herein, zusammen mit dem Kater, der schnurrend um ihre Beine strich. »Kasimir ist wach«, verkündete sie.

Toscas Augen wurden groß und rund. »Was ist das denn?«

»Ein Kater«, erwiderte Ella amüsiert.

»Das weiß ich selbst«, regte Tosca sich auf. »Was hat dieses Vieh hier zu suchen?«

»Er macht Ferien bei uns«, rief Lilly fröhlich.

»Das kommt überhaupt nicht infrage.« Toscas Stimme war heiser vor Wut. »Das erlaube ich nicht.«

Lilly starrte sie erschrocken an, ihre Augen füllten sich mit Tränen. »Aber Mama hat ausgemacht, dass er bleiben darf.«

»Ich – habe – eine – Katzenallergie!« Tosca betonte jedes Wort einzeln. »Die Katze verschwindet hier. Heute noch!«

»Tosca …«, begann Max, doch Ella ließ ihn nicht ausreden.

»Zunächst einmal ist das ein Kater«, sagte sie hart. »Und Sie treffen hier keine Entscheidungen. Kasimir bleibt!« Ella ließ Tosca nicht aus den Augen, als sie hinzufügte: »Und wenn Ihnen das nicht passt, steht es Ihnen frei, dieses Haus sofort zu verlassen. Ich werde Sie nicht aufhalten.«

Tosca schnaubte wütend, dann drehte sie sich um. »Max!«, rief sie anklagend.

Max fühlte sich sichtlich unwohl und schien nicht zu wissen, was er sagen sollte.

»Kasimir war gestern auch schon da«, mischte sich nun Lilly ein. »Und da hattest du auch keine Allarkie«, sagte sie zu Tosca. »Und ich passe immer auf, dass er nicht dahin kommt, wo du bist.«

Zu Ellas Überraschung lächelte Tosca jetzt. »Okay«, sagte sie leise. »Ich verlasse mich auf dich.«

Lilly strahlte sie an. Sie nahm Kasimir hoch, hielt ihn unter den Vorderbeinen, während sein Hinterteil bis zu ihren Knien baumelte.

»Komm mit, Kasimir«, sagte sie zu dem Kater. »Du darfst hier nicht rein, wenn Tosca da ist.« Sie trug Kasimir hinaus.

Niemand schien so recht zu wissen, was er sagen sollte, nachdem Lilly den Raum verlassen hatte. Ella war fast schon froh, dass das Klingeln ihres Handys die angespannte Stille durchbrach. Auf dem Display stand Silkes Name.

»Hallo, du rufst aber früh an«, begann Ella, weiter kam sie jedoch nicht.

»Hast du es denn noch nicht gehört?«, fragte Silke aufgeregt. »Es ist heute Morgen in allen Nachrichten. MoKo ist wieder aufgetaucht. Er hat ein neues Werk hinterlassen. Ausgerechnet im Augustinermuseum in Freiburg ...«

# Kapitel 12

Laura blickte durch das Küchenfenster nach draußen. Tobias war bereits zu einem wichtigen Meeting mit seinem Vater und einem Kunden aufgebrochen. Auch die Kinder hatten das Haus schon verlassen. Hannas Unterricht begann erst später, deshalb hatte sie sich angeboten, ihre Geschwister heute zu begleiten.

Es kam nur selten vor, dass Laura ganz allein im Haus war. Sonst war wenigstens Kasimir bei ihr …

Ella hatte sie am frühen Morgen angerufen und berichtet, dass Kasimir noch vor dem Frühstück zu ihr gekommen war. Das war gut zu wissen, aber es bedeutete auch, dass er die ganze Nacht draußen in der Kälte und dem Schneesturm umhergeirrt sein musste. Laura hatte ihn am vergangenen Abend noch einmal hinausgelassen, weil er so drängelnd miaut hatte. Normalerweise kam er schnell zurück, wenn es regnete oder schneite. Gestern Abend hatte sie allerdings vergeblich auf ihn gewartet. Immer wieder war sie zur Tür gegangen und hatte seinen Namen in die Nacht gerufen. Einmal hatte sie im Schneetreiben einen schwarzen Schatten gesehen: Henry!

Todesmutig hatte Laura hinausstürmen wollen, doch da war Burkard Roth aufgetaucht. Er grüßte nicht, warf ihr nur einen finsteren Blick zu, bevor er Henry am Halsband packte und ihn mit sich zog.

Obwohl die Gefahr vorüber schien, tauchte Kasimir auch danach nicht auf. Sie hatte sich wieder die ganze Nacht um ihn gesorgt, bis zu dem erlösenden Anruf von Ella.

Es bestärkte Laura in ihrem Entschluss, Kasimir vorerst bei Ella zu lassen. Schweren Herzens begann sie, seine Sachen einzupacken. Das samtweiche Körbchen, in dem er so gerne auf der Fensterbank im Esszimmer lag und die Eichhörnchen beobachtete. Oder die Amseln, wenn sie sich um das Winterfutter stritten.

Auch die Decke vom Sofa musste mit, um die sie anfangs noch gekämpft hatte. Ihre Lieblingskuscheldecke, die Kasimir allerdings genauso liebte. Ebenso wie das flauschige Katzenbett mit dem hohen Rand, in das er vollständig versank, wenn er sich hineinlegte.

Und natürlich sein ganzes Spielzeug: Mäuschen, Bälle, den Turm mit den rollenden Kugeln, die er durch die in Abständen angebrachten Löcher zu fangen versuchte. Die vielen mit Katzenminze gefüllten kleinen Schmusekissen und Stofftierchen. Zu guter Letzt natürlich auch das Katzenklo, das er nur benutzte, wenn er nicht nach draußen kam. Was meistens nachts der Fall war. Bei Ella brauchte er es auf jeden Fall, weil er vorerst nicht mehr aus dem Haus durfte.

Die Türklingel riss sie aus ihren Gedanken. Wer konnte das sein, um diese Zeit? Als sie öffnete, stand ausgerechnet ihr Nachbar davor.

»Herr Roth!«, seufzte Laura und versuchte erst gar nicht zu verbergen, wie sehr er sie nervte. »Was gibt es denn schon wieder?«

»Henry ist krank!«, stieß Burkard Roth hervor. »So richtig krank.«

»Das tut mir leid«, murmelte Laura ehrlich.

»Ach ...? Wirklich ...?« Sarkasmus lag in seiner Stimme.

»Natürlich! Ich liebe Tiere«, fuhr Laura ihn an. »Und ich wünsche auch Henry nichts Schlechtes. Ich will einfach nur, dass er unseren Kater in Ruhe lässt.«

Der Sarkasmus blieb, als er antwortete: »Vielleicht erfüllt sich Ihr Wunsch ja ziemlich schnell, wenn Henry nicht mehr gesund wird.« Er hielt inne, schien sich innerlich zu sammeln. Seine Stimme war ruhig und beherrscht, als er weitersprach: »Henry braucht einen Tierarzt. Sie kennen doch bestimmt einen hier in der Nähe.«

»Dr. Gröning«, sagte Laura sofort. Sie selbst hatte im vergangenen Jahr seine Hilfe in Anspruch nehmen müssen, als Kasimir zu ihnen gekommen war. Damals war er noch ein Katzenkind gewesen. Schwer verletzt, dem Tode nah. »Ich kann ihn wirklich empfehlen.« Sie beschrieb den Weg zur Praxis, doch Burkard Roth reichte das nicht.

»Können Sie uns fahren? Ich habe kein Auto.«

Laura glaubte ihm kein Wort. Sie wusste sehr wohl, dass er einen Wagen besaß.

»Ich war letzte Woche in Freiburg«, erklärte er eilig. Auf der Rückfahrt hatte ich eine Panne. Seitdem steht der Wagen in einer Werkstatt.«

Laura zögerte. Sie wollte mit diesem Mann nichts zu tun haben. Es war seine Schuld, dass sie Kasimir weggeben mussten. Und überhaupt, wieso kam Burkard Roth ausgerechnet zu ihr? Nach der Vorgeschichte und obwohl sie ihm in einem Brief eine gerichtliche Auseinandersetzung angedroht hatte, über die er immer noch kein Wort verloren hatte.

»Ich weiß nicht, wen ich sonst fragen soll«, sagte Burkard Roth, als hätte er ihre Gedanken gelesen, und klang dabei so hilflos, dass Laura Mitleid mit ihm bekam.

»Na gut«, gab sie nach. Sie nahm ihren Mantel von der Garderobe, griff nach ihrer Handtasche und schloss die Tür. »Wo ist Henry?«

Burkard Roth schien zutiefst erleichtert. »Ich hole ihn.« Er eilte ins Nachbarhaus. In der Zwischenzeit befreite Laura ihren Wagen vom Schnee.

Als er mit dem Rottweiler zurückkam, hatte Laura selbst sofort den Eindruck, dass mit dem Hund etwas nicht stimmte. Er trottete mit hängendem Kopf neben seinem Herrchen her. Die Augen blickten stumpf und trübe, das Fell war glanzlos.

»Und wie bekommen wir ihn jetzt in meinen Wagen?«

Burkard Roth öffnete die Tür hinter dem Beifahrerplatz und klopfte kurz auf den Rücksitz.

Henry kletterte sofort ins Auto. Als er sich legte, füllte er den gesamten Rücksitz aus.

Laura und Burkard Roth stiegen vorn ein, dann startete Laura den Wagen und fuhr los.

Er versuchte erst gar nicht, eine Art Konversation zu beginnen, deshalb ließ Laura es auch bleiben. Sie mochten einander nicht, und das war einer der wenigen, wenn nicht sogar der einzige Punkt, in dem sie sich einig waren.

Plötzlich wurde Henry unruhig. Er richtete sich auf, obwohl Burkard Roth ihn energisch aufforderte, sich wieder hinzulegen.

Weil Henry zu groß war, um im Wagen aufrecht zu sitzen, streckte er den Kopf zwischen die beiden Vordersitze und drehte ihn so zur Seite, dass Laura ihm direkt ins Gesicht schaute und seinen schlechten Atem wahrnahm. Das waren aber nicht die einzigen Gerüche, die er von sich gab.

Henry jaulte leise, kurz darauf ertönten knatternde Flatulenzen, begleitet von einem mörderischen Gestank.

Laura und Burkard Roth stöhnten gleichzeitig auf. In Windeseile ließ Laura das Fenster auf ihrer Seite nach unten fahren. Damit war Burkard Roth überhaupt nicht einverstanden.

»Sind Sie verrückt? Draußen ist es saukalt. Das fehlte gerade noch, dass Henry sich erkältet.«

»Wenn die Fahrerin durch den Gestank ohnmächtig wird, kommen wir alle drei nicht heil zum Tierarzt«, sagte Laura, ließ das Fenster aber trotzdem wieder hochfahren. Zum Glück war es nicht mehr weit bis zu Dr. Grönings Praxis.

Balbine stand am Empfang und staunte nicht schlecht, als Laura zusammen mit ihrem Nachbarn eintrat. Ihre Töpferfreundin wusste ja aus ihren Erzählungen, dass sie mit Burkard Roth auf Kriegsfuß stand. Die Neugierde stand ihr deutlich ins Gesicht geschrieben.

»Das ist Henry.« Laura wies auf den Rottweiler. »Es geht ihm nicht gut.«

»Das habe ich mir schon gedacht.« Balbine schmunzelte. »Was hat er denn?«

»Blähungen«, erwiderte Laura prompt.

»Er frisst seit gestern nicht mehr«, ergänzte Burkard Roth.«

Balbine machte sich Notizen. »Na, dann schauen wir mal nach, was ihm fehlt. Ihr müsst aber noch einen Moment im Wartezimmer Platz nehmen. Es sind noch zwei Patienten vor euch dran.«

Auch das noch!

Laura verspürte nicht die geringste Lust, gemeinsam mit Burkard Roth im Wartezimmer zu sitzen. Aber sie konnte auch nicht einfach wegfahren und ihn hier allein lassen. Also folgte sie ihm in den angrenzenden Bereich. Und da saß ausgerechnet Ellas Nachbarin Odilia Hintze mit ihrer Katze Hannelore.

Hannelores Rückenhaare sträubten sich. Ihr Schwanz peitschte hin und her. Wütend fauchte sie Henry an.

Erstaunt registrierte Laura, dass Henry von der Katze keine Notiz nahm. Ging es ihm so schlecht? Oder hasste er nur ihren Kasimir, weil der hin und wieder um das Nachbarhaus strich und Henry sein Revier verteidigte? Oder war es sogar die schlimmste aller Möglichkeiten, die Juna einmal angedeutet hatte: »Herr Roth jagt seinen Hund hinter Kasimir her.«

Glücklicherweise wurde in diesem Moment ein Patient, ein Malteser, aus dem Behandlungszimmer entlassen. »Schick mir die Rechnung«, rief Marie Krug, die Besitzerin. Der kleine Hund konnte es kaum abwarten, hinauszukommen. Er strebte mit aller Macht durch die offene Tür zum Ausgang und jaulte und kläffte, weil ihn die Leine daran hinderte.

»Mach ich!«, rief Balbine zurück, dann kam sie ins Wartezimmer. »Odilia, kommst du bitte.«

Odilia stand auf. An der Tür wandte sie sich noch einmal um, ein verächtlicher Zug umspielte ihre Mundwinkel.

»Was hat die denn?«, fragte Burkard Roth, als sie gegangen war.

»Sie möchte gerne wissen, wieso ich hier mit einem fremden Mann sitze.«

»Sie denkt, dass Sie und ich ...« Und nun hörte Laura den Mann zum ersten Mal lachen. Laut und herzhaft, so wie sie es ihm nie zugetraut hätte. Zutiefst überrascht musterte sie ihn. Er wirkte in diesem Moment so ganz anders.

Plötzlich brach er ab. »Warum starren Sie mich so an?«

»Ich wusste nicht, dass Sie lachen können«, sagte Laura ehrlich.

»Natürlich kann ich das. Ich bin ein sehr fröhlicher und umgänglicher Mensch.«

»Ach ...?« So viel Ironie lag in ihrem kurzen Ausruf.

»In Ihrer Gegenwart allerdings hatte ich bisher nicht viel Grund zu lachen.« Seine Miene war jetzt wieder so griesgrämig, wie sie es kannte.

»Ich weiß genau, was Sie meinen«, entgegnete Laura spitz. »So geht es mir auch mit Ihnen.«

Danach redeten sie eine ganze Weile nicht mehr miteinander, bis Burkard Roth sich räusperte. »Danke.« Es fiel ihm sichtlich schwer, das Wort über die Lippen zu bringen.

Wieder einmal war Laura überrascht. »Keine Ursache«, murmelte sie. *Hoffentlich ist das hier bald vorbei.*

Es dauerte noch fast zwanzig Minuten, bis Balbine Burkard Roth mit seinem Hund ins Behandlungszimmer rief. Wie von selbst stand auch Laura auf. Sie zögerte kurz, dann beschloss sie, den beiden zu folgen. Wenn sie schon einmal hier war, konnte sie auch miterleben, wie die Geschichte weiterging.

Henry schien allmählich zu begreifen, dass es um ihn ging, und wurde misstrauisch. Drohend zeigte er die Zähne, gab jedoch keinen Ton von sich.

»Ein prachtvolles Tier«, sagte Dr. Gröning. »Was fehlt ihm?«

»Er ist schon den ganzen Morgen teilnahmslos. Seine Nase ist trocken, und ich habe das Gefühl, dass es ihm sehr schlecht geht«, schilderte Burkard Roth die Symptome. »Außerdem hat er Blähungen.«

»Mh«, machte Dr. Gröning, während er den Hund betrachtete. »Was frisst er denn?«

»Alles«, entfuhr es Laura. »Am liebsten Katzen.«

Burkard Roth warf ihr einen wütenden Blick zu. »Henry bekommt qualitativ hochwertiges Hundefutter«, sagte er und nannte die Marke.

»Kann es sein, dass er zwischendurch etwas anderes gefressen hat?«, fragte der Tierarzt.

»Nein!«, sagte Burkard Roth entschieden.

»Ja«, behauptete Laura. Er konnte doch nicht ernsthaft der Meinung sein, darüber den Überblick zu haben! »Sie lassen den Hund ständig frei laufen. Sie können gar nicht wissen, was er unterwegs frisst.«

Gemeinsam mit dem Tierarzt hievte Burkard Roth den Hund auf den Behandlungstisch.

Henry ließ alles über sich ergehen, zeigte bisweilen während der Untersuchung die Zähne und ließ ein dumpfes Grollen hören. Dann tätschelte Dr. Gröning ihm jedes Mal den Kopf und redete beruhigend auf ihn ein.

Laura bewunderte den Mut des Tierarztes. Sie selbst hielt Abstand von dem Behandlungstisch und beobachtete vor allem Burkard Roth.

Auch wenn sie diesem Mann nichts Positives abgewinnen wollte, so fühlte es sie doch, wie sehr er sich sorgte. Es war nur allzu offensichtlich, dass er Henry liebte. Es wäre ganz sicher eine Katastrophe für ihn, wenn dem Tier etwas zustoßen oder wenn er ihn an Simone Bahlmann verlieren würde.

Dr. Gröning verabreichte Henry nach der Untersuchung eine Injektion. Auch das kommentierte Henry nur mit einem leisen Knurren. Burkard Roth hingegen sprach unablässig beruhigend auf ihn ein.

Hubert Gröning streichelte seinen Patienten. »Das hast du gut gemacht, Henry«, lobte er. »Du warst sehr tapfer.«

Der freundliche Tonfall des Tierarztes veranlasste Henry dazu, kurz mit dem Schwanz zu wedeln.

»Ja, jetzt sind wir wieder Freunde.« Der Tierarzt lachte. »Er wirkt so furchterregend, dabei ist er eine Seele von Hund.«

Burkard Roth schaute zu Laura. »Ja, das sage ich auch immer.«

Laura erwiderte seinen Blick und verkniff sich die Bemerkung, dass Kasimir da ganz bestimmt anderer Meinung war.

»Henry leidet an Verstopfung.« Dr. Gröning gab Burkard Roth ein Medikament mit, das Henry an diesem Tag bekommen sollte. »Ich bin sicher, dass es ihm morgen schon wieder besser geht.«

Henry bedankte sich für die Behandlung mit einer weiteren knallenden und übelriechenden Flatulenz. Hubert Gröning riss das Fenster auf und hatte es jetzt sehr eilig, sie zu entlassen.

»Wir sehen uns Montag in der Töpferstube«, verabschiedete sich Laura von Balbine, dann machten sie sich auf den Heimweg. Laura und Burkard Roth schwiegen die gesamte Fahrt über, während Henry auf dem Rücksitz zunehmend von Blähungen gequält wurde.

Laura war froh, als sie endlich zu Hause ankamen. Als sie den Wagen vor ihrem Haus geparkt hatte, wandte sie sich ihm zu. »Ich habe übrigens immer noch keine Antwort auf meinen Brief …«

»Glauben Sie wirklich, ich hätte jetzt Zeit für so einen Quatsch?«, fuhr er sie an. Er sprang aus dem Wagen und öffnete die rückwärtige Tür, damit Henry aussteigen konnte.

Laura rechnete schon damit, dass er einfach und ohne ein Wort zu sagen nach Hause ging. Doch dann beugte er sich noch einmal hinunter. »Danke«, brummte er, dann ging er. Henry trottete langsam hinter ihm her.

»Nicht gern geschehen«, murmelte Laura. Allerdings so leise, dass Burkard Roth sie nicht hören konnte.

Laura beeilte sich, Kasimirs Sachen einzusammeln. Ella wartete bestimmt schon auf sie.

Gerade als sie das Haus verlassen wollte, klingelte es an der Tür. Laura stöhnte auf und öffnete. Vor ihr stand der Inhaber der Gärtnerei am Friedhof und überreichte ihr einen riesigen Blumenstrauß. »Von Ihrem Nachbarn«, sagte er. »Online bestellt und sofort geliefert.«

Laura stand da, mit dem Strauß in den Händen, und wusste vor Überraschung nicht, was sie sagen sollte.

# Kapitel 13

Silkes Anruf ließ Ella nicht mehr los. Die Freundin hatte sie gebeten, sich davon zu überzeugen, ob es sich um einen echten MoKo handelte. »Ich darf dir allerdings nicht sagen, dass ich dich im Auftrag von Jesko nach Freiburg schicke«, hatte sie lachend hinzugefügt. »Und ich soll versuchen, herauszufinden, wann du denn nun endlich nach Düsseldorf zurückkommst.«

»Ich werde auf jeden Fall nach Freiburg fahren«, hatte Ella daraufhin geantwortet, ohne auf die zweite Frage einzugehen. »Ich will selbst wissen, ob das Bild von MoKo ist.«

»Wenn es wirklich ein MoKo ist, wüsste ich echt gerne, was er in der Zwischenzeit gemacht hat. Oder besser gesagt, wieso wir so lange nichts von ihm gesehen haben«, hatte Silke geantwortet und darüber glücklicherweise ihre zweite Frage vergessen.

Ella selbst hatte darauf immer noch keine Antwort

Kurz vor zehn Uhr kam Laura mit Kasimirs Sachen. Sie hatte Tränen in den Augen, als sie sich schließlich verabschiedete. Ganz fest drückte sie den Kater an sich.

»Ich hole dich bald wieder zurück«, versprach sie und setzte ihn vorsichtig zurück aufs Sofa.

Ella nahm sie in den Arm. »Wir passen gut auf ihn auf«, versprach sie. »Und ihr bekommt ihn sofort zurück, sobald sich das Rottweiler-Problem gelöst hat.«

»Irgendwie habe ich das Gefühl, das Rottweiler-Problem nimmt eher noch zu«, erwiderte Laura und berichtete bitter, dass sie den Hund und seinen Besitzer zum Tierarzt gebracht hatte. Als sie von den Blähungen und dem fürchterlichen Gestank erzählte, konnte Ella nicht anders, als schallend zu lachen. Laura schaute sie zuerst empört an, doch dann lachte sie mit.

»Das ist heute einfach nur ein doofer Tag«, sagte Laura. »Pass bitte gut auf Kasimir auf. Vielen, vielen Dank für deine Hilfe.«

Sie warf noch einen letzten Blick auf den Kater, danach verabschiedete sie sich ganz schnell, als hätte sie Angst, das sie es sich im letzten Moment doch noch anders überlegte.

Auch Kasimir schien zu spüren, dass gerade etwas Besonderes passierte. Er rannte zur Tür und miaute jämmerlich.

Ella nahm ihn auf den Arm. »Tut mir leid, mein Kleiner, ich kann dich nicht rauslassen. Wir wollen doch alle nicht, dass dir etwas passiert.«

Kasimir schmiegte sein Köpfchen an ihre Schulter und beruhigte sich wieder. Nachdem sie ihn gefüttert hatte, sprang er aufs Sofa und rührte sich erst einmal nicht mehr.

Laura hatte ihr erzählt, dass er gut allein zu Hause bleiben konnte. Heute war das besonders wichtig.

Ella schaute auf die Uhr. Kurz nach zehn. Wenn sie sofort losfuhr, kam sie rechtzeitig zurück, um die Kinder abzuholen. Lilly konnte bis dreizehn Uhr im Kindergarten bleiben, und Mathilda hatte nach der Schule Gesangsunterricht.

Ella schaute noch einmal nach Kasimir, dann fuhr sie los.

Sie fand einen Parkplatz in einer Seitenstraße des Augustinerplatzes. In den ersten Wochen nach ihrem Umzug war sie einmal hier im Museum gewesen, zusammen mit den Mädchen. Robin hatte von vornherein abgelehnt. Er fand Museen langweilig.

Sehr schnell hatte sich dann gezeigt, dass auch Lilly und Mathilda den bildenden Künsten nicht viel abgewinnen konnten. Bereits nach einer Viertelstunde hatten die beiden so sehr herumgenörgelt, dass der Besuch auch für Ella kein Vergnügen mehr gewesen war. Sie war mit den Kindern in ein Eiscafé gegangen und anschließend wieder nach Hause gefahren.

Jetzt waren alle ihre Sinne angespannt, als sie die Skulpturenhalle mit den Sandsteinfiguren des Freiburger Museums betrat. Die Propheten, die bis auf einen namentlich nicht benannt waren, säumten auf Podesten stehend die Halle. Während sie früher nur von unten in großer Höhe zu sehen waren, konnten die Besucher sie nun von Nahem bestaunen.

Schon von Weitem konnte sie das Bild sehen, das gegen die Skulptur *Der gehörnte Moses* lehnte. Eine Welle der Aufregung durchfuhr Ella, und sie beschleunigte ihren Schritt. Auf dem Bild war eine Frau dargestellt, die dem Betrachter ihre Krallen entgegenstreckte. Hörner wuchsen aus ihrer Stirn, ihr Gesicht war verzerrt. Im Hintergrund war ein Schlachtfeld zu erkennen, auf dem zerbrochene Herzen lagen. Die blutrote Farbe in dem ansonsten düsteren Bild hatte den gleichen Ton wie die Lippen der Frau. In der linken Ecke des Bildes bemerkte Ella die unverkennbare Signatur *MoKo*. Ihre Aufregung wuchs. MoKo signierte stets in der linken Ecke.

Zutiefst konzentriert fotografierte Ella das Bild aus allen möglichen Perspektiven mit ihrem Handy. Sie würde die Fotos später genau analysieren.

»Sie sieht dir ein bisschen ähnlich«, vernahm sie plötzlich eine Stimme neben sich. »Nur die dunklen Haare passen nicht.«

Ella fuhr überrascht herum. »Chris! Was machst du hier?«

»Gegenfrage: Warum hast du nicht angerufen?« Seine Haare hatte er auch heute wieder zu einem Dutt hochgebunden, auf dem Rücken trug er den Rucksack.

»Ich ... ich bin noch nicht dazu gekommen«, schwindelte sie.

»Hättest du mich jemals angerufen?«

Diesmal blieb Ella bei der Wahrheit. »Nein.«

»Schade.«

Sie schauten einander an. Ella gestand sich ein, dass sie sich freute, ihn zu sehen. »Ich dachte, du bist in Düsseldorf«, sagte sie schließlich.

»Ich bin nie lange an einem Ort.« Er lächelte. »Und ich wollte dich wiedersehen.«

»Wie hättest du mich denn finden wollen? Du weißt nichts von mir.«

»Vielleicht weiß ich mehr von dir, als du ahnst. Immerhin habe ich dich gefunden.« Er grinste breit. »Erinnerst du dich an unser Gespräch über MoKo während der Autofahrt?«

Natürlich tat sie das. »Ja, du bist gleich danach eingeschlafen«, erwiderte sie trocken.

Chris überhörte die Bemerkung. »Als ich heute Morgen hörte, dass MoKo wieder aufgetaucht ist,und sein Bild hier im Augustinermuseum abgestellt hat, wusste ich, dass du früher oder später auftauchst.« Er lächelte sie an. »Vermutlich eher früher als später. Zum Glück war ich gerade wieder im Breisgau.« Fragend schaute er sie an. »Gehst du mit mir einen Kaffee trinken?«

Ihr Bauch sagte Ja, ihr Verstand schrie laut und deutlich: »Nein!«.

»Du müsstest mich allerdings einladen, ich bin gerade ziemlich pleite. Ich habe mein letztes Geld für die Fahrt nach Freiburg ausgegeben.«

»Sag bloß, du bist diesmal nicht getrampt?«, fragte sie ironisch.

»Diesmal habe ich die Bahn genommen. Ich wollte so schnell wie möglich hier sein, um dich nicht zu verpassen.«

Natürlich fühlte Ella sich geschmeichelt, dass ein junger Mann sogar sein letztes Geld ausgab, um sie zu sehen.

»Es gibt hier ein Café im Museum«, sagte sie.

Chris' Augen leuchteten auf.

»Eine Sache müssen wir aber noch klären.« Sie wies auf das Bild. »Wieso sehe ich diesem Wesen ähnlich?«

»Überhaupt nicht.« Er lachte. »Aber irgendwie musste ich doch mit dir ins Gespräch kommen.«

Das Café war gemütlich mit der hohen Gewölbedecke, dem Pfeiler inmitten des Raumes und den halbrunden Fenstern.

»Lange kann ich nicht bleiben«, sagte Ella. »Ich muss gleich meine Kinder abholen.«

Er schaute sie entsetzt an. »Du hast Kinder? Jetzt sag bloß nicht, dass du auch noch verheiratet bist.«

»Ich bin verheiratet«, bestätigte Ella.

»Glücklich?«

Die Frage kam unvermittelt und traf sie mitten ins Herz. Sie wartete lange mit einer Antwort. Zu lange.

»Verstehe.« Er nickte.

»Gar nichts verstehst du«, erwiderte sie grob. Sie wollte nicht so hart reagieren, aber das Thema Ehe griff sie an, sie wollte nicht darüber reden.

Er lächelte verhalten. »Darf ich dich noch etwas fragen?«

»Ich beantworte keine Fragen, die meinen Mann und mich betreffen.«

»Spendierst du mir ein Stück Kuchen zum Kaffee? Ich habe schrecklichen Hunger.«

Ella musste plötzlich lachen. Er war so herrlich unkompliziert. Es ihr tat gut, ihn um sich zu haben, auch wenn sie ihm das niemals sagen würde.

»Wie lange bleibst du in Freiburg?«

Er grinste über das ganze Gesicht. »Willst du mich wiedersehen?«

»Keine Ahnung.« Natürlich wollte sie ihn wiedersehen. Er war interessant, interessierte sich für Kunst. Und vor allem war er so wunderbar unbeschwert.

»Du willst mich wiedersehen«, schloss Chris prompt. »Schlafen kann ich wohl nicht bei dir zu Hause?«

Ella grinste. »Soll ich dich gleich ganz adoptieren?«

Seine Miene wurde ernst. »Ich sehe mich nicht als deinen Sohn! Nein, das ganz bestimmt nicht.«

Ella überlegte. Der Gedanke, Chris mit nach Hause zu nehmen und ihn Max zu präsentieren, war überaus reizvoll. Und nachdem der Tosca einfach in ihrem Haus einquartiert hatte, konnte er nicht einmal etwas dagegen einwenden.

»Wir haben schon einen Gast«, sagte sie und bemerkte selbst, wie bedauernd ihre Stimme klang. »Unser Gästezimmer ist belegt.«

»Habt ihr kein Sofa?«

Ella musste lachen.

»So ist es ein bisschen besser«, sagte er leise und strich über ihre Hand. »Ich habe dich eben gesehen, als du ins Museum gekommen bist. Du hast traurige Augen. Ich sehe das selbst jetzt noch, wenn du lachst.«

»Mit dem Auge des Malers«, spöttelte sie, um ihre wahren Gefühle nicht zu zeigen. Sie war gerne mit ihm zusammen, fühlte sich von ihm angezogen. Er faszinierte sie. Nicht als Mann, sondern als Mensch.

»Ja.«

»Vielleicht bekomme ich ja irgendwann einmal eines deiner Bilder zu sehen.« Es war nur halb im Scherz gemeint.

»Wenn du mich nicht wiedersehen willst und sogar den Zettel mit meiner Nummer wegwirfst, wird das nicht gehen.«

Ella war entsetzt. »Das hast du gesehen?« Sofort überfiel sie ein schlechtes Gewissen. »Aber du warst doch schon im Eingang verschwunden.«

»Und habe mich da noch einmal umgedreht«, sagte er spröde.

»Es tut mir leid«, flüsterte sie. Gott, war das peinlich!

Jetzt lächelte er wieder. »Es ist nett, dass du das sagst, aber das stimmt nicht. Du hast mich in dem Moment vergessen, in dem du den Zettel weggeworfen hast.«

»Ich habe dich nicht vergessen«, widersprach sie.

»Hast du dir je gewünscht, du hättest den Zettel nicht weggeworfen?«

»Jetzt gerade wünsche ich es mir«, sagte Ella ehrlich.

Chris schaute sie an, als versuche er in ihrem Gesicht zu ergründen, ob sie die Wahrheit sagte. »Ich will dich immer noch malen«, sagte er übergangslos. »Und zwar genau so, wie ich dich jetzt erlebe. Mit der Traurigkeit hinter deinem Lächeln.«

Ella schluckte. »Ich glaube nicht, dass ich als Modell tauge.«

»Du wirst es nie erfahren, wenn du es nicht versuchst. Außerdem ist das für dich die einzige Möglichkeit, einmal eines meiner Bilder zu sehen.« Plötzlich umspielte ein Lächeln seine Lippen. »Aber zuerst müsste ich auf eurem Sofa übernachten.«

Ella zögerte. Sie musste sich eingestehen, dass er recht hatte. Warum nicht einmal etwas Verrücktes tun? Aber das war es nicht, was sie letztendlich zustimmen ließ. Sie wollte ihn nicht noch einmal zurückstoßen, wollte mehr von dieser Anerkennung, die er ihr zollte.

»Also gut, du kannst eine Nacht auf unserem Sofa schlafen. Aber ich werde dir nicht Modell stehen!«

»Perfekt.« Er strahlte sie an. »Ab morgen habe ich auch wieder Geld. Ich habe ein Bild verkauft, und mein Kunde hat mir fest versprochen, dass er den Betrag heute noch überweist.«

Ella schaute ihn misstrauisch an. »Wo malst du eigentlich? Und wann?«

»Ich male da, wo ich gerade bin und wann immer ich Zeit habe.«

»Und wo hast du deine ganzen Utensilien?«

Chris klopfte auf den Rucksack. »Alles da drin.« Dann schaute er sich suchend um. »Wird man hier nicht am Tisch bedient? Ich habe seit gestern nichts mehr gegessen.«

---

»Nettes Kaff«, stellte Chris fest, als sie in Tannreuth einfuhren. Es klang so abfällig, dass Ella das Gefühl hatte, ihr Dorf verteidigen zu müssen.

»Tannreuth ist weitaus mehr als das!«

»Ich bin sehr gespannt.«

»Du bleibst nur eine Nacht auf unserem Sofa«, erinnerte ihn Ella. »Dir bleibt nicht genug Zeit, Tannreuth kennenzulernen.«

»Wo wohnst du?«

»Das wirst du gleich sehen. Zuerst hole ich die Kinder ab.«

Ella fuhr zur Schule. Mathilda stand bereits auf dem Schulhof und schaute sich suchend um. Als sie Ellas Wagen erblickte, lief sie los. »Ich warte schon gaaaaanz lange«, beschwerte sie sich, als sie hinten einstieg.

»Das stimmt nicht«, sagte Chris. »Ich habe gesehen, dass du gerade erst aus der Schule gekommen bist, als wir ankamen.«

»Mama, wer ist das?«, fragte Mathilda verdrießlich.

»Ich bin Chris.« Er drehte sich auf dem Beifahrersitz, sodass er Mathilda ansehen konnte. »Und wer bist du?«

Das Mädchen antwortete nur widerwillig. »Mathilda. Was machst du in Mamas Auto?«

Ella beschloss, dass es an der Zeit war, sich einzumischen. »Ich habe Chris angeboten, dass er eine Nacht auf unserem Sofa schlafen kann.«

»Warum?«, wolle Mathilda wenig begeistert wissen.

»Weil er ein Freund ist.«

Darüber dachte Mathilda eine Weile nach, während Ella den Wagen wendete, um zum Kindergarten zu fahren.

»Aber der kann nicht auf dem Sofa schlafen«, stellte das Mädchen schließlich fest. »Da schläft doch ab sofort Kasimir.«

»Kasimir kann bei mir schlafen.« Das unvermutete Treffen mit Chris hatte Kasimir in den Hintergrund treten lassen, aber jetzt dachte Ella wieder an den Kater. Wie schön, dass er nun eine Weile bei ihr war. Sie schmunzelte. Ihr Leben füllte sich mit einem Lebewesen, dessen Nähe ihr guttat, und mit Menschen, die sich für sie interessierten.

»Ist Kasimir dein Mann? Und wieso schläft er ab sofort auf dem Sofa?«, unterbrach Chris ihre Gedanken.

Mathilda kicherte laut. »Mein Papa heißt doch nicht Kasimir. Der heißt Max. Kasimir ist unser Kater.«

»Kasimir ist nicht unser Kater«, stellte Ella richtig, »sondern ein Pflegekater. Er bleibt nur eine begrenzte Zeit bei uns.« Sie hatte sich vorgenommen, das bei jeder Gelegenheit zu erwähnen, damit die Kinder es in den nächsten Wochen nicht vergaßen.

»Ich mag Katzen«, sagte Chris.

Damit hatte er bei Mathilda gewonnen. Das Mädchen blühte förmlich auf. »Hast du auch Tiere?«, frage sie eifrig.

»Ich hatte mal einen Hund«, erzählte Chris. »Aber das ist schon lange her. Damals war ich ungefähr so alt wie du.«

Inzwischen hatten sie den Kindergarten erreicht. Lilly stand bereits innen an der Glasscheibe der Eingangstür. Sie sprang aufgeregt von einem Bein aufs andere, als sie Ella erblickte. »Ich hab dich so vermisst, Mami.«

»Ich hab dich auch vermisst.« Ella schloss die Kleine in die Arme.

»Was gibt es zu essen? Ich hab Hunger.«

»Ich war heute Morgen unterwegs und konnte deshalb nicht kochen. Ob ich Pizza bestellen soll?«

»Au ja«, hauchte Lilly. Pizza war ihr absolutes Lieblingsessen. »Kriegt Kasimir auch Pizza?«

»Nein. Kasimir bekommt nur Katzenfutter.« Ella hob mahnend den Finger. »Wir wollen ja nicht, dass er krank wird.«

Lilly nickte mit ernsthafter Miene. Am Wagen öffnete sie die Tür hinter dem Fahrersitz, kletterte in ihren Kindersitz und ließ sich von Ella anschnallen.

»Mama, da sitzt ein fremder Mann in deinem Auto.«

»Das ist kein fremder Mann«, stellte Mathilda richtig, »das ist Chris.«

»Ich kenn den nicht.« Lilly begleitete ihre Worte mit einem Kopfschütteln.

»Chris wohnt jetzt bei uns. Der schläft auf dem Sofa, und deshalb muss Kasimir bei Mama schlafen.«

»Kasimir kann auch bei mir schlafen«, bot Lilly eifrig an. Der fremde Chris schien sie nicht weiter zu interessieren.

»Mal sehen«, erwiderte Ella ausweichend.

Sie war erleichtert, dass Lilly ihre Antwort widerspruchslos hinnahm. »Wir kriegen heute Pizza«, sagte sie zu ihrer Schwester.

»Juchhu!« Natürlich freute sich auch Mathilda. »Aber warum? Dass Papa für uns Pizza bestellt hatte, als du in Düsseldorf warst, fandest du doch doof.«

»Da hat er jeden Tag für euch Pizza bestellt.«

»Und einmal Spaghetti, und dann warst du schon wieder da.«

Ella spürte, dass Chris sie immer wieder von der Seite anschaute, während er den Mädchen zuhörte.

Als sie zu Hause die Tür öffnete, kam ihnen Kasimir entgegen.

»Vorsicht«, mahnte Ella. »Er darf nicht raus.«

Chris war überrascht. »Warum nicht?«

»Das erkläre ich dir später.« Ella wollte im Beisein ihrer Kinder nicht über die Gefahr reden, die dem Kater draußen drohte. »Du kannst dich nützlich machen und Pizza für alle bestellen. Zweimal Margherita, einmal vegetarisch für mich, und eine Calzone.«

»Ich mag keine Calzone«, sagte Chris.

»Die ist auch nicht für dich, sondern für meinen Sohn Robin.«

Chris starrte sie an. »Du hast noch mehr Kinder?«

Ella lachte über sein entsetztes Gesicht. »Noch einen Sohn, mehr nicht. Und dir spendiere ich auch eine Pizza. Such dir selbst aus, was du willst. Die Speisekarte der Pizzeria hängt am Kühlschrank, darauf steht auch die Nummer. Und unsere Adresse haben wir da ebenfalls notiert, weil Robin sie sich am Anfang nicht merken konnte.«

Während sie auf den Pizzaboten warteten, rief Ella bei Silke an. Doch am anderen Ende meldete sich nur die Mailbox. »Ich bin mir ziemlich sicher, dass es ein echter MoKo ist«, sagte sie. »Ich melde mich später noch einmal.«

Doch auch dann konnte sie ihre Freundin nicht erreichen.

Die Mädchen freundeten sich ziemlich schnell mit Chris an, selbst Kasimir war begeistert von dem Neuzugang. Nachdem Chris ihn auf den Schoß genommen und gestreichelt hatte, wich der Kater nicht mehr von dessen Seite.

Robin, der gleichzeitig mit der Pizza zu Hause eintraf, schien es ziemlich gleichgültig zu sein, dass Chris über Nacht im Haus blieb. Die beiden verstanden sich auf Anhieb und unterhielten sich über ein Computerspiel, von dem Ella noch nie etwas gehört hatte.

Gegen zwanzig Uhr erhielt sie eine SMS von Max: *Wartet nicht auf Tosca und mich. Wir gehen mit Kunden essen.*

Spät am Abend, als die Kinder bereits im Bett lagen, brachte Ella Decken und ein Kissen ins Wohnzimmer. Kasimir begleitete sie. Er sprang zu Chris aufs Sofa.

»Es stört mich nicht, wenn er hier schläft«, sagte Chris. »Ganz im Gegenteil.«

Ella schaute auf die Uhr. Inzwischen war es weit nach dreiundzwanzig Uhr. Max, und damit auch Tosca, waren noch nicht nach Hause gekommen. Ella beschloss, ihrem Mann eine SMS zu schicken: *Ich habe Besuch. Er schläft im Wohnzimmer. Seid also bitte leise, wenn ihr nach Hause kommt, und macht das Licht nicht an.*

»Ella!«

Es war Max' Stimme, die ihren Namen rief. Ein schöner Traum? Ella lächelte.

»Verdammt, Ella!« Eine Hand berührte ihren Arm und schüttelte sie leicht.

Ella fuhr hoch. Helles Licht blendete sie, und es dauerte einen Moment, bis sie klar sehen konnte. Max stand neben ihrem Bett und starrte sie an. Er war eindeutig wütend.

»Wer ist der Kerl, der da unten in Shorts und mit nacktem Oberkörper herumläuft?«

»Wieso läuft er herum?«, fragte Ella verwirrt.

»Er sagte, er hätte Durst und wollte ein Glas Wasser holen. Du lässt hier einen wildfremden Typen herumlaufen, während die Kinder im Haus sind?«

»Das ist kein wildfremder Typ, das ist Chris.« Ellas Antwort fiel nicht ganz so heftig aus, wie sie es sich gewünscht hatte. Eigentlich hatte Max ja recht, Chris war ein Fremder für sie. Sie war ihm heute erst zum zweiten Mal begegnet.

»Ich will, dass der Typ verschwindet! Am besten sofort!«

»Einverstanden«, konterte Ella kühl. »Ich schicke ihn weg, sobald Tosca verschwunden ist.«

»Tosca bleibt«, fuhr er sie an. »Und den Kerl setze ich selbst vor die Tür.« Er stapfte aus ihrem Zimmer.

Ella sprang aus dem Bett, folgte ihm. »Das wagst du nicht«, zischte sie.

»Du wirst schon sehen«, gab er zurück.

Aufgebracht erreichten sie beide das Wohnzimmer – und blieben erstaunt stehen. Chris und Tosca saßen nebeneinander auf dem Sofa, den Blick auf den Fernseher gerichtet. Dort lief, soweit

Ella das auf den ersten Blick beurteilen konnte, ein Horrorfilm. Beide waren so vertieft in die Handlung, dass sie Max und Ella nicht bemerkten.

Max verließ das Wohnzimmer, und Ella folgte ihm.

»Na gut«, sagte er, als sie im Flur standen. »Er kann bis morgen bleiben.«

»Das entscheidest nicht du«, stellte Ella klar. »Ich bestimme, ob ich einen Freund einlade oder nicht! Und für wie lange.« Eigentlich hatte sie ja selbst verlangt, dass Chris morgen wieder verschwand. Aber das hatte sich gerade geändert …

Als Max etwas entgegnen wollte, hob sie abwehrend die Hand. »Ich habe keine Lust, länger mit dir zu streiten. Ich bin müde und will weiterschlafen.« Damit drehte sie sich um und stieg die Treppe hinauf.

Als sie in ihr Zimmer kam, lag Kasimir in ihrem Bett. »Schön, dass du da bist«, sagte Ella. Sie legte sich ebenfalls hin, zog den Kater an sich und war kurz darauf bereits wieder eingeschlafen.

# Kapitel 14

Laura staunte nicht schlecht, als sie morgens bei Ella eintraf, um noch ein wenig Katzenfutter abzugeben. Die Küche war schier überfüllt mit Menschen, die sich um den Tisch versammelt hatten. Ella übernahm die Vorstellung. »Das ist Laura Jakobi.« Danach wies sie auf die einzelnen Personen am Tisch. »Meine Töchter Mathilda und Lilly kennst du ja bereits. Daneben sitzt mein Sohn Robin.«

Ella zögerte, bevor sie den großen Mann vorstellte, der neben einer rothaarigen Frau saß. »Mein Mann Max, daneben sitzt Tosca Bastin.«

Zu Lauras Überraschung klang ihre Stimme nahezu verächtlich. Tosca Bastin hingegen lächelte Ella hämisch an. Für einen Moment lag eine unglaubliche Spannung in der Luft, und Laura war sofort klar: Die beiden Frauen verstanden sich nicht.

Dann wies Ella auf den jungen Mann mit den blond gesträhnten Haaren. »Das ist Chris …«

»Jasny«, half der junge Mann bereitwillig nach. »Aber Chris reicht.«

»Du kennst nicht einmal seinen Nachnamen?«, fragte Ellas Mann grollend. »Und du lässt ihn trotzdem hier übernachten?«

»Chill mal«, entgegnete Chris freundlich. »Nachnamen sind bei unserer Generation nicht so wichtig.«

»Meine Frau ist nicht deine Generation.«

Laura folgte dem Wortwechsel mit zunehmendem Unbehagen. Auch zwischen den beiden Männern herrschte eine spürbare Anspannung, obwohl sie sich duzten.

Sie räusperte sich. »Ja, hallo zusammen. Schön, euch kennenzulernen, ich will auch gar nicht lange stören. Aber ich hatte noch zwei Dosen von Kasimirs Lieblingsfutter zu Hause«, sagte sie betont beiläufig. »Die wollte ich auf dem Weg zur Schule vorbeibringen.«

»Das ist also Ihr Kater? Ich habe eine Katzenallergie!«, stieß die rothaarige Frau anklagend hervor.

»Oh, das tut mir leid!«, entgegnete Laura hastig, was der Wahrheit entsprach. Davon hatte sie nichts gewusst, sie hatte ja noch nicht einmal von Tosca Bastin gewusst. Laura fühlte sich hilflos, doch bevor sie etwas entgegnen konnte, ergriff Ella das Wort.

»Das muss dir nicht leidtun«, sagte sie bestimmt. »Frau Bastin kann in ihrem Zimmer bleiben, da darf Kasimir nicht rein. Alternativ kann sie aber auch in Freiburg in ein Hotel ziehen.«

»Ich bleibe hier«, zischte Tosca. »Max hat mich eingeladen.«

»Tosca! Bitte!« Ellas Mann wirkte außerordentlich genervt.

»Na dann ...« Ella wirkte sichtlich zufrieden. »Möchtest du eine Tasse Kaffee mit uns trinken?«, bot sie an.

»Danke, nein«, lehnte Laura hastig ab, so vehement, dass Ella lachen musste. »Ich muss jetzt weiter.«

»Das kann ich verstehen«, sagte sie leise. »Ich begleite dich noch in den Flur.«

Plötzlich kam Laura eine Idee. »Soll ich die Mädchen mitnehmen?«, bot sie an. »Ich fahre Leo in die Schule und könnte Lilly anschließend auch schnell in den Kindergarten begleiten.«

»Oh, danke«, sagte Ella erfreut. »Ja, es wäre nett, wenn du Mathilda mit zur Schule nimmst. Sie ist fertig, ihre Schultasche steht auch schon hier unten. Lilly bringe ich später in den Kindergarten. Sie ist noch nicht mal angezogen.« Ella verdrehte die Augen und wies zur Küchentür. »Du siehst ja, was da los ist.«

»Ja.« Laura zwinkerte ihr zu. »Das sieht ziemlich spannend bei dir aus, um es mal positiv zu formulieren.«

»Spannend ist gar kein Ausdruck.« Ella schaute sich um, ob jemand sie hören konnte, dann flüsterte sie leise. »Am liebsten würde ich abhauen …«

»Mama, wir haben kein Brot mehr«, rief Robin in diesem Moment.

Ella stöhnte auf. »Ich weiß nicht, was in diesem Haus immer mit dem Brot passiert«, schimpfte sie. »Ich kaufe so viel Brot«, erklärte Ella. »Aber irgendwie ist es immer weg. Egal …« Sie winkte ab. »Ich rufe jetzt erst mal Mathilda.«

Nachdem Laura die beiden Kinder zur Schule gebracht hatte, fuhr sie zur Kanzlei. Sie stöhnte innerlich auf, als sie Burkard Roth auf der Straße vor dem Eingang stehen sah. Er schien auf sie zu warten.

»Guten Morgen. Heute ohne Henry?«, begrüßte sie ihn freundlich.

»Ich weiß doch, dass Sie Henry nicht leiden können«, sagte er unfreundlich. Die Begrüßung sparte er sich.

Laura war empört. »Das stimmt nicht«, widersprach sie sofort. »Hätte ich ihn sonst gestern zum Tierarzt gefahren?« Sie bedachte Burkard Roth mit einem langen Blick. »Ich hoffe wirklich, dass es ihm besser geht.«

Burkard Roth nickte leicht zur Antwort, und mit einem Mal waren seine Gesichtszüge weicher.

»Das freut mich. Ich mag Henry nämlich, ich mag nur nicht, wie er sich gegenüber unserer Katze benimmt, er tut ihr einfach nicht gut. Und jetzt mussten wir unseren Kater sogar weggeben, damit er nicht mehr von Ihrem Hund gejagt wird.«

»Sie haben den Kater weggegeben?« Burkard Roth war sichtlich erschrocken, was Laura ein wenig milder stimmte.

»Ja. Eine andere Möglichkeit gibt es leider nicht.« Laura schluckte. »Aber es ist ja nur vorübergehend, bis sich das Problem mit Henry gelöst hat.«

Burkard Roth schwieg. Lange. »So ist das also«, sagte er schließlich leise.

»Ja, genau so ist das«, bestätigte Laura ruhig.

Wieder schwieg er, starrte vor sich hin, nickte einige Male und schien in Gedanken ganz weit weg zu sein.

»Warum sind Sie eigentlich hier?«, erkundigte sich Laura nach einer Weile. »Wollten Sie zu mir?«

»Das hat sich erledigt«, sagte er dumpf und trottete davon.

Der Samstag war ruhig. Zu ruhig für Lauras Geschmack. Kasimir fehlte nicht nur ihr. Juna weinte sogar ein bisschen. »Ich will unseren Kasimir zurück.«

In diesem Augenblick erschien Henry vor der Terrassentür.

Juna lief ans Fenster und presste ihre Hände gegen die Scheibe. »Du bist alles schuld«, rief sie wütend.

Henry wich ein Stück zurück. Er winselte, wedelte dabei gleichzeitig mit dem Schwanz.

»Er scheint sich langsam an uns zu gewöhnen«, sagte Tobias. »Wenn wir nicht aufpassen, zieht er hier ein.«

»Ein großer Hund ist cool«, meinte Leo.

»Ich will keinen Hund, ich will Kasimir«, sagte Juna entschieden. »Wenn du den großen Hund willst, kannst du ja nebenan einziehen.«

»Bei dem ...« Leo schüttelte entsetzt den Kopf. »Der ist ja noch schlimmer als zwei Schwestern.«

»Und weißt du, was das Allerschlimmste ist?« Hanna grinste ihren Bruder an.

Leo schüttelte den Kopf.

»Ein kleiner Bruder. Es gibt echt nichts Schlimmeres!«

Leo blieb ihr keine Antwort schuldig. »Du kannst ja zu dem Mann und Henry ziehen. Da gibt es keine kleinen Brüder.«

Tobias, der neben Laura auf dem Sofa saß, legte einen Arm um ihre Schulter. »Was hältst du davon, wenn wir alle drei zu Burkard Roth schicken? Dann können sie sich vor sein Fenster stellen, so wie Henry es immer macht.«

»Coole Idee«, rief Hanna begeistert aus. »Dann sieht der endlich mal, wie das ist.«

Auch Leo war sehr angetan von dem Vorschlag. »Und dann drücken wir unsere Nase gegen die Scheibe. Und wenn der rauskommt, knurren wir den an.«

Juna war strikt dagegen. »Ich geh da nicht hin. Ich hab Angst vor dem.«

»Ich glaube, Henry ist gar nicht so böse, wie er immer tut.« Laura hatte das beim Tierarztbesuch hautnah erlebt.

»Ich hab keine Angst vor Henry, sondern vor dem Mann«, erklärte Juna.

»Der ist auch nicht böse, sondern nur sehr unglücklich.« Erst als sie die Worte ausgesprochen hatte, wurde Laura bewusst, was sie gesagt hatte. Sie hatte es nicht als konkreten Gedanken im Kopf gehabt, aber wahrscheinlich schon eine ganze Weile gespürt.

Alle schauten sie überrascht an.

»Warum ist der Mann denn unglücklich?«, fragte Juna.

»Weil er sich von Henry trennen soll«, erklärte Laura nachdenklich, ohne auf die Umstände um Simone Bahlmann einzugehen. »Wir sind ja auch traurig, weil Kasimir im Moment nicht bei uns ist. Genauso geht es Burkard Roth, wenn er Henry abgeben muss. Und bei ihm ist es sogar noch ein bisschen schlimmer. Wir haben immer noch uns, aber er ist ganz allein.«

»Selber schuld«, meinte Hanna. »Wenn er ein bisschen freundlicher wäre, würde er auch eine Frau finden.«

»Ach, Hanna.« Laura lächelte ihrer Nichte liebevoll zu. »So einfach ist das alles nicht. Wir wissen nicht, wie Burkard Roths Leben verlaufen ist. Möglicherweise war er früher ein freundlicher Mensch und ist nur so geworden, weil ihm das Schicksal übel mitgespielt hat.«

»Ja, vielleicht.« Für Hanna war das Thema damit erledigt, aber nicht für Juna.

»Vielleicht sind seine Mama und sein Papa auch gestorben«, sagte sie ernst. »Und er hatte keine Tante Laura und keinen Tobias.«

»Mach dir nicht so viele Gedanken.« Laura zog das Mädchen in ihre Arme, für die das Thema immer noch nicht abgeschlossen war. Sie freute sich über das Kompliment und dachte daran, wie schwer es im vergangenen Jahr gewesen war, nach dem Tod der Eltern Zugang zu dem Kind zu finden. Juna hatte zunächst kein Wort gesprochen. Erst als Kasimir auftauchte, noch sehr jung und schwer verletzt, hatte sich etwas in ihr verändert. Die Sorge um den kleinen Kater hatte den Schmerz tief in ihrem Innern gelöst.

Nachmittags begann es wieder zu schneien. Der Wetterbericht verhieß, dass es vorerst so bleiben würde. Kaltes Winterwetter, Frost und Schnee.

»Das passt«, stellte Tobias fest. »Morgen in drei Wochen ist der erste Advent.«

»Und in diesem Jahr gibt es in Tannreuth einen Weihnachtsmarkt«, freute sich Hanna. »Können wir auch einen Stand machen?«

»Was sollen wir denn verkaufen?«, fragte Tobias amüsiert. »Soll ich Bauzeichnungen anbieten? Oder Laura eine Rechtsberatung?«

»Wir können doch ein paar Sachen basteln«, schlug Hanna eifrig vor. Sie schaute ihre Geschwister an. »Wie findet ihr die Idee? Macht ihr mit?«

»Nö«, lehnte Leo sofort ab.

»Was willst du denn basteln?«, erkundigte sich Juna vorsichtig.

»Keine Ahnung.« Hanna dachte nach. »Wir haben doch noch die Bastelbücher von Mama. Sollen wir da mal reingucken?«

»Vielleicht verdient man da ja ganz viel Geld.« Es klang, als wäre Leo gerade dabei, sich die Sache noch einmal zu überlegen. Und fand gleich auch die für ihn passende Lösung: »Ihr macht die Sachen, und ich verkaufe sie.«

»Der Junge wird mal Unternehmer«, sagte Tobias stolz. »Er weiß jetzt schon, wie er delegieren muss.«

Laura grinste und nickte in Richtung der Mädchen. »Sieht aber nicht so aus, als wären seine potenziellen Mitarbeiterinnen damit einverstanden.«

Hanna zeigte ihrem Bruder einen Vogel. »Du kannst selber arbeiten und dann deine Sachen verkaufen. Wir arbeiten nicht für dich.«

Juna folgte sogleich dem Beispiel ihrer Schwester. »Nein, wir arbeiten nicht für dich«, bestätigte sie und tippte sich an die Stirn. Dann wandte sie sich an ihre Schwester. »Holst du Mamas Bücher?«

Hanna ging nach oben. Als sie zurückkehrte, hielt sie zwei Bücher in den Händen. Sie setzte sich auf den Boden, strich mit beiden Händen über das Cover des oberen Buches. Ungeweinte Tränen schimmerten in ihren Augen.

Juna setzte sich neben ihre Schwester, beobachtete sie aufmerksam. Dann legte sie einen Arm um Hanna und schmiegte ihr Köpfchen an die Schulter der Schwester. »Mama findet es bestimmt toll, dass wir Sachen aus ihren Büchern basteln«, sagte sie sanft.

»Ja, das glaube ich auch«, sagte Hanna und schlug das erste Buch auf.

Eine lange Weile blätterten die Mädchen darin herum, überlegten, was sie basteln wollten und was sie dafür brauchten. Hanna schrieb alles auf, was Laura für sie und Juna im Bastelladen besorgen sollte.

Leo saß ebenfalls auf dem Boden und spielte mit einem Spielzeugauto. Normalerweise wäre Kasimir hinter dem Auto hergejagt, das schien auch Leo zu fehlen. »Mir ist langweilig«, klagte er und stellte das Auto beiseite.

»Wie wäre es, wenn wir einen Schneespaziergang machen?«, schlug Tobias vor.

Alle waren sofort einverstanden. Die Kinder zogen eilig dicke Jacken, Handschuhe und Stiefel an und stürmten aus dem Haus. Leo machte sich sofort daran, einen Schneeball zu formen, aber der Neuschnee klebte nicht, und so schaffte er es nicht, eine Kugel zu bilden.

Laura und Tobias schlugen den schmalen Weg hinter ihrem Haus ein. Die Zweige der Kiefern bogen sich unter der Last des Schnees. Es war still hier draußen. Selbst die Kinder schwiegen, gefangen von der herrlichen Schneelandschaft.

Alle blieben abrupt stehen, als ein Reh zwischen den Bäumen hervortrat. Vorsichtig witternd, dann überquerte es den Weg und verschwand auf der anderen Seite zwischen den Bäumen.

»Da ist einer hinter uns«, sagte Juna plötzlich. Ihre Stimme vibrierte vor Angst. Sie griff nach Lauras Hand.

»Da ist niemand«, sagte Laura, doch dann sah sie es selbst. Ein schwarzer Schatten kam zwischen den Bäumen auf sie zugeschossen.

Juna schrie laut auf, doch eine Sekunde später lachte sie. »Das ist Henry!«

Henry war jetzt bei ihnen, er wedelte wie verrückt mit dem Schwanz und drehte sich einmal um sich selbst, bevor er zu Laura lief und sie mit der Schnauze anstupste.

»Was willst du von mir?«, fragte Laura lachend und bemerkte erstaunt, dass sie keine Angst vor ihm hatte.

Henry setzte sich und schaute schwanzwedelnd zu ihr auf.

»Er will bestimmt mitkommen«, sagte Leo. Er hielt gebührenden Abstand, obwohl er eben noch gesagt hatte, wie cool er große Hunde fand.

Henry stupste Laura noch einmal an. Vorsichtig streckte sie die Hand nach ihm aus und streichelte seinen Kopf.

Henry begeisterte das so sehr, dass er mit dem ganzen Hinterteil wackelte.

»Er scheint dich zu mögen«, stellte Tobias lachend fest.

»Ich mag ihn ja auch. Jedenfalls hat sich meine Einstellung ihm gegenüber geändert, seit ich ihn zum Tierarzt gebracht habe.«

»Das löst aber nicht unser Problem«, sagte Tobias.

Laura seufzte. »Leider.« Wenn ihr doch nur eine Lösung einfallen würde! Es musste doch eine Möglichkeit geben, die allen gerecht wurde.

Henry begleitete sie auf ihrem Spaziergang, tollte um sie herum und hatte sichtlich Spaß. Laura ertappte sich immer wieder bei einem Lächeln, und während sie durch den Schnee stapfte, entstand in ihren Gedanken eine vage Idee, die zunehmend Gestalt annahm. Als sie wieder zurückkehrten, lief Henry geradewegs weiter zum Nachbarhaus.

Auch der Sonntag verlief zunächst ruhig. Nach einem gemeinsamen Frühstück plante Hanna weiter ihre Verkäufe auf dem Weihnachtsmarkt. Juna hatte das Interesse verloren und spielte lieber mit ihrem Bruder.

Tobias saß am großen Esstisch und arbeitete, Laura werkelte in der Küche und trat gerade zurück ins Wohnzimmer, als plötzlich Leo aufsprang. »Henry ist da!«, rief er fröhlich und rannte zur Terrassentür.

»Nein!«, riefen Laura und Tobias gleichzeitig, doch es war bereits zu spät. Leo hatte die Tür geöffnet, und Henry stürmte begeistert ins Haus.

Laura stöhnte auf.

»Der ist doch lieb«, rechtfertigte Leo sein Handeln.

»Aber wenn wir ihn ins Haus lassen, werden wir ihn nie mehr los, und ...« Weiter kam Laura nicht, weil Henry sie so stürmisch begrüßte, dass sie sich am Türrahmen festhalten musste, um nicht hinzufallen.

»Der mag dich nicht nur, der liebt dich«, stellte Tobias amüsiert fest. »Es ist nur noch eine Frage der Zeit, bis er umzieht.«

Juna begann zu weinen. »Dann kommt Kasimir nie mehr nach Hause.«

Henry lief zu dem Mädchen, legte sich winselnd zu ihren Füßen. Es sah fast so aus, als wolle er sie trösten.

Juna lächelte unter Tränen. Sie beugte sich zu Henry hinab und streichelte ihn. »Du bist ja lieb«, wisperte sie, »aber Kasimir war zuerst da. Ich will, dass der wieder nach Hause kommt.«

»Ich find den Henry toll. Vielleicht verträgt er sich ja irgendwann auch mit Kasimir«, sagte Leo hoffnungsvoll.

Hanna warf ihm einen finsteren Blick zu. »Du würdest unseren Kasimir doch am liebsten gegen Henry eintauschen.«

»Nein, das stimmt nicht«, versicherte Leo. »Ich finde den Henry cool, aber Kasimir habe ich lieb.«

»Du würdest dich also für Kasimir entscheiden?«, hakte Hanna nach.

»Klar!« Leo nickte heftig. »Aber am liebsten würde ich beide behalten.« Er ging in die Hocke und lockte Henry. »Komm, Henry. Komm!«

Henry sprang auf und lief eilig zu ihm, er überrannte Leo regelrecht. Der Junge kippte um, Henry stand über ihm und leckte schwanzwedelnd über sein Gesicht.

Laura beobachtete die Szene amüsiert. Dieses Verhalten des Hundes zeigte, dass er alles andere als gefährlich war. Der Hund liebte offensichtlich Kinder, knurrte sie weder an noch zeigte er ihnen die Zähne. *Das hat er seit unserer Fahrt zum Tierarzt überhaupt nicht mehr getan*, fiel Laura überrascht auf. Offensichtlich hatte er Vertrauen gefasst. Wieder dachte sie an ihre Idee vom Vortag, spielte alle Möglichkeiten in Gedanken durch.

Leo lachte, stemmte sich gegen Henry, und auch das ließ sich der Rottweiler gefallen. Er begrüßte nacheinander noch Hanna, die zuerst ängstlich vor ihm zurückwich, ihn dann aber ebenfalls streichelte, und schließlich Tobias.

Danach warf er sich mitten im Wohnzimmer auf den Boden, legte seinen Kopf auf die Vorderpfoten und schien fest entschlossen, zu bleiben.

»Und jetzt?« Tobias schaute Laura fragend an.

»Offenbar haben wir einen neuen Freund.« Laura lachte. Dann fasste sie einen Entschluss. »Im Ernst: Henry ist nicht gefährlich, das haben wir jetzt alle festgestellt. Jedenfalls nicht für uns. Aber ich will unseren Kasimir zurückhaben, und ich werde dafür sorgen, dass er wieder nach Hause kommen kann.« Sie gab Tobias einen Kuss, dann rief sie den Hund, der sofort aufstand und ihr folgte, als sie das Haus verließ.

Auf dem Weg zum Nachbarhaus schlug sie fröstelnd die Arme um sich. Burkard Roth öffnete auf ihr Klingeln nicht sofort. Erst als Henry auffordernd bellte, ging die Tür auf.

Der Hund schlängelte sich an Burkard Roth vorbei ins Haus. Sein Herrchen schaute Laura misstrauisch an.

»Guten Morgen«, grüßte Laura höflich.

Burkard Roth nickte nur.

»Ich möchte Ihnen einen Vorschlag machen«, begann Laura. »Ich werde Sie vor Gericht vertreten, wenn Sie anschließend aus Tannreuth verschwinden.«

Der Gesichtsausdruck des Mannes veränderte sich, sein Mund öffnete, schloss und öffnete sich, als hätte es ihm die Sprache verschlagen. Doch dann kam seine Antwort sehr schnell und spontan.

»Einverstanden!«

»So schnell?« Jetzt war Laura misstrauisch.

»Ja, ich bin ganz sicher. Ich gebe Ihnen mein Wort!«

Laura musterte ihn schweigend.

»Ich kann den Mietvertrag für das Haus zum Gerichtstermin kündigen«, bot er ihr an. Er schien es wirklich ernst zu meinen.

»Ich kann aber nicht garantieren, dass ich den Prozess gewinne. Schon gar nicht bei der mageren Beweislast«, warnte sie.

»Wenn Sie und damit auch ich den Prozess verlieren, werde ich sowieso mit Henry verschwinden«, verkündete Burkard Roth überraschend offen. »Ich werde ihn auf keinen Fall dieser Frau überlassen.«

Laura wusste nicht, was sie dazu sagen sollte. Sie konnte ihn nicht darin bestärken, sich einem Gerichtsbeschluss nicht zu fügen. Und gleichzeitig verstand sie ihn. Sie selbst wollte Kasimir auch nicht hergeben.

»Kommen Sie bitte morgen in mein Büro«, rettete sie sich in Sachlichkeit. »Und bringen Sie alle Unterlagen mit.«

»Und meine Kündigung!«

Laura schüttelte den Kopf. »Das ist nicht nötig.«

Er schaute sie an, lange und durchdringend, bevor er überraschend lächelte. »Sie vertrauen mir?«

»Ja.« Laura lächelte nun ebenfalls. »Ich wundere mich gerade selbst darüber. Aber ja, ich vertraue Ihnen.«

»Ich verspreche Ihnen, dass ich versuchen werde, Henry so weit wie möglich im Haus festzuhalten«, sagte er ernst.

»Das reicht mir nicht«, sagte Laura, auch wenn es schmerzte. »Kasimir bleibt in seiner Pflegestelle, bis er wieder sicher bei uns leben kann.«

»Der Prozess ist schon am neunzehnten Dezember«, informierte er sie.

»So schnell?« Laura wunderte sich. »Da muss ja schon einigen Schriftverkehr gegeben haben.« Sie hatte nur den ersten Brief von Simone Bahlmann gelesen. »Wer hat Sie denn in der Zwischenzeit vertreten?«

»Niemand.« Er grinste schief. »Ich habe weder auf Simones noch auf die Briefe ihres Anwalts geantwortet.«

Laura stöhnte innerlich auf. Das würde keine leichte Aufgabe werden.

»Ich verlasse mich darauf, dass Sie am zwanzigsten Dezember verschwunden sind!«

»Das können Sie«, lautete seine Antwort. »Nicht nur wegen Simone Bahlmann«, murmelte er.

Laura wusste nicht, worauf er hinauswollte, doch bevor sie nachfragen konnte, fügte er hinzu: »Ich habe in Tannreuth ohnehin nicht gefunden, wonach ich gesucht hatte.« Eine Erklärung gab er nicht, und ihr war klar, dass er nicht darüber reden wollte.

Sie vereinbarten noch einen Termin für den nächsten Tag, dann schloss er die Tür.

Langsam ging Laura zurück nach Hause. In ihr waren jetzt Hoffnung und Freude, die allmählich wuchsen.

Die Familie erwartete sie bereits gespannt. Fröhlich lächelte Laura in die Runde. »Ich glaube, wir müssen nicht mehr lange auf unseren Kasimir warten. Vielleicht kommt er sogar vor Weihnachten zurück nach Hause …«

# Kapitel 15

Ihr Haus glich einem Tollhaus!

Am Samstag waren Max und Tosca nach Freiburg gefahren, um in der Filiale zu arbeiten. Am Sonntag waren sie dann wegen des Schneefalls im Haus geblieben.

Alle waren irgendwie genervt. Tosca kämpfte angeblich mit ihrer Katzenhaarallergie. Ella war sich jedoch sicher, dass es weitaus weniger schlimm war, als sie vorgab. Wann immer Ella in ihrer Nähe war, putzte sie sich unablässig die Nase. Sobald Max oder Chris auftauchten, verschwand ihr allergischer Schnupfen auf wundersame Weise. Das wiederum schien Robin zu stören.

»Warum arbeitet ihr heute nicht in deinem Büro?«, hatte Ella entnervt gefragt.

»Das haben wir doch versucht.« Max hatte sie finster angesehen. »Aber das Zimmer ist zu klein. Außerdem wohnt Tosca da, und sie braucht schließlich auch ein bisschen Privatsphäre.«

»Dann zieh endlich mit ihr ins Hotel«, hatte Ella wütend erwidert. »Da könnt ihr ganz ungeniert ein Doppelzimmer nehmen, und es muss nicht einer von euch nachts über den Gang schleichen.«

»Du spinnst!« Mit dieser Antwort hatte er sie stehenlassen. Dabei hatte Ella in der Nacht genau gehört, dass jemand über den Gang gelaufen war. Leise, verhaltene Schritte ...

Okay, das konnte auch Robin gewesen sein. Oder sogar Chris. Aber warum sollte er nach oben kommen, wenn er doch unten auf dem Sofa schlief? Er schien sich gut mit Tosca zu verstehen, zeigte jedoch nicht das geringste Interesse an ihr.

Kasimir hielt sich meist in Ellas Schlafzimmer auf, allerdings hatte er auch schon mehrfach an der Haustür gestanden und miaut. Er wollte raus, und vor allem wollte er nach Hause.

Ella hatte ihn dann jedes Mal auf den Arm genommen und getröstet. Lilly und Mathilda versuchten, ihn mit Spielen abzulenken.

Aber Kasimir hatte Heimweh, das war unübersehbar.

Als Ella an diesem Montagmorgen mit einem vollen Wäschekorb die Treppe herunterkam, stand er wieder miauend an der Haustür. Auf die gerade Tosca zuging ...

»Wagen Sie es nicht«, herrschte Ella sie wütend an.

Tosca fuhr herum.

»Wenn Sie die Tür öffnen und Kasimir nach draußen lassen, fliegen Sie selbst heute auch noch aus dem Haus«, drohte Ella. »Das wird dann selbst Max nicht mehr verhindern können.«

»Spinnen Sie?« Tosca wirkte erschrocken. »Ich lasse den Kater doch nicht raus. Ich weiß, was Sie von mir halten ...«

»Nichts«, bestätigte Ella.

Sekundenlang wirkte Tosca verletzt, doch dann zeigte sie wieder das verhasste Tosca-Lächeln. »Zum Glück interessiert mich Ihre Meinung nicht besonders. Und Max auch nicht. Ich wette, er kann es kaum erwarten, bis Weihnachten endlich vorbei ist und er nicht mehr den liebenden Ehemann und Vater spielen muss.«

Tosca legte ihren Finger genau auf die wunde Stelle in Ellas Seele und bohrte noch einmal gründlich nach. Ganz besonders schmerzte es Ella, dass Max seine Assistentin in ihre Scheidungsabsichten eingeweiht hatte.

Tosca griff in die Tasche ihres Mantels, der an der Garderobe neben der Haustür hing, und zog ein Päckchen Papiertaschentücher heraus. Sie hielt es hoch. »Das war alles, was ich wollte«, sagte sie kalt und wandte sich um, blieb aber noch einmal stehen. »Trotz meiner Allergie mag ich Tiere. Auch Katzen. Ich würde nie etwas tun, was einem Tier schadet.«

Ella schaute ihr nach, überrascht davon, dass sie ihr glaubte.

Kasimir sah offenbar ein, dass ihn niemand hinauslassen würde. Er gab seinen Posten an der Tür auf und ging in den Abstellraum unter der Treppe, dessen Tür seit seiner Anwesenheit nicht mehr geschlossen werden durfte. Hier stand sein Katzenklo, das er zwar regelmäßig, aber ohne große Begeisterung benutzte.

In der Küche hatten sich alle bis auf Robin um den Küchentisch versammelt und frühstückten. Max war aufgestanden und drängte zum Aufbruch. »Heute kommt der Fotograf, den ich unbedingt für unser Immobilienprojekt haben will«, sagte er. »Wer weiß, wie es auf den Straßen aussieht.«

»Kannst du die Mädchen mitnehmen und zur Schule und zum Kindergarten bringen?«, bat Ella.

Es war Max anzusehen, dass ihm das gar nicht passte. »Warum bringst du sie nicht? Du hast mehr Zeit.«

»Heute nicht.« Ella blieb standhaft. Sie freute sich schon die ganze Woche auf den Töpferkurs. »Ich treffe mich heute mit ein paar Frauen aus dem Dorf und will vorher hier noch klar Schiff machen.«

»Okay, meinetwegen«, willigte Max ein und schaute wieder auf seine Armbanduhr. »Dann müssen wir aber sofort los.«

»Unser Termin ist doch wohl wichtiger als so ein Hausfrauentreff.« Mit diesem Satz zerstörte Tosca den neuen und winzigen Hauch von Ellas Sympathie.

»Das ist kein Hausfrauentreff, sondern eine Gruppe, die sich mit bildender Kunst befasst«, erklärte Ella von oben herab. Sie freute sich jetzt schon auf Lauras Gesicht, wenn sie ihr diese Worte gleich wiedergab.

»Eine Galerie?«, fragte Max sichtlich erfreut. »Hast du die Möglichkeit, wieder in deinem Beruf zu arbeiten?«

»Nicht ganz«, wich Ella aus. Bevor Max weiter nachfragen konnte, verließ sie die Küche unter dem Vorwand, sich um die Wäsche kümmern zu müssen.

»Tschüss!« Kurz nach Max, Tosca und den Mädchen verließ auch Robin das Haus. Dann war Ella mit Chris und Kasimir allein.

»Und wo gehst du wirklich hin?«, fragte Chris. Er hatte das Kunststück fertiggebracht, sich am Wochenende überwiegend unsichtbar zu machen. Sie alle hatten ihm das aber auch leichtgemacht, weil sich kaum jemand im Wohnzimmer aufhielt.

»Zu einer Gruppe, die sich mit bildender Kunst befasst«, wiederholte Ella ernsthaft, dann begann sie zu lachen. »Was übersetzt so viel heißt wie: zu einem Töpferkurs.«

Chris lachte laut auf.

»Kommst du mit?«, fragte Ella. Sie wusste selbst nicht, warum sie das fragte, aber sie spürte, dass sie ihn gern dabeihaben wollte.

Chris' Lachen brach schlagartig ab. »Auf keinen Fall!«, lehnte er entschieden ab. »Solche Kurse sind nichts für mich. Ich wünsche dir aber viel Spaß.«

»Wie gönnerhaft von dir. Wir sind übrigens nicht nur Frauen. Es ist auch ein Mann dabei, Carlo.«

»Das finde ich sehr schön für die Frauengruppe, reizt mich aber auch nicht.« Plötzlich wurde seine Miene ernst. »Bedeutet deine Frage auch, dass ich noch bleiben darf? Ursprünglich hattest du mir ja nur eine Nacht zugestanden.«

Ella nickte. Sie wusste selbst nicht, warum, aber sie wollte, dass er blieb. Er störte nicht, im Gegenteil, ohne ihn wäre die Stimmung im Haus sicher noch geladener.

Chris freute sich sichtlich über die Zustimmung. »Danke, das freut mich sehr. Und keine Sorge«, er zwinkerte ihr zu, »ich bleibe nie allzu lange an einem Ort.« Er lächelte. »Wie lange bist du weg?«

»Bis zum Mittag, schätze ich.«

»Okay, dann komme ich auch zurück«, sagte er schnell.

»Wo gehst du denn hin?«, fragte Ella erstaunt.

»Keine Ahnung. Vielleicht schau ich mir Tannreuth ein bisschen an.«

»Bei der Kälte?« Ella sah an ihm vorbei aus dem Fenster. Nachdem es immer wieder geschneit hatte, war heute ein heller Frosttag. »Wie du meinst. Dann gebe ich dir einen Hausschlüssel, damit du wieder reinkannst.«

Chris wirkte verblüfft, dann lachte er erneut laut auf. »Eigentlich wollte ich das Haus verlassen, weil ich dachte, dass du nicht willst, dass ich hier alleine bin, während ihr alle weg seid. Schließlich bin ich ein Fremder für dich. Ich meine, du kennst mich doch gar nicht.«

Ella bemerkte überrascht, dass sie darüber nicht eine Sekunde nachgedacht hatte. Sie betrachtete ihn nachdenklich. »Das stimmt eigentlich nicht«, sagte sie schließlich. »Du bist kein Fremder für mich. Im Gegenteil, es kommt mir so vor, als würden wir uns schon ewig kennen.« War das der Grund, weshalb sie wollte, dass er blieb?

»Du hast also keine Angst, dass ich dir das Haus ausräume, während du weg bist?«

Ella lachte. »Sollte ich mich so sehr in dir täuschen, kann ich mich wenigstens an dem geschockten Gesicht meines Mannes erfreuen«, witzelte sie. Dabei war sie sicher, dass sie sich keineswegs in Chris täuschte.

»Was ist eigentlich mit dir und deinem Mann?«, fragte er ganz direkt.

Ella schluckte. »Nichts mehr.« Sie schloss die Augen, versuchte den Schmerz nicht zuzulassen. »Es ist längst vorbei. Wir wollen es den Kindern aber erst nach Weihnachten sagen. Behalt das also bitte für dich.«

»Schade«, sagte Chris. »Ich finde, ihr passt eigentlich ziemlich gut zusammen.«

»Das dachte ich auch einmal. Wir haben uns auseinandergelebt.« Bitterkeit erfüllte Ella. »Und jetzt hat er Tosca.«

»Du glaubst doch nicht, dass die beiden was miteinander haben!« Chris starrte sie geschockt an. »Nein«, beantwortete er seine Frage gleich darauf selbst. »Ich kenne deinen Mann zwar nicht wirklich, aber ich kann mir nicht vorstellen, dass er eine Affäre mit Tosca hat. Nichts in seinem Verhalten deutet darauf hin, aber ...« Er brach ab.

»Aber ...?«, hakte Ella sofort nach.

»Ich bin mir nicht sicher, was Tosca will.«

Sie wollte Max, da war Ella sicher. »Wahrscheinlich wartet sie nur darauf, dass wir uns offiziell trennen«, sagte sie bedrückt. »Sie weiß, dass wir uns scheiden lassen wollen.«

»Ich kann verstehen, dass du sie nicht magst.« Chris schien seine Worte mit Bedacht zu wählen. »Aber ich glaube, sie ist nicht so, wie sie nach außen hin scheint.«

»Und ich glaube, in dem Punkt werden wir uns nicht einig.« Ella begann, den Küchentisch abzuräumen. Nicht nur, weil es gemacht werden musste, sondern weil Beschäftigung den Schmerz dämpfte.

Doch Chris fasste sie bei den Schultern und schob sie zur Tür. »Das erledige ich. Mach du dich auf den Weg zu deiner Gruppe, die sich mit bildender Kunst befasst!«

»Danke.« Ella freute sich über das Angebot. »Was ist eigentlich mit deiner bildenden Kunst?«, revanchierte sie sich für seinen ironischen Ton. »Musst du nicht mal wieder etwas malen?«

»Du weißt doch, wie das mit Künstlern ist.« Er lachte frech. »Ich warte darauf, dass mich die Muse küsst. Dich allerdings würde ich sofort malen. Leider weigerst du dich ja standhaft.« Er grinste sie an. »Aber ich gebe die Hoffnung nicht auf.«

Eine Viertelstunde zu früh betrat Ella den Laden. Es war viel zu kalt, um draußen zu warten. Ein melodischer Glockenton war zu hören, als sie die Tür öffnete. Schon als sie am Mittwoch das erste Mal hier gewesen war, zusammen mit Carlo, hatte ihr der Laden ausnehmend gut gefallen. Die zahlreichen kleinen und großen Handarbeits- und Bastelsachen waren in alten Schränken, Kommoden und auf Tischen ausgestellt. Es gab eine große Auswahl von Artikeln zum Basteln, Gestalten und Dekorieren. Farben, Zeichenblöcke und Leinwand, alles zum Modellieren. Schmuckdesign, Kerzengestaltung, Materialien für Kinder. An einem eigens dafür bestimmten Ständer hingen aufgerollte Dekobänder.

Überall standen Topfpflanzen. Auf der rechten Seite befand sich eine kleine Sitzgruppe, bestehend aus einem plüschigen Dreiersofa und zwei Sesseln, dazwischen ein kleiner runder Tisch, auf dem ebenfalls eine blühende Topfpflanze stand.

Ellas Blick glitt zum Tresen, der frei im Raum vor der rückwärtigen Wand stand – eine wunderschöne Verkaufsvitrine aus dunklem Holz mit einer Schublade auf der Vorderseite.

Letztere war halb geöffnet, daraus rankten Blätter einer Efeutute bis zum Boden. Daneben waren zwei wunderschöne alte Spitzendecken drapiert, die über den Rand der Schublade hinaushingen.

Ella trat näher. Die Vitrine war verglast, darin lagen Schmuckstücke, einige davon offenbar selbst hergestellt, dazwischen ein paar antike Stücke.

Pia kam in den Laden und lächelte sie fröhlich an. »Hallo, Ella. Wie schön, dass du da bist.«

»Ich bin zu früh«, entschuldigte sich Ella, doch Pia winkte ab.

»Dann kann ich dir schon einmal alles zeigen, bevor die anderen kommen. Bist du bereit für eine Führung?«

»Und wie!« Ella folgte ihr neugierig durch eine Tür links hinter dem Tresen. Über einen schmalen Gang, von dem eine kleine Küche abzweigte, gelangten sie in einen Wintergarten. Auch hier gab es zahlreiche Pflanzen. Grüne Topfpflanzen und blühende Schlingpflanzen, und vor der Tür nach draußen rankte eine Kletterrose empor.

Inmitten des Raums stand ein langer Tisch, umgeben von hohen Rattanstühlen.

»Das ist unser Töpferraum«, sagte Pia stolz. Sie wies auf eine Schale, in der verschiedene Werkzeuge lagen. »Da sind Modellierhölzer, Modellierschlingen in unterschiedlichen Größen, Töpfermesser und Drahtschlingen. Du kannst diese Sachen benutzen, zusammen mit Carlo. Die anderen Frauen haben inzwischen ihr eigenes Besteck.«

»Kann ich das bei dir kaufen?«, fragte Ella.

»Ja, natürlich.« Pia lächelte. »Aber warte damit, bis du weißt, ob das wirklich das richtige Hobby für dich ist.«

Pia wies auf das Regal an der Längswand. »Das sind alles Sachen, die von den anderen Mitgliedern der Töpfergruppe hergestellt wurden. Sie stehen hier zum Trocknen, bis sie in den Ofen kommen.« In diesem Moment war das Klingeln der Ladenglocke zu hören. »Schau dich ruhig in aller Ruhe um«, sagte Pia und verließ die Töpferstube.

Ich fühle mich hier jetzt schon wohl, dachte Ella. Dieser Raum strahlte Gemütlichkeit aus. Sie freute sich darauf, hier mit netten Frauen etwas Kreatives zu gestalten, das war sicher schön. Und mit einem netten Mann, fügte sie in Gedanken hinzu, als Pia mit Carlo zurückkehrte.

»Hallo!« Er strahlte sie an. »Schön, dass du es dir nicht anders überlegt hast.«

»Nein, im Gegenteil. Ich freue mich auf unsere erste Töpferstunde. Und ganz besonders freue ich mich darüber, dass ich nicht allein neu hier bin.«

Zuerst kam eine Frau, die sich als Balbine Gröning vorstellte, die Frau des Tierarztes. Carlo kannte Balbine bereits aus der Bäckerei.

Danach betrat eine Frau mit kurzen dunklen Haaren den Töpferraum. Ella schätzte sie in ihrem Alter. »Ich bin Susanne«, stellte sie sich vor und ging bei der Begrüßung sofort zum Du über.

Ella freute sich, als Laura eintraf. Sie wirkte ein wenig gehetzt, lachte aber. »Wie schön, dass ich es noch rechtzeitig geschafft habe. Ich hatte einen ...«

»Gerichtstermin«, fielen Balbine, Susanne und Pia lachend ein.

»Genau«, schmunzelte Laura. Sie setzte sich gegenüber von Ella und Carlo. »Ich versuche, mir den Montagmorgen stets freizuhalten, aber immer klappt das nicht.«

Ursula kannte Ella bereits aus dem Supermarkt.

Zuletzt tauchte eine kleine, sehr dünne Frau um die fünfzig auf. Ihre Haare waren rot gefärbt, der graue Ansatz schimmerte durch. Ihr Gesichtsausdruck war mürrisch. Als ihr Blick auf Carlo fiel, hielt sie einen Augenblick inne.

Ella spürte sofort, dass sich im Raum eine Spannung aufbaute. Atemlose Stille setzte ein, das Interesse der anderen Frauen schien sich ausschließlich auf die Frau und Carlo zu konzentrieren.

Die Frau straffte die Schultern, trat auf Carlo zu und streckte ihm die Hand entgegen. »Ich bin Kathi!«

»Carlo!« Er schaute sie an, wirkte unsicher, dann jedoch lächelte er und hatte damit auf Kathi ganz offensichtlich die gleiche Wirkung, die er auch auf alle Frauen besaß. Sie lächelte zurück.

Ella fragte sich, was das alles zu bedeuten hatte.

Jetzt wandte Kathi sich ihr zu, und sie stellten sich vor.

»Habt ihr gesehen?«, sagte Balbine. »Kathi kann lächeln.« An

Ella und Carlo gewandt, fügte sie grinsend hinzu: »Das kommt nur sehr selten vor, müsst ihr wissen.«

»Dazu habe ich auch nur selten Grund«, knurrte Kathi in die Runde. »Um es kurz zu machen«, sagte sie zu Ella, »du wirst es ja sowieso erfahren: Carlo ist der Liebhaber meines Mannes.«

Ella traute ihren Ohren nicht. Sprachlos starrte sie Kathi an.

Carlo hingegen fand die richtigen Worte. »Ich könnte es verstehen, wenn du ein Problem mit meiner Anwesenheit in dieser Gruppe hast, Kathi. Ein Wort von dir, und ich gehe.«

Kathi winkte ab. »Ich habe kein Problem mit dir.«

Balbine kicherte. »Die Probleme bekommt Lorenz.«

»Die Zeiten sind vorbei.« Kathi zog den feuchten Lappen von dem unförmigen Gebilde, das vor ihrem Platz stand. Ella bemerkte, dass es sich um ein Mädchen im Ballettkleid handelte, das im Schneidersitz auf dem Boden saß. Das Gesicht war noch nicht ausmodelliert, aber die Figur war Kathi hervorragend gelungen. Ella war zutiefst beeindruckt.

Carlo stand auf und ging zu Kathi. »Das ist wirklich toll«, sagte er. »Ich wusste nicht, dass die Qualität eurer Arbeit so hoch ist.«

»Ist sie auch nicht«, sagte Ursula, ohne den Blick von Carlo zu wenden. »Kathi ist die Künstlerin der Gruppe. Ich komme über Vögelchen und Entchen nicht hinaus.«

»Es sind aber ganz entzückende Vögelchen und Entchen«, versicherte Pia, worauf alle anderen, selbst Ursula, in lautes Lachen ausbrachen. Und von diesem Moment an herrschte eine ausgelassene und fröhliche Stimmung. Die Frauen arbeiteten an ihren bereits begonnenen Arbeiten, während Ella und Carlo sich erst einmal mit dem Ton vertraut machten und überlegten, was sie als Erstes töpfern wollten. Als Inspiration gab Pia ihnen einen Ringordner voller Fotos, die in Klarsichthüllen eingeschoben waren.

»Sucht euch für den Anfang nichts Kompliziertes aus«, riet sie.

Carlo entschied sich für eine Schildkröte, Ella wollte einen Froschkönig mit goldener Krone und Kugel formen.

»Sehr gute Wahl!« Pia erklärte ihnen die nächsten Schritte, und dann begann Ella mit dem Kneten, Modellieren und Zurechtstreichen des Tons. Diese Arbeit hatte etwas Meditatives, sie verlor sich regelrecht darin. Die Zeit verging unglaublich schnell.

Pia lobte sie und auch Carlo. »Für euer erstes Mal habt ihr euch sehr geschickt angestellt!«, sagte sie lächelnd.

»Ja, das finde ich auch.« Laura nickte zustimmend. »Seid ihr nächste Woche wieder dabei?«

»Ich bestimmt.« Ella war ein wenig traurig, dass es schon vorbei war. Sie schaute Carlo an, und auch er nickte. »Das hat mir große Freude bereitet.« Er erhob sich. »Jetzt muss ich aber los, Lorenz wartet bestimmt schon auf …« Erschrocken hielt er inne, sein Blick flog zu Kathi. Wieder herrschte Stille im Raum, alle warteten auf Kathis Reaktion.

»Lass dich nur nicht zu sehr von ihm ausnutzen«, sagte Kathi mit grimmiger Miene. »Und lass dich für deine Arbeit in der Bäckerei bezahlen. Ich weiß, wie gerne Lorenz spart.«

»Kann man denn in einer Beziehung so aufrechnen?«, fragte Carlo leise. »Ich arbeite gerne im Laden.« Er schaute ernst in die Runde, doch plötzlich lächelte er und zeigte dabei seine weißen Zähne. »Und nächste Woche bringe ich zum Einstand Kuchen für alle mit.« Damit verabschiedete er sich.

Kathi schaute ihm nach. »Ein netter Kerl«, stellte sie fest. »Der ist eigentlich viel zu schade für Lorenz.«

# Kapitel 16

Laura verließ die Bastelstube zusammen mit Ella. Sie war noch ganz erfüllt von der Arbeit mit dem Ton. »Wie hat es dir gefallen?«, fragte sie.

»Ich habe es mir nicht so vorgestellt. Ich bin wirklich begeistert.« Ella strahlte.

Eine Weile gingen sie schweigend nebeneinander her. Laura spürte, dass Ella etwas beschäftigte. Plötzlich blieb sie stehen und schaute Laura an. »Ich brauche eine Anwältin«, sagte sie unvermittelt.

Laura war zu überrascht, um sofort zu antworten. Dann breitete sie die Arme aus. »Direkt vor dir steht eine.«

»Du bist Rechtsanwältin?« Ein flüchtiges Lächeln glitt über Ellas Gesicht. »Das ist ja toll! Würdest du mich bei meiner Scheidung vertreten?«

Laura zögerte. »Wieso fragst du mich das jetzt? Warum nach der Töpferstunde, die dir doch offensichtlich sehr viel Spaß gemacht hat?«

»Das ist eine gute Frage.« Ella atmete tief durch. »Ich frage genau deshalb. Ich habe lange nicht mehr so viel Freude empfunden wie heute. Und mir ist klargeworden, dass ich endlich etwas ändern muss, wenn sich auch in meinem Leben etwas ändern soll. Max und ich sind uns einig, dass wir die Kinder erst nach Weihnachten über unsere Scheidung unterrichten wollen. Aber dann will ich auch alles sofort in die Wege leiten. Max hat schon mit seinem Anwalt gesprochen. Das ist ein guter Freund von ihm, und der meinte, dass ein Anwalt reicht. Ich will aber meinen eigenen Anwalt, oder vielmehr eine Anwältin.« Sie suchte Lauras Blick. »Und zwar dich.«

Laura freute sich über das Vertrauen. »Wir können gerne einen Termin vereinbaren«, schlug sie vor.

»Danke, das erleichtert mich sehr.« Ella lächelte traurig. »Ich bin froh, dich dann an meiner Seite zu haben.«

Sie verabschiedeten sich voneinander, und Laura ging hinauf in die Kanzlei, um Peter Stöckel über das Ergebnis der Gerichtsverhandlung am Morgen zu unterrichten. Heute kümmerte sich Tobias um die Kinder. Auf dem Weg die Treppen hinauf machte Laura sich wieder einmal bewusst, wie viel Glück sie mit dem Mann hatte, den sie liebte.

Peter Stöckel war nicht in der Kanzlei. Als sie auf ihr Handy schaute, sah sie, dass er ihr eine Nachricht hinterlassen hatte. Er war mit zwei Kollegen essen gegangen.

*Ich habe auch Hunger*, dachte sie und machte sich daran, die Post durchzugehen. Sobald sie mit Burkard Roth gesprochen hatte, wollte sie nach Hause fahren.

Doch Burkard Roth kam nicht. Inzwischen war er schon eine Viertelstunde überfällig. Eine weitere Viertelstunde verging, in der sie vergeblich wartete.

Er hatte es sich anders überlegt. Vielleicht hatte er in der Zwischenzeit mit Simone Bahlmann ein Abkommen getroffen und durfte den Hund behalten.

*Ich hätte mir seine Handynummer geben lassen sollen!* Laura ärgerte sich über sich selbst, aber jetzt blieb ihr nichts anderes übrig, als weiter auf ihn zu warten oder einfach nach Hause zu fahren.

Laura gab ihm eine weitere Viertelstunde. Als er dann immer

noch nicht aufgetaucht war, machte sie sich auf den Heimweg. In ihr kämpften Angst und Wut gleichermaßen. Wenn er beschlossen hatte, im Nachbarhaus zu bleiben, konnte sie Kasimir nie wieder zu sich holen. Wie sollte sie das den Kindern erklären? Wie sollte sie selbst damit klarkommen? Kasimir verkörperte all das, was sie mit ihrer Anfangszeit in Tannreuth verband.

Und wie konnte er es wagen, einfach nicht zu erscheinen, ohne abzusagen?

»Weil er zu feige ist, sich mit mir auseinanderzusetzen«, flüsterte sie leise vor sich hin, obwohl sie genau wusste, dass das nicht stimmte. Bisher war er keiner Auseinandersetzung mit ihr aus dem Weg gegangen.

Kaum dass sie ihren Wagen in die Auffahrt gestellt hatte, ging sie zum Nachbarhaus und drückte dort ihren Finger auf die Klingel. Immer und immer wieder, doch Burkard Roth machte nicht auf.

Entweder war er wirklich nicht da, oder er stellte sich tot.

Laura musste schließlich unverrichteter Dinge aufgeben. Immer noch aufgebracht schloss sie ihre eigene Haustür auf. Der Duft von gebratenen Nudeln schlug ihr entgegen. Sie liebte dieses Gericht, und weil Tobias das wusste, hatte er sicher eine Portion für sie aufbewahrt.

Plötzlich schoss Henry aus dem Wohnzimmer direkt auf sie zu. Er umrundete sie, wedelte mit dem Schwanz und freute sich unbändig, sie zu sehen.

»Was machst du denn hier?«, fragte sie verwundert und streichelte ihn. Nachdem sie ihre Jacke an die Garderobe gehängt hatte, ging sie ins Wohnzimmer.

Wie angewurzelt blieb sie in der Tür stehen. Überall lagen weiße Papierschnipsel herum, aber das war es nicht, was sie erstaunte.

An dem langen Esstisch zwischen Wohnzimmer und Küche saßen die Kinder zusammen mit Burkard Roth und schnitten etwas aus weißem Papier aus.

»Guck mal, was der Burkard kann!« Juna hielt einen filigranen Papierstern hoch.

Laura starrte sie an, unfähig, etwas zu sagen. Wieso war Burkard Roth in ihrem Wohnzimmer? Wieso nannte Juna ihn beim Vornamen? Und wo war Tobias?

»Ist das nicht schön?«, hakte Juna nach.

»Sehr schön«, hörte Laura sich sagen, sah dabei aber immer noch Burkard Roth an. »Was machen Sie hier?«, brachte sie schließlich hervor. »Eigentlich waren wir in der Kanzlei verabredet.«

»Ich habe auf die Kinder aufgepasst«, verkündete er, als wäre das selbstverständlich. Dann fügte er allerdings ein wenig schuldbewusst hinzu, dass Henry wieder weggelaufen war.

»Der stand vor der Terrassentür«, warf Leo ein. »Und da habe ich ihn reingelassen.«

»Und ich wollte ihn zurückholen«, ergänzte Burkard Roth.

»Zum Glück«, warf jetzt auch Hanna ein. »Denn in dem Moment hat jemand Tobias angerufen und gesagt, dass er sofort zu einer Baustelle kommen muss.«

»Da ist wer erfroren«, sagte Juna.

»Wie bitte?«

»Es gab einen Frostschaden«, stellte Burkard Roth richtig.

»Und weil Tobias sofort losfahren musste, ist Burkard bei uns geblieben.« Juna hielt wieder den Papierstern hoch. »Und dann haben wir ihm erzählt, dass wir Sachen für den Weihnachtsmarkt basteln wollen. Jetzt machen wir Papiersterne.«

»Ja, das geht ganz einfach, und die sehen wunderschön aus«, sagte Hanna, bevor sie sich an Burkard Roth wandte. »Woher kannst du das?«

»Moment mal.« Laura schüttelte verständnislos den Kopf. »Wieso duzt ihr Herrn Roth?«

»Weil er das gesagt hat«, meinte Hanna.

»Er ist viel netter, als wir dachten«, ergänzte Juna. Sie legte eine Hand auf Burkard Roths Arm. »Und du kannst immer zu uns kommen, wenn du willst. Dann bist du auch nicht immer so allein und deshalb so ein Kotzbrocken.«

Burkard Roth erstarrte. Laura auch!

»Das hat sie nicht von mir«, wies Laura schnell von sich.

»Nein, das hat Hanna gesagt«, erwiderte Juna fröhlich.

»Es tut mir leid«, gestand Hanna leise. »Aber da wusste ich noch nicht, wie nett du in Wirklichkeit bist.«

Burkard Roth schwieg, doch dann brach er in prustendes Gelächter aus. »Jetzt tut es mir fast leid, dass ich hier wegziehen werde.«

Als Tobias nach Hause kam, war Burkard Roth längst gegangen, und die Kinder lagen im Bett.

»Da bist du ja.« Laura küsste ihn zärtlich. »Ist alles wieder in Ordnung auf deiner Baustelle?«

Tobias nickte. Er sah müde aus. »Es tut mir leid, dass ich dich nicht angerufen habe«, sagte er. »Ich wollte dir Bescheid geben, dass unser Nachbar bei den Kindern ist und du nicht in der Kanzlei auf ihn warten musst, so hatten wir es abgemacht. Aber dann hatte ich keinen Empfang.« Er schwieg einen Moment. »Übrigens finde ich, dass Herr Roth ein sehr netter Mensch ist.«

»Du solltest dem Fanclub beitreten, den er in diesem Haus schon hat.« Laura lachte. »Ich gebe aber zu, dass ich mich langsam auch an ihn gewöhne.«

»Hast du alles mit ihm wegen der Gerichtsverhandlung klären können?«

»Er hat es dir erzählt?«

Tobias nickte. »Er hat mir von Simone Bahlmann erzählt, und von der Vereinbarung, die er mit dir getroffen hat.«

»Am neunzehnten Dezember ist der Prozess«, sagte Laura. »Danach können wir unseren Kasimir abholen.«

»Und alle zusammen Weihnachten feiern.« Tobias hielt sie ganz fest. »Zusammen mit unserem Weihnachtskater.«

# Kapitel 17

Endlich!«, rief Silke, als Ella sie an diesem Nachmittag anrief. »Ich habe ein paarmal versucht, dich anzurufen!«

»Ja, mein Handy war kaputt.« Nach dieser Erklärung kam Silke gleich wieder zur Sache. »Konntest du dir das Bild ansehen? Ist es ein echter MoKo?«

»Ja, ich bin mir ziemlich sicher«, bestätigte Ella. »Ich habe mir die Fotos jetzt mehrfach gründlich angesehen. Für mich passt das alles zusammen, auch wenn ich natürlich nicht so nahe herankam, dass ich alle Details in Augenschein nehmen konnte.«

Silke lachte. »Ich wünschte, MoKo hätte sich für seinen Auftritt eine andere Stadt ausgesucht. Jesko ergeht sich gerade in Verschwörungstheorien.«

»Die da lauten?«, fragte Ella amüsiert.

»Er vermutet, dass du MoKo sein könntest.« Silke konnte nicht länger an sich halten und brach in lautes Lachen aus.

Ella hingegen wusste nicht, ob sie lachen oder empört sein sollte. »Der spinnt doch«, brach es schließlich aus ihr heraus.

»Das habe ich gehört«, kam es grollend zurück. Offenbar hatte Silke das Handy an Jesko weitergegeben. »Wenn du wieder für mich arbeiten willst, solltest du dir gut überlegen, was du von dir gibst!«

Ella ärgerte sich über seinen gönnerhaften Ton. »Ich habe nicht gesagt, dass ich wieder für dich arbeiten will. Außerdem steht keineswegs fest, dass ich nach Düsseldorf zurückkehre!« Sie sammelte sich einen Moment. »Was ich dir aber versichern kann, ist, dass ich nicht MoKo bin«, fuhr sie fort.

»Das ist schon ein komischer Zufall, dass er ausgerechnet da auftaucht, wo du jetzt bist.« Er schien sich ungern von dieser Idee zu verabschieden.

»Aber es ist nicht mehr als ein Zufall«, bekräftigte Ella. »Und ein glücklicher dazu. So war ich gleich in der Nähe und konnte mir das Bild ansehen.«

»Hast du Fotos gemacht?«

»Natürlich. Ich schicke sie dir zu.«

Jesko räusperte sich. »Danke«, beschied er knapp. Ella wusste aber, dass er es ehrlich meinte.

»Da bin ich wieder«, meldete sich Silke erneut zu Wort. »Sehr zufrieden sah Jesko nicht aus.«

»Ich habe ihm glaubwürdig versichert, dass ich nicht MoKo bin. Und ich habe ihm gesagt, dass bisher noch nicht feststeht, ob ich nach Düsseldorf zurückkomme. Ich fürchte, die doppelte Frustration muss er erst verkraften.«

Es war still am anderen Ende. So lange, dass Ella schließlich irritiert fragte: »Bist du noch da?«

»Ich bin gerade auch sehr enttäuscht.« Silkes Stimme klang eher vorwurfsvoll.

»Weil ich nicht MoKo bin?«

»Du weißt genau, was ich meine. Ich habe mich fest darauf verlassen, dass du zurück nach Düsseldorf kommst.«

Ella verspürte mit einem Mal Ärger. »Ganz ehrlich, Silke: Das stand für dich fest, aber nicht für mich.« Sie atmete tief durch. »Ich schätze deinen Rat wirklich sehr, aber die Entscheidungen für mein Leben würde ich gerne selber treffen«, brachte sie so ruhig wie möglich hervor.

»Ja, natürlich«, sagte Silke leise.

Ella konnte hören, dass sie schluckte. »Ach, Silke, mach es mir nicht so schwer«, sagte sie sanfter.

»Ich dachte, du fühlst dich nicht wohl, da mitten in deiner Schwarzwälder Einöde.«

»Das hat aber nichts mit der Einöde zu tun, sondern mit meiner verfahrenen Situation. Außerdem hat sich in den letzten Tagen einiges geändert. Ich dachte, die Menschen hier lehnen mich alle ab, ich habe dir ja von meiner Nachbarin erzählt.«

»Ja, ich erinnere mich.«

»Aber sie ist die Ausnahme, Silke! Inzwischen habe ich hier richtig nette Menschen kennengelernt.« Ella spürte, wie sich ein wohliges Gefühl in ihr ausbreitete.

Silke hingegen schien keineswegs so zu empfinden. »Ich würde mich gerne für dich freuen, aber ich wünsche mir doch so sehr, dass du zurückkommst. Du fehlst.«

»Du fehlst mir auch, aber ich bin ja nicht aus der Welt«, versuchte Ella sie zu beruhigen.

»Das stimmt. Leider muss ich jetzt Schluss machen, Jesko winkt mir schon die ganze Zeit aus seinem Büro zu, und allmählich wird er ungeduldig.«

»Wir telefonieren wieder«, sagte Ella.

Silke lachte. »Ja, wenigstens das bleibt mir.«

Am späten Nachmittag rief Max an. »Ich muss nach Düsseldorf. Ich weiß noch nicht genau, wie lange ich bleibe.«

»Ja.« Was sollte sie auch sonst dazu sagen? Wahrscheinlich musste sie froh sein, dass Max sie überhaupt noch informierte, wenn er mehrere Tage unterwegs war.

»Du musst Tosca hier in der Filiale abholen.«

»Wie bitte?« Ella traute ihren Ohren nicht.

»Außerdem braucht sie in den nächsten Tagen dein Auto, damit sie zwischen Tannreuth und Freiburg pendeln kann.«

»Auf keinen Fall!«, lehnte Ella entschieden und verärgert ab. Was für ein unmögliches Ansinnen! »Warum nimmst du sie nicht mit nach Düsseldorf?«

»Weil sie hier weiterhin den Pitch für die Immobilienbaufirma vorbereiten muss.«

»Du musst doch sowieso noch deine Reisetasche packen, dann kannst du sie gleich mitbringen. Und morgen soll sie mit dem Bus nach Freiburg fahren. Wenn dein Sohn das schafft, müsste deine Assistentin doch erst recht dazu in der Lage sein.«

»Sie muss mobil sein.« Max klang jetzt auch verärgert.

»Ich auch!« Für Ella war das Thema damit erledigt.

Für Max allerdings nicht. »Ich komme gleich nach Hause. Wir reden dann darüber.«

Ella wollte erwidern, dass es für sie zu diesem Thema keinen Redebedarf mehr gab, aber Max hatte das Gespräch bereits beendet.

Chris kam ins Wohnzimmer. »Du siehst wütend aus. Alles okay?«

»Im Moment ist gar nichts okay«, stöhnte sie und ließ sich aufs Sofa fallen. Chris blieb stehen, wartete. Nachdenklich starrte sie vor sich hin. Sie zögerte, doch dann erzählte sie ihm von ihrem Gespräch mit Max.

Chris jedoch schien sie nicht zu verstehen.

»Brauchst du denn den Wagen in Tannreuth unbedingt?«, fragte er, als sie geendet hatte. »Ich kenne das Dorf zwar nicht gut, aber ich habe den Eindruck, hier ist alles zu Fuß zu erreichen.« Mit einem Blick durch das Fenster fügte er hinzu: »Wenn wir nicht komplett einschneien. Es hat gerade wieder angefangen.«

Ella folgte seinem Blick. »Darum geht es doch gar nicht! Zuerst gebe ich ihr mein Auto, und dann übernimmt sie meinen Mann«, stieß sie giftig hervor. Unsagbarer Ärger ballte sich in ihr zusammen.

Chris betrachtete sie lächelnd. »Es ist schon erstaunlich, wie eifersüchtig du bist, obwohl du dich doch scheiden lassen willst.«

»Ich bin nicht eifersüchtig, ich bin einfach nur sauer!« Vor allem aber war es tiefe Enttäuschung, die ihr mehr und mehr zu schaffen machte. Denn Max versuchte nicht einmal mehr, sie zu verstehen.

»Das eine schließt das andere doch nicht aus.« Chris setzte sich neben sie und schloss sie in die Arme.

Ella erstarrte. Sie mochte nicht angefasst werden, wenn sie wütend war, doch mit einem Mal schwand die Wut, und der Schmerz um ihre verlorene Liebe wurde so stark, dass sie sich in die tröstliche Umarmung fallen ließ.

»Ich hoffe, ich störe nicht!«

Ella fuhr zusammen und ließ Chris augenblicklich los. »Wieso bist du so schnell hier? Wir haben doch eben erst miteinander telefoniert.« Sie ahnte, was Max dachte, empfand aber keinerlei Schuld.

»Ich war schon unterwegs.« Finster schaute er sie an. »Und das ist auch gut so. So habe ich jetzt wenigstens mit eigenen Augen gesehen, was sich während meiner Abwesenheit unter meinem Dach abspielt. Ich hoffe nur, die Kinder haben das nicht mitbekommen!«

Ella starrte ihn an. Dieser Vorwurf war vollkommen haltlos, er konnte doch nicht ernsthaft denken, dass ...

Doch, genau das dachte er. Sie erkannte es an seinem Blick. Aber selbst wenn es so wäre, wie kam er dazu, ihr Vorwürfe zu machen? Bei ihm drehte sich alles nur noch um Tosca. Er hatte diese Frau sogar ins Haus geholt.

»Das ist auch mein Dach!«, fuhr sie ihn aufgebracht an.

Sie starrten sich erbittert an. »Du könntest wenigstens Rücksicht auf die Kinder nehmen«, brüllte er sie an. Er wies auf Chris. »Dein Düsseldorfer Souvenir verlässt heute noch das Haus!«

In Ella war plötzlich nichts als klirrende Kälte. »Zusammen mit Tosca!« Sie starrten einander an, voller unversöhnlicher Wut.

»He, Leute …« Weiter kam Chris nicht. Ella und Max wandten die Köpfe und blafften ihn gleichzeitig an: »Halt die Klappe!«

Chris begann zu lachen. »Ich finde diese Einigkeit zwischen euch beiden wirklich bemerkenswert.« Er wandte sich Max zu, und Ella hielt den Atem an. Die beiden hatten bisher nie direkt miteinander gesprochen. »Zwischen Ella und mir ist nichts.«

Mit Mittel- und Zeigefinger wies Max auf seine eigenen Augen. »Ich weiß, was ich gesehen habe.«

Chris zuckte die Schultern. »Du solltest doch wohl am besten wissen, wie schnell der Eindruck täuscht. Und da wir gerade von Tosca reden«, kam er direkt zum Punkt, »was immer da gerade zwischen euch läuft, haltet Tosca und mich raus.«

Max' wütende Miene entspannte sich. Ella hingegen war nach wie vor aufgebracht.

»Chris und ich sind nur Freunde!« Sie schaute Max an. »Ich finde es unglaublich, dass du mir etwas anderes unterstellst, nachdem du deine Assistentin sogar hier einquartiert hast.

»Ach ja? Und umgekehrt gilt das nicht? Ich habe nichts mit Tosca!«, rief Max. Zum wiederholten Male sah er auf seine Armbanduhr. »Irgendwie muss Tosca jedenfalls von Freiburg hierher und wieder zurückkommen.«

»Muss sie? Warum buchst du ihr nicht einfach ein Hotelzimmer in Freiburg?«, schlug Ella mit erhobener Stimme vor. »Am besten in der Nähe der Filiale. Dann kommt sie problemlos hin und zurück, und ich muss sie nicht mehr sehen.«

Max stöhnte auf. »Ich finde, du benimmst dich unglaublich albern.«

Ella hielt es nicht mehr aus. »Macht doch, was ihr wollt«, stieß sie hervor und verließ das Zimmer. *Entweder zieht sie nach Freiburg in ein Hotel, oder sie nimmt den Bus*, beschloss Ella in Gedanken auf dem Weg nach oben. *Sie kann zusammen mit Robin fahren. Zumindest der wird sich freuen.*

Ella war froh, dass keines der Kinder etwas von ihrem Streit mitbekommen hatte. Robin war zum gemeinsamen Lernen zu einem Freund gefahren. Ella war sich allerdings sicher, dass die beiden vielmehr mit einer Spielkonsole beschäftigt waren. Mathilda hatte Gesangsprobe, und Lilly war zu einem Geburtstag bei einem anderen Kind aus ihrer Kindergartengruppe eingeladen. Das erste Mal, seit sie in Tannreuth lebten.

Kasimir begrüßte sie schnurrend am oberen Treppenansatz. Er hatte eine Fleecedecke erobert, die Ella eigentlich wegwerfen wollte, jetzt stampfte er mit den Füßen darauf herum, beschloss aber dann, Ella erst einmal zu begrüßen. Er kam zu ihr, strich ein paarmal um ihre Beine. Ganz so, als spürte er ihre Aufregung und wollte sie trösten. Sie hob ihn auf ihren Arm, drückte ihn fest an sich. »Alles wird gut!«, murmelte sie in sein weiches Fell. Vielleicht konnte sie so wenigstens den Kater überzeugen. Sie selbst vermochte ihren eigenen Worten jedenfalls nicht zu glauben.

Ella ging erst wieder nach unten, nachdem sie gehört hatte, dass Max weggefahren war. Chris saß am Küchentisch, blätterte in einer Zeitschrift und sah auf, als sie den Raum betrat. Er schaute sie nur an, sagte kein Wort, bis sie schließlich die Geduld verlor.

»Was?«, herrschte sie ihn an.

»Wieso bist du eigentlich so wütend auf mich?«

»Ich bin auf Max wütend.« Ella ließ sich auf einen der freien Stühle fallen. »Wieso ist es ihm so völlig egal, was in mir vorgeht? Er war früher ganz anders ...« Es fiel ihr schwer, nicht laut aufzuweinen, als die Wut sich in Enttäuschung wandelte.

Mitfühlend schaute Chris sie an. »Ich habe den Eindruck, dass ihr beide euch in euren Streitigkeiten so festgefahren habt, dass ihr da nicht mehr rauskommt. Dabei liebst du deinen Mann doch immer noch.«

Ella nickte. Genau so war es. Eine Träne löste sich aus ihrem Auge und lief über ihre Wange.

Chris lächelte. »Und so wie er dich manchmal anschaut, glaube ich, dass er für dich genauso empfindet.«

»Weißt du, ich ...« Sie brach ab, weil in diesem Moment Robin heimkehrte. Er kam direkt in die Küche, zog seine gefütterte Jacke aus und warf sie über einen Stuhl. Als er Ellas Blick auffing, hob er abwehrend beide Hände. »Schon gut, ich hänge sie gleich an die Garderobe.«

Normalerweise hätte Ella ihren Sohn aufgefordert, das sofort zu erledigen, stattdessen bat sie ihn: »Kannst du bitte die Mädchen abholen? Mathilda von der Gesangsstunde in der Schule und Lilly von ihrem Kindergeburtstag? Mathilda weiß, wo das ist. Sie kann dir den Weg zeigen.«

»Mama!«, sagte Robin genervt und erinnerte sie dabei fatal an Max.

»Robin!«, gab sie in dem gleichen Tonfall zurück. »Bitte mach das jetzt.«

Es sah so aus, als wollte Robin diese Bitte rundheraus abschlagen, doch da sagte Chris: »Ich muss später Tosca in Freiburg abholen, vielleicht hast du ja Lust, mitzukommen Ich warte einfach, bis du nach Hause kommst.«

Robins Augen leuchteten auf. »Dann kann ich dir den Weg zu Papas Büro zeigen.«

Ella starrte Chris an. »Du holst Tosca ab?«

Chris grinste ein wenig. »Nur wenn du mir deinen Wagen gibst.«

»Coole Idee, jedenfalls«, sagte Robin. »Ich mach mich sofort auf den Weg.« Er wartete eine Antwort gar nicht erst ab, zog seine

Jacke wieder an und eilte aus der Küche. Kurz darauf fiel die Haustür ins Schloss und Ella und Chris waren wieder allein.

»Warum machst du das?« Ella war zutiefst erschüttert. Es kam ihr gerade so vor, als würde Chris ihr in den Rücken fallen.

»Damit sich die Wogen ein bisschen glätten«, erwiderte er sanft. Noch während Ella über einer Antwort grübelte, brachte er sie mit seiner nächsten Frage völlig aus dem Konzept: »Wann darf ich dich endlich malen?«

# Kapitel 18

Die Frau mit den langen schwarzen Haaren und den tiefblauen Augen war Laura vom ersten Augenblick an zutiefst unsympathisch. Außerdem kam sie nicht nur unangemeldet, sondern vor allem ungelegen, weil der Tag ganz im Zeichen der Vorbereitungen des morgigen Heiligen Martins stand.

»Ja, bitte?«, fragte Laura höflich.

Die Frau wies zum Nachbarhaus. »Ist Burkard nicht da?«

»Woher soll ich das wissen?« Laura zuckte mit den Schultern. »Warum klingeln Sie nicht einfach bei ihm?«

»Das habe ich, aber es macht niemand auf.« Ihr Blick bekam etwas Lauerndes. »Wohnt er eigentlich allein?«

Was war denn das für eine Frage? »Ich gebe Ihnen sicher keine Auskünfte über meinen Nachbarn«, beschied Laura knapp.

Die tiefblauen Augen musterten sie unzufrieden.

»Was wollen Sie überhaupt hier?«, fragte Laura und schaffte es, genau den Ton anzuschlagen, mit dem sie vor Gericht Gegner einschüchterte. Es klappte nicht immer, und auch ihr Gegenüber zeigte sich nur wenig beeindruckt.

»Das sagte ich bereits. Ich will zu Burkard.«

»Dann müssen Sie warten, bis er zurückkommt.«

»Kann ich bei Ihnen …«

»Nein«, fiel Laura ihr ins Wort.

Die Frau schloss die Augen zu schmalen Schlitzen. »Dann richten Sie Burkard bitte aus, dass ich hier war, wenn Sie ihn das nächste Mal sehen. Simone Bahlmann ist mein Name, er weiß dann schon Bescheid.«

Laura beschloss, die Katze aus dem Sack zu lassen. »Ich weiß, wer Sie sind.« Sie lächelte knapp. »Ich vertrete Herrn Roth vor Gericht.«

Simones Blick wurde eiskalt. »Dann sagen Sie Burkard, dass er den Hund zurückgeben und es lieber nicht auf einen Prozess ankommen lassen soll. Ich werde gewinnen.«

»Das werden wir ja dann sehen.« Laura wollte die Tür schließen, doch Simone Bahlmann stellte schnell einen Fuß zwischen Tür und Rahmen.

»Sie sind ganz schön überheblich, obwohl Sie nichts in der Hand haben, was Sie im Prozess gegen mich vorbringen können.« Wieder trat dieser lauernde Ausdruck in ihre Augen.

Laura jedoch war völlig unbeeindruckt, im Gegenteil, sie begann laut zu lachen, als ihr die Absicht der Dame klarwurde. »Sie glauben doch nicht ernsthaft, dass Sie von mir irgendwelche Informationen bekommen. Weder zum Aufenthaltsort meines Mandanten noch zum Fall.« Sie atmete tief durch und fixierte ihr Gegenüber mit dem Blick. »Und ich rate Ihnen ernsthaft, Ihren Fuß zurückzuziehen, sonst bekommen Sie von mir eine Anzeige wegen Hausfriedensbruch.«

Simone Bahlmann hob eine Augenbraue, was ihr einen unermesslich arroganten Ausdruck verlieh. »Sagen Sie Burkard, dass ich wiederkomme.« Damit nahm sie ihren Fuß zurück, drehte sich um und stolzierte davon.

Laura schloss die Tür und ging zurück ins Wohnzimmer. Dort saß Burkard Roth auf dem Sofa und hielt Henry am Halsband fest. »Danke«, sagte er leise. »Nur gut, dass Sie sie rechtzeitig durch das Flurfenster gesehen hatten.«

»Dürfen wir jetzt wieder reden?«, flüsterte Juna neben ihm.

»Ja, jetzt dürft ihr wieder reden.«

»Wir waren alle ganz still.« Leo grinste stolz. »Sogar ich.«

»Das ist dir bestimmt sehr schwergefallen«, sagte Laura.

Leo schüttelte den Kopf. »Ich hatte aber die ganze Zeit Angst, dass Henry bellt.«

»Doch das hat er nicht, er war ganz still«, sagte Burkard Roth sanft. »Er hat nicht einmal versucht, zur Tür zu laufen, obwohl er ihre Stimme bestimmt erkannt hat.« Er streichelte Henrys Kopf. »Aber er war ziemlich angespannt. Das habe ich gespürt.«

»Das wird uns vor Gericht leider auch nicht weiterhelfen«, sagte Laura bedrückt. »Ich wünschte, wir hätten mehr in der Hand.«

»Wenn Sie nicht gewinnen, haue ich mit Henry ab«, prophezeite Burkard Roth. »Wäre ja nicht das erste Mal, dass wir Simone entwischen.«

»Leider hat Frau Bahlmann Sie trotzdem gefunden«, wandte Laura ein.

»Ja, es ist mir ein Rätsel, wie sie das geschafft hat. Das muss ich unbedingt herausfinden, damit mir derselbe Fehler nicht noch einmal passiert.«

»Dann müssen Sie mit ihr reden«, sagte Laura. Sein entsetztes Gesicht wirkte so komisch, dass sie lachen musste. »Sie haben diese Frau einmal geliebt!«

»Sie hat mein Geld geliebt«, erwiderte er.

Geld? Laura betrachtete ihn nachdenklich. Sie wusste nichts über ihn. Er verließ so gut wie nie das Haus, aber es war ja trotzdem möglich, dass er freiberuflich arbeitete und Geld verdiente. Oder er verfügte über ein so großes Vermögen, dass er nicht arbeiten musste. Seine Bemerkung ließ darauf schließen.

Sie entschied aber, nicht nachzufragen, weil sie spürte, dass er das nicht wollte. Er hatte sich auch bereits wieder abgewandt und half den Kindern beim Bau ihrer Martinslaternen. Eigentlich war es sogar seine Idee gewesen, und Laura musste zugeben, dass er darin sehr viel geschickter war als sie.

»Das sieht ja aus wie eine richtige Schildkröte«, staunte sie, als Leo seine Laterne hochhielt.

»Burkard hat alles ausgeschnitten und mir gezeigt, wie ich das zusammenkleben muss.« Stolz betrachtete der Junge sein Werk.

Laura war beeindruckt. »Woher können Sie so etwas?«, wollte sie wissen.

»Ach, ich habe immer schon gerne gebastelt«, sagte er.

»Hast du auch Kinder?«

Laura hätte ihre Nichte für diese Frage, die sie selbst nicht zu stellen wagte, küssen können. Und tatsächlich antwortete Burkard Roth sogar.

»Nein, leider nicht.«

Juna neigte ihr Köpfchen ein bisschen zur Seite, als sie ihn anschaute. »Warum nicht? Du wärst bestimmt ein toller Papa.«

»Danke. Es ist nett, dass du das sagst«, erwiderte Burkard Roth, beantwortete ihre Frage allerdings nicht, sondern versuchte, sie abzulenken. »Wie weit bist du denn mit deiner Laterne? Brauchst du Hilfe?«

Juna nickte und hielt das unförmige Gebilde hoch. »Kannst du eine Katze daraus machen?«

»Eine Katze? Ja, das schaffen wir. Da fehlen nur ein paar Kleinigkeiten«, sagte er zuversichtlich und machte sich ans Werk.

Laura ging in den Flur und warf einen Blick durchs Fenster. Simone Bahlmann war nirgendwo zu sehen.

Erleichtert atmete sie auf. Sie hatte die Frau vorhin zufällig an der Tür des Nachbarhauses gesehen und sofort nach Burkard Roth im Wohnzimmer gerufen. Dann hatten sie gerade noch Zeit gehabt, die Kinder zu instruieren, sich still zu verhalten, da hatte es auch schon geklingelt.

Was für ein Glück, dass er gerade bei ihr war, sonst hätte er seiner Ex wahrscheinlich die Tür geöffnet. Allerdings stand wirklich zu befürchten, dass sie wiederkommen würde.

Plötzlich stand Burkard Roth neben ihr. »Ist sie da noch irgendwo?«

»Ich glaube, sie ist weg.«

»Simone ist wie ein Bluthund«, flüsterte er. »Wenn sie einmal die Witterung aufgenommen hat, lässt sie nicht mehr locker.«

»Ich frage mich, warum sie hier auftaucht«, sagte Laura nachdenklich. »Ihr Anwalt wird ihr doch gesagt haben, dass ihre Aussichten vor Gericht ziemlich gut sind.«

»Weil sie ihren Triumph in vollen Zügen auskosten will. Sie will mich leiden sehen ...« Er schwieg sekundenlang. »... und ein bisschen kann ich sie sogar verstehen.«

Mehr sagte er nicht, doch diesmal konnte Laura ihre Neugier nicht bezwingen. »Warum? Was ist passiert?«

Er schaute sie an, lächelte. »Ist das wichtig für den Prozess?«

»Nein«, sagte Laura ernst. »Aber für mich. Weil ich Sie besser verstehen will. Und das wiederum«, sie lächelte, »könnte gut für den Prozess sein.«

Er schwieg, sie konnte förmlich sehen, wie er mit sich rang. »Ich konnte Simone nicht lieben«, brachte er schließlich hervor. »Sie nicht, und all die anderen Frauen vor ihr auch nicht.« Wieder machte er eine kurze Pause, doch diesmal musste Laura ihn nicht zum Weiterreden auffordern. »Wissen Sie, wie das ist, wenn man einmal einen Menschen so sehr liebt, dass nach ihm nie wieder jemand kommt?«

Laura dachte an Tobias. »Ja.«

»Ich war jung und dumm«, fuhr er fort. »Ich habe nicht erkannt, dass diese Frau mein Schicksal war, und habe sie verlassen. Ich habe genau das Leben gelebt, von dem ich immer geträumt hatte. Ich hatte Geld, Ansehen, Frauen ... Simone war die letzte in einer langen Reihe von Lebensgefährtinnen, die allesamt nur an meinem Vermögen interessiert waren. Wahrscheinlich hätte ich ewig so weitergemacht, wenn Simone mir nicht Henry geschenkt hätte.« Ein Lächeln zog über sein Gesicht. »Zum ersten Mal seit langer Zeit habe ich wieder Liebe empfunden. Henry hat mir gezeigt, dass ich dazu noch in der Lage bin. Und plötzlich war das Bild der Frau, die ich wirklich geliebt habe, wieder präsent.«

»Haben Sie versucht, sie zu finden?«, fragte Laura sanft. Seine Geschichte berührte sie.

»Ja, an dem Ort, an dem ich sie verlassen habe. Leider umsonst. Aber ich habe auch nicht wirklich geglaubt, dass sie nach dreißig Jahren noch da ist. Wahrscheinlich ist sie verheiratet, hat selbst Kinder, ist vielleicht sogar schon Großmutter. All diese Gedanken führen immer zu einem Punkt: Ich hätte der Mann an ihrer Seite sein können, der das alles mit ihr teilt. Wenn ich damals nicht so dumm gewesen wäre.« Seine Miene war jetzt von Schmerz gezeichnet.

»Vielleicht ist es ihr ähnlich ergangen«, sagte Laura ruhig. »Warum suchen Sie nicht weiter nach ihr? Selbst wenn es so ist, wie Sie vermuten, gibt Ihnen das wenigstens die Gelegenheit zu einer Aussprache.«

»Das habe ich mir alles doch selbst schon tausendmal gesagt.« Burkard Roth starrte an ihr vorbei aus dem Flurfenster. »Ich habe mich wirklich bemüht, aber jetzt will ich nicht mehr.« Er suchte Lauras Blick. »Was ist, wenn sie nicht mehr lebt?«, flüsterte er kaum hörbar. »Das könnte ich nicht ertragen.«

Laura kämpfte mit ihren eigenen Gefühlen, darunter Mitleid, aber auch eine gewisse Zuneigung für den Mann, den sie anfangs so verabscheut hatte. »Das kann ich verstehen«, sagte sie mit belegter Stimme. »Dabei kann ich Ihnen leider nicht helfen«, fügte sie hinzu, »aber ich werde alles dafür tun, damit Sie Henry behalten können.«

Er wandte den Blick nicht von ihr. »Damit ich von hier verschwinde«, sagte er, und ein Grinsen breitete sich auf seinem Gesicht aus.

»Damit Sie Ihren Hund behalten können und Henry nicht dieser gewissenlosen Frau ausgeliefert wird!«

*Und Kasimir endlich wieder nach Hause kommen kann,* ergänzte Laura in Gedanken.

»Eigentlich können Sie Ihren Kasimir wieder nach Hause holen«, sagte Burkard Roth, als hätte er ihre Gedanken erraten.

»Können Sie denn garantieren, dass Henry ihn nicht mehr jagt?«

»Ich kann garantieren, dass ich es versuche«, erwiderte er zögernd. »Aber manchmal, wenn ich sehr beschäftigt bin ...« Mit hilfloser Miene brach er ab.

Laura fragte sich, womit er so beschäftigt war. Sie kannte ihn nicht gut genug, um danach zu fragen.

»Wenigstens stundenweise können Sie den Kater doch zu sich holen«, schlug er vor.

Laura dachte kurz darüber nach, dann schüttelte sie den Kopf. »Dieses Hin und Her wäre weder für uns und schon gar nicht für Kasimir gut. Ich lasse es so, wie es gerade ist. Es dauert ja nicht mehr lange bis zum Prozess.«

Burkard grinste. »Dann sind Sie uns endlich wieder los.«

»Ja ...« Komisch, dass sie sich inzwischen gar nicht mehr so sehr darüber freuen konnte.

Der nächste Tag begann voller Aufregung. Leo sah nicht ein, dass er in die Schule musste. »Aber heute ist St. Martin«, begehrte er auf. »Das ist doch ein Feiertag.«

»St. Martin kommt aber erst heute Abend«, klärte Juna ihn auf. »Das ist kein Feiertag, sondern ein Feierabend.«

»Ein Feierabend am Feierabend.« Tobias lachte. »Das gefällt

mir.« Fragend schaute er Laura an. »Hast du die Dambedei für heute Abend bestellt?«

»Weckmänner.« Laura lachte. »Bäcker Lorenz hat mich aber auch so verstanden.«

»Mit der Pfeife?« Für Leo war die Tonpfeife das wichtigste Accessoire des Weckmanns, Dambedei oder Stutenkerls. Auf den richtigen Namen hatte die ganze Familie sich bisher noch nicht einigen können, trotz vielfältiger Diskussionen. Wohl aber darüber, dass sie die Tradition von Annette und Daniel für ihre Kinder auch in diesem Jahr fortführen wollten. Nach dem Martinszug sollte es belegte Brote und Weckmänner geben, dazu Kakao für die Kinder und Kaffee für die Erwachsenen. Laura hatte zudem Ella mitsamt der ganzen Familie und ihren Besuchern eingeladen. Wer letztendlich kam, wusste sie allerdings nicht.

Außerdem wollte Kathi kommen. Seit der Trennung von Lorenz lebte sie ganz allein in der Ferienwohnung, die ihr und ihrem Mann gehörte. Laura wusste, dass Lorenz sich sehr darüber ärgerte, mit dieser Wohnung keine Einnahmen mehr erwirtschaften zu können, aber Kathi hatte ihm einen gehörigen Unterhaltsprozess angedroht, wenn sie nicht in der Wohnung bleiben konnte.

Gestern hatte Laura zudem noch Burkard Roth eingeladen. Es war rührend gewesen, wie sehr er sich darüber gefreut hatte.

Jetzt beim Frühstück informierte sie Tobias darüber. »Du hast doch nichts dagegen, dass ich ihn dazugebeten habe?«

»Der Feind in unserem Haus?« Tobias grinste. »Warum sollte ich etwas dagegen haben?«

»Ich betrachte ihn nicht mehr als Feind.« Es war so viel passiert. Noch vor ein paar Wochen hätte Laura es für unmöglich gehalten, dass sie fast schon freundschaftliche Gefühle für Burkard Roth empfinden konnte.

»Burkard ist jetzt unser Freund«, stellte Juna in diesem Moment klar. »Und Henry ist auch unser Freund. Jetzt müssen nur noch Kasimir und Henry Freunde werden, dann können wir alle glücklich zusammenleben, wie eine große Familie.«

»In einem Haus?« In gespieltem Entsetzen schaute Tobias das Mädchen an.

»Nein.« Juna lachte. »In zwei Häusern, sonst wird das bei uns zu eng. Wir haben noch nicht mal Platz für ein Baby, wenn ihr mal eins kriegt.«

Laura und Tobias schauten sich an. Sie wollten zusammenbleiben, natürlich, aber weder Hochzeit noch Baby waren bisher ein Thema für sie gewesen. Schon gar nicht in Gegenwart von Juna. Aber offenbar hatte die Kleine ihre eigenen Gedanken.

»Ich weiß gerade nicht, was ich sagen soll«, murmelte Laura. Zum Glück wurde sie einer Antwort enthoben, weil in diesem Moment Hanna zum Frühstück kam.

»Du bist ganz bunt im Gesicht«, kommentierte Leo den Auftritt seiner Schwester.

»Halt die Klappe, du Zwerg.« Hanna setzte sich auf ihren Platz. »Davon hast du keine Ahnung.«

»Aber ich.« Laura musterte das Gesicht ihrer Nichte. »Leo hat recht, das ist wirklich ein bisschen sehr bunt.«

Hanna war sichtlich verletzt. »Ich bin dreizehn. Alle Mädchen in meiner Klasse schminken sich.«

Laura fühlte sich hilflos. Selbst wenn dem so war, bedurfte es bei Hanna noch ein wenig Übung, aber das konnte sie ihr ja schlecht sagen. Doch schminkten sich dreizehnjährige Mädchen wirklich schon? Wie hatte sie das eigentlich in Hannas Alter gemacht?

Als ihr die Antwort einfiel, musste sie lachen. »Ich habe mich in deinem Alter auch geschminkt, und deine Mutter sich ebenso.« Sie zwinkerte ihr zu. »Aber wir haben das heimlich gemacht, weil das bei uns zu Hause verboten war.«

Hannas Gesicht hellte sich auf. »Wirklich? Das war verboten? Hat Oma euch erwischt? Hat es dann Ärger gegeben?«

»Na ja …« Laura grinste bei der Erinnerung. »Deine Mutter war auf jeden Fall geschickter als ich. Und sie hat immer daran gedacht, sich die ganze Schminke vom Gesicht zu wischen. Ich habe es leider einmal vergessen, und da ich gleichzeitig eine Mathearbeit verhauen hatte, gab das mächtigen Ärger. Ich glaube, unsere Eltern wussten damals nicht, worüber sie sich mehr ärgern sollten. Über mein angemaltes Gesicht oder über die missglückte Arbeit.« Laura griff über den Tisch hinweg nach der Hand ihrer Nichte. »Hanna, ich kann verstehen, dass du dich schminken möchtest«, sagte sie ehrlich. »Und ich möchte nicht, dass du das heimlich machen musst. Wenn du möchtest, zeige ich dir ein paar Tricks, damit es natürlich und nicht angemalt aussieht.«

»Sonst denkt dein Angebeteter, dass du ein Clown bist und kein Mädchen«, zog Leo seine Schwester auf.

Selbst unter der Schminke war zu sehen, dass Hanna rot anlief. »Ich habe keinen Angebeteten.«

»So kriegst du auch keinen.« Leo wies auf ihr Gesicht.

»Leo, hör auf, deine Schwester zu ärgern«, wies Tobias ihn zurecht. »Sie ist ein sehr hübsches Mädchen.«

»Sie ist ein buntes Mädchen«, schränkte Leo ein. »Aber die Farben finde ich auch schön. Aber nur auf Papier, nicht im Gesicht.«

»Idiot«, sagte Hanna.

»Bunte Kuh«, erwiderte Leo.

»Ich hab noch nie eine bunte Kuh gesehen«, sagte Juna nachdenklich.

»Da sitzt eine.« Leo wies auf Hanna.

»Ich kenne nur bunte Papageien«, fuhr Juna fort, ohne den Einwand ihres Bruders zu beachten.

»Aber es gibt auch eine bunte Kuh.« Leo konnte es einfach nicht lassen und zeigte jetzt schon wieder auf Hanna.

Bevor Laura oder Tobias reagieren konnten, war Hanna aufgestanden, beugte sich über ihren Bruder, umfasste sein Gesicht mit beiden Händen. »Ich hab dich lieb, kleiner Bruder«, sagte sie laut, dann küsste sie ihn und rieb ihr Gesicht über seins. Als sie ihn schließlich losließ, war nicht nur ihr, sondern auch Leos Gesicht voll verschmierter Farbe.

»Jetzt siehst du auch aus wie ein bunter Papagei«, sagte Juna zu Leo. »Und du auch«, wandte sie sich an ihre Schwester. »Die Farbe ist jetzt überall verteilt.«

»Also, noch einmal Gesicht waschen«, ordnete Laura an, was von Leo mit einer missmutigen Miene und von Hanna mit einem Nicken quittiert wurde. »Ich komme dann gleich rauf und helfe dir beim Schminken«, bot sie ihrer Nichte an.

Hanna zögerte einen Moment: »Kannst du das lieber heute Abend machen? Ich gehe dann heute noch einmal ungeschminkt in die Schule.«

»Sehr gern«, stimmte Laura zu.

Tobias wartete, bis Hanna außer Hörweite war. Dann beugte er sich über den Tisch und flüsterte: »Warum erst heute Abend?«

»Das erzähle ich dir später«, gab Laura ebenso leise mit einem Blick auf Juna zurück.

»Wegen dem Robin.« Auch Juna flüsterte. »In den ist Hanna verliebt, und der kommt heute Abend zu uns.«

Laura sah die Kleine überrascht an. »Woher weißt du das denn?«

Juna grinste. »Ich bin klein, aber ich kann trotzdem gut hören.«

Der Tisch war gedeckt, die Aufschnittplatten standen im Kühlschrank, der Kakao war angerührt und musste später nur noch aufgewärmt werden.

Hanna war bereits gegangen, um sich auf dem Schulhof mit

ihren Freundinnen zu treffen. Es wäre in ihren Augen natürlich völlig unmöglich und absolut peinlich gewesen, dort mit ihrer Familie aufzutauchen.

Laura achtete darauf, dass die Kinder ihre Winterjacken anzogen, bevor sie selbst in ihren Mantel schlüpfte. Wehmütig dachte sie an das vergangene Jahr. Da war Kasimir zu Hause gewesen und hatte auf ihre Rückkehr gewartet. Heute war er in einem fremden Haus – und das wahrscheinlich allein.

*Lieber, süßer Kasimir,* schickte sie einen Gruß in seine Richtung. *Ich vermisse dich ganz schrecklich, und ich hoffe, du bist bald wieder hier!*

»Worauf wartest du?« Tobias stand hinter ihr. Er umschloss sie mit beiden Armen und zog sie an sich.

»Können wir endlich gehen?«, rief jetzt auch Leo. Das batteriebetriebene Licht in seiner Schildkrötenlaterne leuchtete ebenso wie das Licht in Junas Katzenlaterne.

»Ja, gehen wir.« Als sie das Haus verließen, traten Burkard Roth und Henry gerade aus dem Nachbarhaus.

»Ich dachte, ich schließe mich an.« Er lächelte verlegen. »Seit meiner eigenen Kindheit habe ich keinen Martinszug mehr gesehen.«

»Dann wird es aber Zeit«, sagte Juna und griff nach seiner Hand.

Es war kalt, dicke Schneeflocken fielen vom Himmel. Es waren keine Sterne zu sehen, dafür begrüßten sie die vielen Laternenlichter der Kinder auf dem Schulhof.

Hanna stand bei ihren Freundinnen. Die Mädchen hielten sich für viel zu erwachsen, um noch mit einer Laterne herumzuziehen.

Leo und Juna gesellten sich zu ihren Klassen. Die Lehrerinnen versuchten Ordnung zu schaffen und stellten die Kinder in Reihen auf.

Endlich trabte der Heilige Martin hoch zu Ross an, und der ganze Zug setzte sich hinter ihm in Bewegung. In diesem Jahr war es Bäcker Lorenz Eckert, der den Heiligen Martin verkörperte. Er trug einen Helm, einen roten Mantel und das Schwert aus Pappmaché. Der angeklebte Bart sollte verhindern, dass die Kinder ihn erkannten.

Die Kinder folgten ihm singend durchs Dorf. Überall standen Lichter in den Fenstern, und am Straßenrand warteten Menschen, die sich dem Zug anschlossen.

Hin und wieder blickte jemand misstrauisch auf Henry, doch der Hund hielt sich an Burkard Roths Seite und nahm das Geschehen um ihn herum gelassen auf.

Sie zogen auch an Ellas Haus vorbei, und da sah Laura ihren geliebten Kater. Kasimir saß hinter einem der Fenster und beobachtete den Zug am Haus vorbei.

Laura spürte eine so große Sehnsucht nach ihrem Kater, dass sie nach Tobias' Hand griff. Sie wies mit der anderen auf das Fenster.

Tobias schien zu ahnen, was in ihr vorging. »Wir bekommen ihn bald zurück.«

Es fiel Laura schwer, weiterzugehen. Immer wieder wandte sie sich um, bis Kasimir nicht mehr zu sehen war.

Schließlich schwenkte St. Martin hinaus ins freie Feld und ritt bis zu der Stelle, wo der Bettler ausharrte – und der war in diesem Jahr eine echte Überraschung.

»Oh – mein – Gott!« Ursula stand plötzlich neben Laura.

Laura musste lachen. »Nein, der ist es nicht.«

»Das ist doch der schönste Bettler, den die Welt je gesehen hat.«

Laura konnte ihr nur zustimmen. Es war wirklich unfassbar, wie gut Carlo aussah. Er trug ein weißes, zerschlissenes Leinenhemd und eine schwarze Hose, die mit einer Kordel zugebunden war. Aus dem V-Ausschnitt seines Hemdes kräuselten sich Brusthaare, die ebenso grau meliert waren wie sein Bart und seine kurz geschnittenen Haare.

»Gib zu, du möchtest ihn auch gerne retten«, flüsterte Ursula, »ihn mit nach Hause nehmen, ihm zu essen geben und ihm ein warmes Bett anbieten.«

»Ursula!«

Die Freundin lachte. »Keine Sorge, ich werde meinem Wendelin nicht untreu. Selbst dann nicht, wenn ich bei Carlo auch nur die geringste Chance hätte.« Sie seufzte abgrundtief auf.

»Das würde ich dir auch nicht raten.« Wendelin kam dazu. Sehr groß und sehr dünn. Er legte einen Arm um die Schultern seiner Frau und lachte ebenfalls.

Langsam gingen die beiden weiter. Tobias kümmerte sich gerade um Leo, dessen Laterne ausgegangen war. In diesem Moment bemerkte Laura, dass Burkard Roth, der jetzt neben ihr stand, Carlo unverwandt anstarrte.

Dann wandte er sich langsam an Laura. »Ich kenne diesen Mann irgendwoher«, sagte er nachdenklich. »Ich kann mich nur nicht daran erinnern, wo und wann ich ihn gesehen habe.«

»Fragen Sie ihn doch einfach. Sie finden ihn wochentags in der Bäckerei.«

»Ja, das ist eine gute Idee. Vielleicht mache ich das irgendwann mal, so wichtig ist das nun auch wieder nicht.«

Schweigend beobachteten sie, wie St. Martin seinen Mantel teilte und der Bettler ihn strahlend entgegennahm, während alle Umstehenden das Martinslied sangen.

Danach ritt er weiter zum Martinsfeuer. Mitglieder der Freiwilligen Feuerwehr achteten darauf, dass die Kinder nicht zu nahe an die Flammen gingen, während sie ihre Lieder sangen.

Nach dem anschließenden Rückweg löste sich der Zug an der Schule auf. St. Martin wartete im Foyer, wo er die Tüten an die Kinder verteilte.

»Ich habe Hunger«, sagte Tobias. »Und mir ist kalt.«

»Mir auch. Aber hör auf zu quengeln«, sie küsste ihn zärtlich, »da kommen die Kinder schon. Jetzt gehen wir zusammen nach Hause und feiern den Abend mit unseren Freunden.«

# Kapitel 19

Ella drängte die beiden Mädchen zur Eile.

»Mama, guck mal, da ist der Bettler.« Lilly streckte die Hand aus und wies auf Carlo, der offensichtlich gerade auch auf dem Heimweg war. Bevor Ella reagieren konnte, rannte die Kleine los. Sie holte den Bettler ein und stellte sich ihm in den Weg. Mit einem Lächeln streckte sie ihm ihre Martinstüte entgegen. »Die ist für dich. Du sollst auch einmal etwas ganz Leckeres haben.«

Ella hatte die Worte ihrer Tochter gehört und war zutiefst ergriffen. Sie blickte zu Carlo und bemerkte, dass in seinen Augen Tränen schimmerten. »Das ist unglaublich lieb«, sagte er mit bewegter Stimme. »Ich danke dir von ganzem Herzen.« Er wandte sich an Ella. »Ist das deine Tochter?«

Ella nickte. »Ja, das ist Lilly.« Sie deutete auf Mathilda, die langsam näher gekommen war. »Und das ist Mathilda.«

»Meine Tüte kannst du auch haben«, bot Mathilda an.

Ella platzte beinahe vor Stolz. Sie ahnte, welche Überwindung es Mathilda gekostet hatte.

»Du hast wundervolle Kinder«, sagte Carlo zu Ella, bevor er sich Mathilda zuwandte. »Das ist sehr nett, von euch beiden. Aber behalt sie lieber.« Er gab auch Lilly die Tüte zurück. »Das, was ihr mir heute Abend gegeben habt, ist etwas sehr Wertvolles. Das werde ich nie vergessen.«

»Ich will aber nicht, dass du heute Abend Hunger hast«, sagte Lilly mit weinerlichem Stimmchen.

»Oh nein, keine Sorge. Ich muss nicht hungern. Ein sehr, sehr guter Freund kocht heute Abend für mich.«

»Dann wünschen wir dir einen schönen Abend«, sagte Ella. »Bis Montag«, formten ihre Lippen lautlos.

Carlo nickte ihr zu. »Ich wünsche euch auch einen wunderschönen Abend«, sagte er, dann ging er weiter.

»Wo gehen wir jetzt hin?«, wollte Lilly wissen, als Ella einen anderen Weg als sonst einschlug.

»Aber das habe ich euch doch gesagt. Wir sind heute Abend bei Laura zum Essen eingeladen. Ihr und ihrer Familie gehört Kasimir.«

»Dann will ich da nicht hin«, jammerte Lilly.

Ella blieb überrascht stehen. »Warum nicht?«

»Vielleicht denken die nicht mehr an uns und Kasimir, wenn die uns nicht mehr sehen. Dann müssen wir den auch nicht zurückgeben.«

»Ach, Lilly.« Ella strich ihrer Tochter übers Haar. »Ich bin sicher, dass sie Kasimir nicht vergessen.«

»Ich will den Kasimir aber auch nicht hergeben«, sagte Mathilda.

»Ich auch nicht«, pflichtete Ella ihr bei. »Aber wir haben von Anfang an gewusst, dass Kasimir nur für eine Weile bei uns bleibt.« Sie schwieg einen Moment, dann beschloss sie, die Bombe platzen zu lassen. Eigentlich hatte sie sich die Nachricht für einen späteren Zeitpunkt aufgehoben, aber dieser hier erschien ihr genau richtig. »Doch«, sagte sie langsam, »weil wir alle so sehr an Kasimir hängen, habe ich beschlossen, dass wir eine eigene Katze bekommen. Sobald er in sein Zuhause zurückkehrt, fahren wir ins Tierheim.«

»Jaaaaaaa«, schrie Lilly laut und hüpfte auf und ab.

Auch Mathilda begann zu strahlen. »Ich freue mich auf eine eigene Katze! Aber trotzdem gebe ich Kasimir nicht gerne ab.«

»Lasst uns heute Abend nicht daran denken, sondern einfach St. Martin feiern.«

Es war nicht weit bis zu Lauras Haus. Eigentlich lag nichts in Tannreuth weit voneinander entfernt, doch es war außergewöhnlich kalt an diesem Abend. Die Schneekälte kroch durch die Kleidung, feucht und unangenehm.

»Mir ist kalt«, jammerte Mathilda in diesem Moment. »Warum sind wir nicht mit dem Auto gefahren?«

»Weil mein Auto heute nicht da ist.« Ella bemühte sich um einen ruhigen Tonfall, obwohl es in ihr bereits wieder brodelte. In den ersten drei Tagen war Tosca tatsächlich mit dem Bus nach Freiburg gefahren, doch heute Morgen hatte sie sich einfach Ellas Wagen genommen.

Ella ärgerte sich nicht nur über Tosca, sondern vor allem über sich selbst. Warum nur hatte sie ihren Wagenschlüssel an der Garderobe hängen lassen?

*Weil ich nicht damit gerechnet habe, dass diese Frau so dreist ist*, beantwortete sie sich diese Frage selbst. *So etwas hätte ich nicht einmal Tosca zugetraut.* Ella hatte sogar mit dem Gedanken gespielt, Max' Assistentin wegen Autodiebstahls anzuzeigen ...

»Mama, warum guckst du so böse?«, fragte Lilly ängstlich.

»Und warum gehen wir nicht weiter?«, ergänzte Mathilda. »Ich friere hier gleich fest.«

»Es ist alles in Ordnung«, versicherte Ella und setzte sich wieder in Bewegung.

Das Haus, in dem Laura mit ihrer Familie lebte, lag gleich hinter der nächsten Wegbiegung. Alle Fenster waren hell erleuchtet und mit weißen Papiersternen geschmückt. Als sie näher kamen, konnten sie hinter den Scheiben die Personen im Haus sehen sowie den gedeckten Tisch.

Sofort fühlte Ella sich besser. Sie war unter Menschen, mit denen sie sich gut verstand.

Laura begrüßte sie mit einer herzlichen Umarmung. Auch die Mädchen schloss sie fest in die Arme. Heute lernte Ella außerdem Lauras Partner kennen, gesehen hatte sie ihn schon ein paarmal auf dem Schulhof.

Tobias war attraktiv. Groß, dunkelhaarig, und mit dem Bart erinnerte er sie ein bisschen an Max. Er begrüßte sie freundlich und bot ihr sofort das Du an.

Ella zog die Flasche Wein aus der Tasche, die sie als Dank für die Einladung mitgebracht hatte.

»Hervorragender Tropfen«, kommentierte Tobias mit einem Lächeln. »Vielen Dank.«

»Das ist Burkard Roth, unser Nachbar«, stellte Laura ihr den hageren Mann mit dem markanten Gesicht vor. »Und das ist Henry, aber den kennst du ja schon.«

Burkard Roth war sichtlich erstaunt, und so erzählte Ella ihm von ihrer ersten Begegnung mit seinem Hund. »Da dachte ich noch, er wäre gefährlich.«

»Es tut mir leid.« Burkard Roth war ehrlich bedrückt. »Ich fürchte, Henry und ich haben ziemlich viel Unruhe verbreitet.«

»Ach, bei mir müssen Sie sich nicht entschuldigen«, sagte Ella ehrlich. »Ich bin Ihnen sogar dankbar.« Sie streichelte Henry, als der auf sie zukam. »Ohne ihn hätte ich weder Laura noch einige andere Leute aus dem Dorf kennengelernt.«

»Das freut mich.« Burkard Roths Stimme klang aufrichtig. Überhaupt fand Ella ihn sehr sympathisch.

Kurz darauf betrat ein hübsches Mädchen den Raum. Laura stellte sie als ihre Nichte Hanna vor.

»Hallo, Hanna«, sagte Ella freundlich.

»Hallo«, entgegnete Hanna leise und sah sich dann suchend um. »Ist Robin nicht da?«

Ella war überrascht. »Du kennst Robin?« Hanna war mindestens zwei Jahre jünger als ihr Sohn.

»Nee, nicht direkt«, erwiderte Hanna. »Wir gehen auf die gleiche Schule.«

»Ach, da wird Robin sich bestimmt ärgern, dass er heute Abend nicht mitgekommen ist.«

Sofort legte sich ein Schatten auf Hannas Gesicht. Das Mädchen wirkte so enttäuscht, dass Ella erklärend hinzufügte: »Er muss für eine Arbeit lernen.«

Genau das war die Ausrede gewesen, die Robin benutzt hatte. Allerdings mit dem Zusatz, dass er auf so einen Kinderkram wie St. Martin keine Lust hätte.

»Ja, wirklich sehr schade.« Hanna lächelte, wandte sich ab und verließ das Zimmer. Als sie später zurückkam, hatte sie sich umgezogen. Statt des hübschen weißen Kleides trug sie jetzt Jeans und Pullover.

Ella hatte Mitleid mit dem Mädchen. Hanna hatte keine Chance bei Robin, selbst Aurora schien bei ihm ziemlich abgemeldet zu sein. Robin hatte nur noch Augen für Tosca.

Jetzt kam auch Kathi. Ungewohnt gut gelaunt, mit vereinzelten Schneeflocken im rötlich gefärbten Haar, die in der Wärme des Zimmers rasch schmolzen.

Tobias holte die Aufschnittplatten und Salate, danach bat er alle zu Tisch.

Ella nahm Platz und genoss fortan den Abend. Zwischendurch fragte sie sich mehrere Male, wo Chris blieb. Eigentlich hatte er nachkommen wollen, erschien aber nicht. Und dann schob sie den Gedanken an ihn beiseite. Sie fühlte sich so wohl wie schon lange nicht mehr. Auch wenn es kein aufwendig gekochtes Essen war, es schmeckte allen hervorragend. Im Kamin prasselte das Feuer, und hinter der verglasten Terrassentür war der verschneite Garten zu sehen.

Henry lag vor dem Kamin. Er fühlte sich offensichtlich ebenso wohl wie die Menschen um ihn herum.

Eigentlich hatte Ella geplant, nach dem Essen mit den Kindern wieder nach Hause zu gehen, doch Lilly und Juna hatten sich gemeinsam in Leos Indianerzelt verkrochen und waren dort nebeneinander eingeschlafen, während Leo bereits schlafend in seinem Bett lag.

»Lass sie doch einfach bis morgen hier«, schlug Laura vor.

Ella zögerte, sie war sich unsicher. »Und wenn sie diese Nacht aufwacht und weint?«

»Es ist ja nicht so, als wohntest du kilometerweit entfernt. Wenn es Probleme gibt, bringe ich sie nach Hause. Auch mitten in der Nacht.«

»Mathilda kann doch auch bleiben«, schlug Hanna vor. Die beiden Mädchen hatten im Laufe des Abends viel Zeit miteinander verbracht. *Ein bisschen mag das auch daran liegen, dass Mathilda Robins Schwester ist*, dachte Ella schmunzelnd.

»Sollte Lilly wach werden, ist es bestimmt beruhigend für sie, wenn ihre Schwester ebenfalls hier ist«, ergänzte Hanna.

»Ich finde die Idee großartig«, sagte Laura.

»Ich auch«, stimmte Tobias zu. »Je mehr Kinder im Haus, desto besser.« Dabei bedachte er Laura mit einem innigen Blick. Sie erwiderte seinen Blick voller Zärtlichkeit.

Unwillkürlich musste auch Ella lächeln und spürte gleichzeitig eine tiefe Traurigkeit. Genau so hatten sie und Max sich auch einmal angesehen. Wie lange war das her? Dabei lag es nicht nur an der räumlichen Entfernung, dass er so weit weg war. Er hatte es nicht einmal geschafft, diesen Abend mit seiner Familie zu verbringen,

Plötzlich bemerkte sie, dass Burkard Roth sie anschaute. Er lächelte, als sie seinen Blick erwiderte, und sie lächelte zurück.

Burkard Roth und Henry geleiteten Ella nach Hause. »Auf keinen Fall lasse ich Sie allein durch die Nacht gehen«, sagte er. »Da kann alles Mögliche passieren.«

Kathi war eine halbe Stunde vor ihr gegangen, da hatte er diese Bedenken nicht geäußert.

Ella horchte in sich hinein. Da waren keine romantischen Gefühle zwischen ihr und Burkard Roth, aber die Sicherheit, dass der Abend heute der Beginn einer Freundschaft sein konnte. Ella fühlte sich wohl in seiner Gesellschaft, und als sie durch die verschneiten Straßen gingen, spürte sie, dass sie mit ihm nicht nur wunderbar reden, sondern auch schweigen konnte. Da war kein Moment, in dem sie das Gefühl hatte, dass die Stille zwischen ihnen unangenehm wurde.

Es hatte aufgehört zu schneien. Am tiefschwarzen Himmel funkelten Sterne, der Mond zeichnete sich als schmale Sichel ab.

Viel zu kurz erschien ihr der Weg. Sie hätte in dieser Nacht noch stundenlang neben ihm hergehen können, doch schon hatte sie ihr Ziel erreicht. Sie blieb vor der Auffahrt stehen. »Danke für die Begleitung.«

Burkard Roth starrte an ihr vorbei zum Haus. »Hier wohnst du?« Automatisch duzte er sie und schien es nicht einmal zu bemerken.

Ella spürte, wie sich etwas in ihr verschloss.

»Ich kann nichts dafür, dass die Vorbesitzerin das Haus aufgeben musste«, sagte sie angriffslustig. »Mein Mann und ich kannten ihre Geschichte nicht, als wir das Haus in der Zwangsversteigerung entdeckt hatten.«

»Das Haus wurde zwangsversteigert?« Er wirkte geradezu entsetzt. »Warum?«

»Frag Laura.« Sie duzte ihn jetzt auch. »Sie kann dir die Hintergründe genau erklären. Ich bin einfach nur müde und möchte ins Bett.«

Jetzt schien auch er zu spüren, dass etwas nicht stimmte. Erstaunt schaute er sie an. »Bist du sauer auf mich?«

»Ja«, gab sie zu. Gleich darauf schüttelte sie den Kopf. »Nein, eigentlich nicht. Es ist nur so ... Ich dachte, du nimmst es mir auch übel, dass wir das Haus ersteigert haben. Ich habe deshalb einige Anfeindungen hier erlebt.« Sie bemerkte, wie sich die Gardine hinter dem Wohnzimmerfenster in Odilia Hintzes Haus leicht bewegte.

»Wie dumm die Menschen doch oftmals sind«, sagte er. »Ich habe nicht gewusst, dass ihr dieses Haus ersteigert habt. Und das kann dir und deinem Mann auch niemand übelnehmen. Es wäre auf jeden Fall versteigert worden. Wenn nicht an euch, dann an jemand anderen.«

Ella war ihm dankbar für seine Worte. »So ähnlich hat Laura das auch ausgedrückt.«

»Schlaf gut«, sagte Burkard Roth leise.

»Du auch.« Ella trat einen Schritt vor und umarmte ihn kurz.

Er erstarrte regelrecht, doch dann spürte sie, wie er sich entspannte. Er legte seine Arme um sie und zog sie an sich.

In diesem Moment zuckte ein kurzer Blitz auf. Sie fuhren beide erschrocken auseinander.

»Was war das denn?«, fragte Burkard.

»Keine Ahnung.« Ella spähte aufmerksam in die Dunkelheit, aber da war nichts. Selbst die Gardine hinter Odilia Hintzes Fenster bewegte sich nicht mehr.

»Dann mach es mal gut. Wir sehen uns bestimmt bald wieder.« In Burkard Roths Stimme schwang die Hoffnung mit, dass es so sein würde.

»Das werden wir ganz sicher«, versprach Ella.

Leise schloss Ella die Haustür auf. Von außen hatte es so ausgesehen, als läge das ganze Haus im Dunkeln. Doch jetzt sah sie, dass in der Küche, die auf der Rückseite war, noch Licht brannte.

Chris saß am Tisch, vor sich ein halb geleertes Glas Milch. Ernst blickte er ihr entgegen.

Ella war angesichts seiner Miene sofort alarmiert. »Was ist los?«, stieß sie erschrocken hervor.

»Setz dich erst einmal.«

Ihre Angst verstärkte sich. Ihre Stimme überschlug sich beinahe. »Wo ist Robin?«

»Robin liegt längst im Bett. Ihm ist nichts passiert. Und bevor du fragst: Max auch nicht.«

Ella atmete tief durch, dann setzte sie sich. An die Schrägseite des Tisches, sodass sie ihn direkt ansehen konnte. »Was ist los?«, fragte sie noch einmal mühsam beherrscht.

»Tosca hat deinen Wagen geschreddert. Also, nicht komplett«, schränkte er schnell ein. »Aber vorne rechts sieht er schon ziemlich übel aus.«

Ella sprang auf. »Die kann etwas erleben.«

Auch Chris erhob sich jetzt und griff nach ihrem Arm. »Warte damit bitte bis morgen«, bat er inständig. »Glaub mir, das ist besser.«

»Sie hat meinen Wagen gestohlen und zu Schrott gefahren!«, regte Ella sich auf. »Ich werfe sie heute noch raus.«

»Sie ist verletzt«, sagte Chris.

Ella ließ sich wieder auf den Stuhl fallen. Die Nachricht erschreckte sie, und sie empfand Gewissensbisse, weil sie so heftig reagiert hatte. »Schwer?«

»Es hätte schlimmer kommen können. Sie lebt, und darüber bin ich froh.«

Ella musste zugeben, dass sie erleichtert war. »Na gut, dann soll sie erst einmal ausschlafen.« Ella erhob sich. »Wo gehst du hin?«, wollte Chris wissen.

»Ins Bett.«

»Wo sind die Kinder?«, rief er ihr nach, als sie in der Tür stand.

»Bei Laura«, erwiderte sie, ohne sich noch einmal umzudrehen.

Oben wurde sie mit einem lauten Miauen von Kasimir begrüßt. Inzwischen kannte sie die verschiedenen Variationen seiner Miau-Töne, und diesmal erkannte sie, dass er zutiefst unzufrieden war.

»Und was hast du für ein Problem?« Sie beugte sich zu ihm hinunter, um ihn zu streicheln.

Kasimir wich ihrer Hand aus. Er lief zu der Stelle, wo er so gerne auf der Fleecedecke lag, aber die war verschwunden.

Offenbar vermisste er sie. »Ich kann heute Abend nicht mehr nach der Decke suchen«, sagte Ella. »Ich bin viel zu müde. Komm einfach mit zu mir.«

Doch Kasimir weigerte sich. Er drehte sich im Kreis, sein Miauen wurde kläglicher. Ella überlegte, ob sie ihm sein Körbchen aus dem Wohnzimmer holen sollte, aber wenn er diese Nacht den Platz wechselte, fehlte ihm das unten. Also nahm sie aus dem Wandschrank eine der Decken, die dort für eventuelle Besucher lagerten. Sie wählte die gute, besonders wollweiche Decke, faltete sie auseinander, legte sie auf Kasimirs Lieblingsplatz und schob sie zu einer Art Nest zusammen.

Sofort stellte Kasimir sich darauf. Schnurrend stampfte er auf der Decke herum, drehte sich um sich selbst und schien endlich die richtige Position gefunden zu haben. Er legte sich und schloss die Augen.

Ella seufzte erleichtert auf. Sie ging ins Bad und zog anschließend ihr Nachthemd an. Doch anstatt sich hinzulegen, ging sie erst noch einmal ans Fenster und öffnete es weit.

Kalte Luft strömte ihr entgegen. Fröstelnd umschlang sie sich mit den Armen. Die winterliche Landschaft versetzte sie in diesem Moment in eine besondere Stimmung. Der Schnee breitete sich aus, verlieh der Nacht einen mystisch hellen Schimmer. Selbst die Berge im Hintergrund, sonst in der Dunkelheit nur als schwarze Schatten erkennbar, zeichneten sich durch die weiße Pracht deutlich ab.

Irgendwo ganz weit dort hinten, in nördlicher Richtung, fast fünfhundert Kilometer von ihr entfernt, war Max. Aber selbst wenn er direkt vor ihr stehen würde, war er unerreichbar für sie. Die Sehnsucht nach ihm lag erdrückend auf ihrer Seele.

»Max!« Ein sichtbarer Atemhauch begleitete diesen Namen, zerfaserte in der Luft und löste sich schließlich auf. Alles war vergänglich – manchmal auch die Liebe ...

Ella hatte sich alles Mögliche zurechtgelegt, was sie Tosca an diesem Morgen sagen wollte. Und enden sollten ihre Vorwürfe mit der Forderung, dass sie noch heute das Haus verließ.

Doch dann betrat Tosca die Küche. Zerknirscht, nackte Angst im Blick. Die linke Seite ihres Gesichts war angeschwollen, schimmerte in Blau- und Lilatönen. Eine Schramme zog sich von der Stirn bis zur Schläfe. Nervös flocht sie ihre Finger ineinander. »Entschuldigung«, stammelte sie leise. »Es tut mir sehr leid«, brachte sie rau hervor, und ihre Augen füllten sich mit Tränen.

Ella ließ das Mitleid zu, dass sie in diesem Moment für Tosca empfand. »Schon gut, der Wagen ist versichert«, sagte sie sanft und rückte ihr den Stuhl zurecht. »Kaffee?«

Tosca nickte. Und dann, nach einer ganzen Weile, kam es leise über ihre Lippen: »Danke ... für alles.«

# Kapitel 20

Nach einem ruhigen Wochenende begann der Montag ziemlich turbulent. Schon am frühen Morgen tauchte Simone Bahlmann bei Laura in der Kanzlei auf.

»Soviel ich weiß, haben Sie keinen Termin.« Demonstrativ blätterte Laura in ihrem Kalender.

»Lassen Sie den Quatsch«, fuhr Simone Bahlmann sie an. »Wir wissen beide, dass ich keinen Termin habe.« Unaufgefordert setzte sie sich auf den Stuhl vor Lauras Schreibtisch.

»Was wollen Sie?«, fragte Laura mit mühsamer Beherrschung.

»Unterhalten wir uns über Burkard Roth.«

»Ich rede mit Ihnen ganz sicher nicht über meinen Mandanten«, erwiderte Laura von oben herab.

»Sie können diesen Prozess nicht gewinnen.« Simone Bahlmann sah sie herausfordernd an.

»Sie wiederholen sich«, erwiderte Laura betont gleichgültig. »Und das langweilt mich.«

»Und mich langweilt dieses Tannreuth.« Simone wandte den Kopf und schaute aus dem Fenster. Von hier aus war der ganze Marktplatz zu übersehen. »Ich frage mich, warum Burkard sich ausgerechnet hier verkrochen hat. In einer Großstadt wäre es weitaus schwieriger gewesen, ihn zu finden.«

Vielleicht bot sich Laura jetzt die Möglichkeit, herauszufinden, wie Simone Bahlmann an Burkard Roths Adresse gekommen war. »So einfach ist es nicht, in Deutschland unterzutauchen«, sagte sie beiläufig. »Jeder Mensch hinterlässt Spuren. Egal, ob er sich in einem Dorf im Schwarzwald oder in einer Großstadt verstecken will.«

Simone Bahlmann ging ihr auf den Leim. Ihre Augen blitzten triumphierend auf. »Und besonders dämlich ist es, den Verlauf eines Computers nicht zu löschen, wenn man darauf auf der Suche nach einer Wohnung tagelang nach Namen und Adressen in Tannreuth sucht. Besonders, da es sich in dem Fall um meinen PC handelt.«

*Immerhin könnte Burkard Roth jetzt untertauchen, wenn er den Prozess verliert, ohne dass Simone Bahlmann beim nächsten Mal so schnell seine Spur verfolgen kann*, dachte Laura, ließ sich aber nichts anmerken. Sie schaute auf ihre Armbanduhr. »Leider kann ich nicht weiter mit Ihnen plaudern, ich habe gleich den nächsten Termin.«

Das war zwar erst in einer halben Stunde, allerdings ausgerechnet mit Burkard Roth, und sie wollte unter allen Umständen verhindern, dass die beiden sich hier in der Kanzlei begegneten. »Eine Bitte habe ich aber noch, Frau Bahlmann. Kontaktieren Sie mich doch das nächste Mal über Ihren Anwalt. Das macht es für uns alle einfacher.«

Die Frau ging nicht darauf ein. Sie musterte Laura kalt. »Komisch, dass Sie mir bisher noch kein Angebot unterbreitet haben, um mir Henry abzukaufen.«

»Ich denke, das wird nicht nötig sein«, behauptete Laura. Sie ahnte, worauf Simone Bahlmann hinauswollte, und ging auf das Spiel ein: »Nennen Sie mir einen Preis«, forderte Laura sie auf.

Simone Bahlmann grinste hämisch. »Es gibt keinen Preis. Ich will Henry. Und ich werde nicht eher ruhen, bis ich Burkard den Hund weggenommen habe.«

»Das habe ich mir gedacht«, erwiderte Laura. »Und genau das werde ich versuchen zu verhindern.«

Simone Bahlmann grinste noch immer, sagte aber kein Wort mehr. Ihre Absätze klackerten auf dem Holzboden, als sie die Kanzlei verließ.

Burkard Roth kam fünf Minuten zu spät. Er entschuldigte sich wortreich, während Henry um Lauras Schreibtisch herumlief. Um sie zu begrüßen, aber sicher auch, um zu kontrollieren, ob sich dort etwas Essbares befand.

Laura teilte ihr Frühstücksbrot mit ihm, gab ihm schließlich auch noch ihre Hälfte. Dank Simone Bahlmann hatte sie dafür heute Morgen sowieso keine Zeit mehr.

Sie unterrichtete Burkard Roth über den überraschenden Besuch und klärte ihn dabei auch darüber auf, wie Simone ihn gefunden hatte.

Burkard Roth schlug sich gegen die Stirn. »Ich bin ein Idiot.«

»Wer denkt schon daran, den Verlauf zu löschen.« Laura schaute ihn fragend an. »Simone Bahlmann sagte, dass Sie tagelang nach Namen und Adressen in Tannreuth gesucht haben. Sie sind also nicht zufällig hier?«, hakte sie nach.

»Ich überlasse nie etwas dem Zufall …« Burkard Roth begann zu grinsen. »Außer den Verlauf eines Computers. Allerdings hätte ich Simone nie so viel Grips zugetraut, dass sie ausgerechnet da nachschaut.«

Laura nickte. Dann deutete sie auf die Unterlagen, die Burkard Roth mitgebracht hatte. »Die Züchterin, bei der Frau Bahlmann Henry gekauft hat, wird als Zeugin vor Gericht geladen. Sie wird aussagen, dass Frau Bahlmann den Hund für sich gekauft hat.«

»Ja!« Wütend schlug Burkard Roth mit der Faust auf den Tisch. Henry sprang irritiert auf und bellte. »Schon gut.« Burkard Roth beruhigte das Tier, bevor er in gemäßigtem Tonfall fortfuhr: »Das ist gelogen. Sie wusste, dass Simone den Hund als Geschenk für mich gekauft hat. Sie hat mich hinterher sogar angerufen und gefragt, ob alles in Ordnung ist und ob ich mich über das Geschenk gefreut habe.«

»Ich werde sie richtig ins Kreuzverhör nehmen«, versprach Laura. »Vielleicht kippt sie dann um.«

Burkard Roth nickte, wirkte jedoch nicht sehr zuversichtlich.

»Ich habe da noch eine Idee ...« Laura überlegte, sprach dann aber das aus, was ihr schon das ganze Wochenende durch den Kopf gegangen war. »Als ich noch in Berlin war, habe ich hin und wieder mit einem Privatdetektiv zusammengearbeitet. Bei sehr kniffligen Fällen hat er manchmal erfolgreich etwas herausgefunden, was den ganzen Fall zu unseren Gunsten gedreht hat.«

»Engagieren Sie ihn!« Burkard Roths Anweisung kam schnell und war unmissverständlich.

»Das kann aber ziemlich teuer werden ...«

»Das ist mir egal«, unterbrach Burkard Roth sie. »Ich kann mir das leisten.«

*Woher?* Natürlich stellte Laura diese Frage nicht. Sie nickte nur zustimmend und versprach ihm, den Detektiv noch heute anzurufen.

Mit einer halben Stunde Verspätung kam sie zur Töpferstube. »Sorry, aber ich hatte ...«

»... eine Gerichtsverhandlung«, kam vielstimmig und fröhlich zurück.

»Einen Mandanten«, korrigierte Laura und setzte sich auf ihren Platz. Auf dem Tisch stand eine riesige Platte mit verlockenden Kuchenstücken. Laura lief bei dem Anblick das Wasser im Mund zusammen. Carlo hatte also Wort gehalten.

Sie deutete auf die Kuchenstücke. »Ist das nur Dekoration, oder warum habt ihr noch nicht angefangen?«

Pia hob die Hand. »Moment, ich habe ein Anliegen an euch.« Sie ließ ihren Blick durch die Runde gleiten. »Wie ihr wisst, gibt es in diesem Jahr einen Weihnachtsmarkt. Und ich möchte gerne auch einen Stand aufbauen und die unterschiedlichsten Sachen verkaufen. Selbstgebasteltes, Selbstgebackenes, Eingemachtes ... einfach alles. Ich spende dazu auch einiges aus dem Laden.« Sie nickte Laura zu. »Natürlich in Absprache mit dir.« Sie schwieg einen Moment. »Ihr habt ja sicher gehört, dass in unserem Nachbarort vor ein paar Wochen ein Haus bis auf die Grundmauern abgebrannt ist. Die Familie, ein Ehepaar mit zwei Kindern, besitzt nichts mehr. Gerade haben alle, die sich am Weihnachtsmarkt beteiligen, beschlossen, ihre Einnahmen dieser Familie zu spenden.«

»Also sollen wir dir Sachen für den Stand geben?«, fragte Kathi. »Ich bin dabei.«

»Ja, ich brauche Dinge, die wir verkaufen können, aber auch Leute, die am Stand verkaufen. Es ist ja nur an den Adventswochenenden, und wenn dann jeder ein paar Stunden am Stand steht ...«

»Ich mache auch mit«, sagte Carlo.

»Ich auch.« Ella lachte. »Ich freue mich sogar darauf, und ich finde es großartig, dass wir das Geld spenden.«

Alle waren einverstanden, begannen damit, Pläne zu schmieden. Viel getöpfert wurde an diesem Vormittag nicht mehr, aber das war auch nicht schlimm.

Laura hatte derweil eine ganz eigene Idee im Kopf, aber dafür musste sie erst noch mit Tobias reden ...

# Kapitel 21

Als Ella von der Töpferstunde nach Hause kam, war Max aus Düsseldorf zurückgekehrt. Er saß mit Tosca in der Küche. Sie sah aus, als hätte sie geweint.

»Ich will nicht stören«, murmelte Ella und wandte sich zum Gehen.

»Bleib bitte«, bat Max. »Du störst nicht.«

Unschlüssig hielt sie inne und wusste nicht, ob sie stehen bleiben oder sich setzen sollte. Sie hatte das Gefühl, dass sie nicht dazugehörte.

»Das mit deinem Wagen tut mir leid«, versicherte Max. »Ich werde dafür sorgen, dass er repariert wird.«

»Natürlich«, erwiderte Ella steif. Sie presste die Lippen aufeinander, als sie sah, wie Max Toscas Hand drückte und sagte: »Es ist vor allem wichtig, dass dir nichts passiert ist.«

»Wenn ihr mich bitte entschuldigt, ich muss Mathilda abholen«, gab sie vor. »Ihre letzten beiden Stunden fallen aus.«

»Das macht doch Chris.« Max schaute sie verwundert an. Toscas Hand hielt er dabei immer noch fest. »Er kam gerade aus dem Haus, als ich hier eintraf, und hat mir erzählt, dass du ihn darum gebeten hast.«

»Ja, das stimmt.« Mehr sagte Ella nicht. Was sollte sie auch noch sagen? Sie musste sich bemühen, nicht auf Max' und Toscas Hände zu starren. In ihr brannte es, und schließlich drehte sie sich einfach um und ging nach oben. Dort begrüßte sie wieder Kasimir. Seit er hier oben seinen Lieblingsplatz hatte, kam er meist nur noch zum Fressen nach unten oder wenn er seine Katzentoilette aufsuchte.

Er ließ sich streicheln, strich ihr dabei wie immer um die Beine.

»Sieht so aus, als könntest du bald wieder nach Hause, mein Kleiner.« Der Gedanke an den Abschied machte ihr das Herz noch schwerer. Sie nahm ihn hoch und drückte ihn an sich.

Er genoss es eine Weile, wollte dann aber wieder auf den Boden.

Ella trug ihn zu seiner Decke … und dann stutzte sie. »Was ist das denn?«, murmelte sie. Am Martinsabend hatte die Fleecedecke nicht mehr hier gelegen, dafür hatte sie für Kasimir die wollweiche Decke auf diesem Platz ausgebreitet. Jetzt war die Wolldecke verschwunden, dafür lag die Fleecedecke wieder da.

Kasimir war es egal. Er begann sein übliches Spiel, als sie ihn auf die Decke setzte, stampfte ein wenig herum und rollte sich dann zusammen.

Nachdenklich ging Ella in die Zimmer der Kinder, um hier nach der Decke zu suchen. Vergeblich, die Decke blieb verschwunden. In Mathildas Zimmer lagen auf dem Schreibtisch Notenblätter mit den Texten der Weihnachtslieder, die sie in der Christmette singen sollte.

Ella konnte immer noch nicht fassen, dass ausgerechnet ihre Tochter dafür ausgewählt worden war. Zweimal die Woche probte das Mädchen mit den anderen Kindern in der Kirche, wo auch die Aufführung stattfinden sollte. Die Lehrerin und auch der Pfarrer hielten es für besser, wenn sie gleich an Ort und Stelle probten, damit die Kinder sich daran gewöhnten.

*Ich habe sie nicht einmal gefragt, wie es ihr gefällt*, dachte Ella. *Und ich habe nicht versucht, herauszufinden, was die anderen Kinder zu Mat-*

*hildas schräger Stimmlage sagen. Wurde Mathilda ausgelacht? Oder sogar gemobbt?*

Nein, dann wäre Mathilda niedergeschlagen gewesen, aber den Eindruck hatte sie nicht gemacht! Ella war sich sicher, dass ihr das nicht entgangen wäre, zumal Mathilda kein Kind war, das seinen Kummer schweigend mit sich herumtrug. Im Gegenteil, sie hatte sich in den vergangenen zwei Wochen immer auf die Proben gefreut.

Als sie das Zimmer verließ, kam Max ihr auf dem Flur entgegen. Prüfend schaute er sie an. »Ist alles in Ordnung mit dir? Du warst eben so schnell verschwunden.«

»Sollte ich zusehen, wie du mit deiner Assistentin Händchen hältst?«

Verdammt! Genau das hatte sie nicht sagen wollen. Warum hatte sie ihm nicht von der vergangenen Nacht am offenen Fenster erzählt? Von ihrer Sehnsucht nach ihm ...

»Nicht schon wieder dieses Thema!«, knurrte er. Damit ließ er sie einfach stehen und ging in sein Zimmer.

»Wie gefällt es dir eigentlich bei deinen Gesangsproben?«, fragte Ella beim gemeinsamen Mittagessen mit den Kindern und Chris.

»Gut. Kann ich noch Nudeln haben?«

Ella reichte ihr die Schüssel. »Und wie klappt das so mit dem Singen?«

»Auch gut. Wo ist Tosca?«

Diesmal antwortete Chris, der mit am Tisch saß. »In ihrem Zimmer. Ihr geht es nicht so gut.«

»Weil sie Mamas Auto kaputtgefahren hat?«, fragte Lilly.

»Ja, weil sie einen Unfall hatte«, bestätigte Chris. »Aber in ein paar Tagen ist sie wieder fit.«

»Und wo ist Papa?«, wollte Mathilda wissen. »Sein Auto steht vor der Tür.«

»Der ist oben«, sagte Ella leichthin. »Er weiß, dass das Essen fertig ist.«

»Nein, ich bin hier.« Max kam in die Küche und setzte sich an den Tisch. »Ich musste noch telefonieren. Mit der Versicherung und der Werkstatt. In ein paar Tagen hast du deinen Wagen zurück.«

»Danke.«

»Keine Ursache. Ich bin ja nicht ganz unschuldig an dem, was passiert ist.« Er sah sie ernst an. »Es tut mir leid. Ich hätte das anders organisieren müssen, damit Tosca nach Freiburg kommt.«

»Ja, das wäre gut gewesen.« Ella wich den Blicken ihres Mannes aus, ihren Kummer musste sie aber aushalten.

Mathilda sprang auf. »Kann ich gehen? Wir wollen heute wieder in der Kirche singen.«

»Ich bringe dich hin.« Ella wollte aufstehen, doch Mathilda winkte ab. »Ich kann allein dahin gehen, ich bin doch kein Baby mehr.«

»Gut.« Ella nickte zustimmend. »Aber ich hole dich später ab. Ich möchte nicht, dass du im Dunkeln draußen allein herumläufst.«

Mathilda war einverstanden.

»Und was mache ich?«, fragte Lilly.

»Was hältst du davon, wenn wir anfangen, das Haus weihnachtlich zu schmücken? Damit es ein bisschen gemütlicher wird als im letzten Jahr.«

»Au ja.« Lilly sprang auf. »Können wir sofort anfangen?«

»Ich mache kurz noch die Küche fertig, dann legen wir los.«

»Letztes Jahr Weihnachten.« Max lächelte vor sich hin. »Nein, das war wirklich nicht so toll. Da waren wir gerade mitten im Umzugsstress.«

»Klingt aufregend.« Chris grinste. »Weihnachts- und Umzugsstress gepaart.«

»Aber wir hatten immerhin einen Tannenbaum«, sagte Ella lachend.

Max begann auch laut zu lachen. »Eigentlich wollten wir selbst auf den verzichten«, sagte er zu Chris. »Aber die Kinder waren so enttäuscht, dass ich am Heiligen Abend losgezogen bin, um doch noch einen zu besorgen.«

»Das war der schönste hässliche Baum auf der Welt«, sagte Lilly fröhlich. »Keiner hatte so einen Baum wie wir.«

»Das kann man wohl sagen. Der war schief, hatte kaum Zweige und verlor bereits auf dem Weg zu unserer Wohnung seine Nadeln«, erklärte sie grinsend.

»Ich fand den trotzdem toll«, sagte Lilly.

»Ich auch«, stimmte Max ihr zu. »Das ganze Weihnachtsfest war … besonders.« Er sah Ella an. »Wir waren im Aufbruch und so voller Hoffnung.«

»Ja.« Sie erinnerte sich nur zu gut an diese Zeit. Daran, wie schwer es ihr gefallen war, Düsseldorf zu verlassen. Alles, um ihre Ehe zu retten. Aber jetzt war das Projekt Tannreuth gescheitert – jedenfalls soweit es ihre Ehe betraf.

Als sie Lilly anschaute, die Vorfreude in den Augen des Kindes sah, da schob sie alle Erinnerungen beiseite. »Dieses Jahr schmücken wir das Haus so früh wie möglich, damit wir alle ganz lange etwas von Weihnachten haben«, versprach sie.

»Und ich suche mir eine andere Bleibe, damit ihr euer Wohnzimmer wieder ganz für euch habt«, sagte Chris. »Es ist ohnehin an der Zeit, dass ich weiterziehe.«

Ella verspürte Enttäuschung. »Wo willst du denn hin?«, fragte sie. Sie wollte nicht, dass er ging, verspürte das Bedürfnis, mehr Zeit mit ihm zu verbringen, um mehr über ihn zu erfahren. »Ich dachte eigentlich, dass du bis Weihnachten bleibst.«

Chris lachte laut auf. »Eigentlich hattest du mir nur eine Nacht auf eurem Sofa zugestanden. Erinnerst du dich?«

»Und ich hab anfangs gedacht …« Max brach ab.

Chris erhob sich und klopfte Max auf die Schulter. »Wir wissen, was du gedacht hast. Genau so hat Ella auch über dich und Tosca gedacht.«

»So denkt sie immer noch.« Max' Stimme klang belegt. Er suchte Ellas Blick. »Ich weiß nicht, was ich noch sagen soll, um sie vom Gegenteil zu überzeugen.«

»Ich weiß aber nicht, was alle gedacht haben«, beschwerte sich Lilly und brach damit die Spannung, die sich gerade wieder aufbaute.

»Es ist auch besser, wenn du das nicht weißt, Lilly«, sagte Chris. »Erwachsene sind manchmal komisch und machen dumme Dinge, die ein kluges Kind einfach nicht verstehen kann. Wo sind denn jetzt eure Weihnachtssachen?«, wechselte er das Thema.

»Auf dem Speicher, glaube ich.« Ella dachte mit einigem Schaudern daran, dass sie dort oben hinauf musste. Ein dunkler, muffiger Raum. Durch die winzigen Fenstergauben fiel nur wenig Licht. Und das Ekligste waren die Spinnweben, die dort jede Ecke ausfüllten und sogar von der Decke herabhingen.

Max ging es offensichtlich ähnlich. »Geht ihr nur«, schlug er vor. »Ich bringe inzwischen die Küche in Ordnung.«

»Ich finde Spinnweben eklig«, erklärte Ella lachend, »aber Max hat eine regelrechte Spinnenphobie.«

»Ich auch«, gab Chris unumwunden zu. »Ich bleibe hier und helfe ihm mit der Küche.«

»Feiglinge«, sagte Ella mit einem Augenzwinkern.

»Ich bin kein Feigling, ich komme mit dir«, sagte Lilly.

»Das ist gut, danke, meine Große.« Gemeinsam stiegen sie die Treppe hinauf. Die Tür zum Speicher befand sich am Ende des Ganges, gleich neben dem Zimmer, das Tosca bewohnte, dahinter war eine schmale Stiege, auf der sie nur hintereinandergehen konnten.

Ella ging voraus, doch als sie die Tür öffnete, schlängelte sich plötzlich etwas an ihr vorbei. Erschrocken schrie sie auf, dann erkannte sie, dass es Kasimir war.

Lilly hinter ihr kicherte. »Das ist doch nur der Kasimir.«

Ella atmete tief durch, dann bemerkte sie überrascht, dass Kasimir offensichtlich nicht zum ersten Mal hier oben war. Überall auf dem staubigen Fussboden waren die Abdrücke seiner Tatzen zu sehen. Außerdem entdeckte Ella Fußabdrücke, die noch nicht allzu alt zu sein schienen – so, als hätte sich hier in den letzten Tagen jemand bewegt.

»Warst du mal allein hier oben?«, fragte Ella ihre Tochter.

»Nein, das ist mir zu gruselig«, sagte Lilly. »Aber Mathilda war mal hier, weil der Kasimir raufgelaufen ist.«

Das erklärte die Spuren, trotzdem war Ella irritiert. »Aber wie ist er hier raufgekommen? Die Tür ist doch immer geschlossen.«

»Das weiß ich nicht«, erwiderte Lilly. »Ich weiß nur, dass er da oben ganz laut Miau gerufen hat, bis Mathilda ihn geholt hat.«

»Wann war das denn?«, fragte Ella weiter nach.

Lilly zuckte mir den Schultern. »An irgendeinem Vorgestern, ich weiß aber nicht mehr an welchem.«

»Macht nichts, ich frage später Mathilda«, sagte Ella. Sie stieg die schmale Stiege nach oben und schaute sich suchend um. Die Kartons mit den Weihnachtssachen standen nicht weit von der Treppe entfernt.

Sie trug zwei Kisten zunächst ins Obergeschoss, danach musste sie noch einmal hinauf, um Kasimir zu holen. Der Kater interessierte sich besonders für die holzvertäfelte Wand an der gegenüberliegenden Seite der Tür. Schnüffelnd lief er daran vorbei.

Gab es hier oben Mäuse?

Ganz schnell nahm sie Kasimir auf den Arm und verließ mit ihm den Speicher.

In den nächsten beiden Stunden waren sie damit beschäftigt,

den Inhalt der Kartons im Erdgeschoss zu platzieren. Die Weihnachtspyramide wurde auf den Küchentisch gestellt, weil sich die Familie vor allem da aufhielt. Weiße Sterne schmückten die Fenster. Auf der Fensterbank wurde das beleuchtete Weihnachtsdorf aufgebaut.

Max holte aus dem Garten Tannenzweige, die sie in die große Bodenvase stellten und mit roten Weihnachtskugeln schmückten.

Ella war überrascht, dass Max sich die Zeit nahm, daran teilzunehmen. Sie freute sich fast so sehr darüber wie Lilly.

»Hm.« Lilly sog den Duft der Tannenzweige ein. »Das riecht wie Weihnachten.«

Inzwischen war es Zeit, Mathilda von der Gesangsprobe abzuholen.

»Hast du etwas dagegen, wenn ich mitkomme?«, fragte Max zu Ellas Überraschung.

»Natürlich nicht! Mathilda wird sich sehr freuen.« Und sie selbst freute sich auch, auch wenn sie das nicht sagte.

»Lilly, kommst du auch mit?«

»Ich kann nicht.« Lilly seufzte theatralisch auf. »Ich bin so erschöpft von der ganzen Arbeit.«

»Dann legst du dich am besten zu Kasimir aufs Sofa und ruhst dich ein wenig aus«, schlug Ella vor. Kasimir war vor einer halben Stunde heruntergekommen, hatte gefressen und sich dann ins Wohnzimmer zurückgezogen.

Chris wollte in der Zwischenzeit den Tisch decken.

Die ersten Meter gingen sie schweigend nebeneinander her. Trotzdem hatte Ella das Gefühl, dass die Kluft zwischen ihnen nach diesem Nachmittag nicht mehr ganz so tief war.

»Findest du nicht auch, dass diese kalten Winterabende einen ganz besonderen Zauber haben?«, fragte Max plötzlich.

»Ja, und hier auf dem Land spüre ich das sehr viel deutlicher als in der Stadt«, stimmte sie ihm zu.

Es war still auf den Straßen des Dorfes. Nur hin und wieder begegnete ihnen jemand. Freundliche Grüße wurden gewechselt, und alle gingen schnell weiter. Es war zu kalt, um stehen zu bleiben und ein Gespräch zu beginnen.

Jetzt, in der Dunkelheit, fiel Ella auf, dass bereits viele Fenster weihnachtlich dekoriert waren. Lichterketten, leuchtende Sterne und Tannenzapfen. Engel, die auf Fensterbänken standen und ihr Licht in die Dunkelheit sandten.

Und dann erklang eine Stimme durch die Nacht. Sie kam aus dem offenen Portal der Kirche, sang rein und glockenhell von der stillen und heiligen Nacht.

Ella und Max betraten die Kirche. Ella konnte nicht fassen, was sie sah und hörte, und als sie in Max' Gesicht schaute, erkannte sie, dass es ihm ebenso erging.

Es war ihre Tochter, die auf der Empore vor dem Altar stand und so wundervoll sang.

Mathilda lächelte, als sie ihre Eltern bemerkte, ließ sich aber nicht beirren und sang die letzte Strophe:

»Stille Nacht, heilige Nacht. Hirten erst kundgemacht …«

Ganz nah trat Max an Ella heran.

»… durch der Engel Halleluja, tönt es laut von fern und nah.«

Er schaute sie an, in seinen Augen lag all das, was sie selbst empfand. All das, was sie verloren geglaubt hatte.

»Christus, der Retter ist da.«

Max griff nach ihrer Hand.

»Christus, der Retter ist da.«

Stille senkte sich über den Kirchenraum. Das Gefühl blieb, während gleichzeitig die beglückende Erkenntnis wuchs, dass doch noch nicht alles vorbei war.

Die Kirche füllte sich. Andere Eltern kamen herein, die ebenfalls ihre Kinder abholen wollten.

Mathildas Augen glühten vor Stolz. »Da staunt ihr, nicht wahr?«

Ella und Max nickten gleichermaßen.

»Aber eigentlich wollte ich euch erst zu Weihnachten damit überraschen.« Das Mädchen wirkte ein wenig enttäuscht.

Ella nahm sie in die Arme. »Heute war genau der richtige Moment«, versicherte sie.

»Ja, ich hab gesehen, dass Papa deine Hand gehalten hat«, flüsterte Mathilda. »Ich finde das so toll!«

Obwohl sie sich alle Mühe gegeben hatten, waren den Kindern ihre Schwierigkeiten scheinbar doch nicht entgangen. Ella drückte ihre Tochter ganz fest an sich.

Jutta Barth, Mathildas Klassenlehrerin, kam dazu. »Wie gefällt Ihnen der Gesang Ihrer Tochter?«

»Ich bin unsagbar stolz«, tat Max strahlend kund. »Aber ganz ehrlich: Wie haben Sie das geschafft, dass sie jetzt so singt?«

»Eigentlich hat Mathilda das selbst geschafft«, sagte Jutta Barth mit einem fröhlichen Blick zu Mathilda. »Dabei war das erste Vorsingen in der Schule schlimm für dich, nicht wahr?«

Mathilda nickte. »Alle haben mich ausgelacht.« Sie warf sich stolz in die Brust. »Aber mir war das egal. Ich singe gerne.«

»Ihre Tochter hat ein unglaubliches Stimmvolumen«, fuhr Jutta Barth fort. Sie wies auf den Organisten, der jetzt zu ihnen trat. »Bob und ich haben ihr ein bisschen Gesangsunterricht gegeben. Wir haben einfach mit ihr geübt, und wir wussten, dass das Ergebnis hervorragend sein wird.«

»Wir haben nur beide nicht damit gerechnet, dass Mathilda so schnell Fortschritte macht«, bestätigte Bob. »Wir sind sehr stolz auf unsere Musterschülerin.«

»Wir auch«, versicherte Max. Ganz fest zog er Mathilda an sich. »Ich bin wirklich sehr, sehr stolz auf dich.«

Was für ein ereignisreicher Tag, und er war noch nicht vorbei. Beim Abendessen hatte Mathilda auch ihre Geschwister und Chris mit ihrem Gesang überrascht und in der Küche ein Ständchen gegeben. Der Einzige, dem das nicht gefallen hatte, war Kasimir gewesen. Er war ins Wohnzimmer gestürmt und hatte sich da unter dem Sofa versteckt. Seit mehr als einer Stunde war er nicht mehr herausgekommen, deshalb wollte Ella nach ihm sehen. Sie legte sich auf den Boden und schaute unter das Sofa.

Kasimir war nicht mehr da. Dafür bemerkte sie eine längliche Kartonrolle.

Ella öffnete sie und entdeckte Papiere darin. Erst als sie sie herauszog und entrollte, erkannte sie Zeichnungen. Einfache Skizzen, die auf anderen Blättern weitergeführt wurden und sich zu wundervollen Illustrationen entwickelten.

Auf einem der Blätter erkannte sie sich selbst. Sie lächelte, und doch war der Schmerz in ihren Augen zu sehen.

Es gab Szenen, die eindeutig in Freiburg gemalt worden waren. Andere erinnerten sie an Düsseldorf. Die Rheinpromenade.

Obwohl sie wusste, dass es nicht richtig war, was sie hier machte, konnte Ella nicht aufhören, sie zu betrachten.

»Ich habe dir doch gesagt, dass ich Maler bin.«

Ella zuckte erschrocken zusammen, als Chris plötzlich neben ihr auftauchte. Er setzte sich neben sie auf den Boden.

»Es tut mir leid«, entschuldigte Ella sich hastig. »Ich habe nach Kasimir gesucht und …«

»Schon gut.« Chris winkte ab.

»Das hier ist fantastisch.« Fragend schaute sie ihn an. »Hast du schon einmal daran gedacht, auszustellen?«

»Daran gedacht ist gut.« Chris lachte. »Weißt du eigentlich, wie schwer das ist, in einer renommierten Galerie auszustellen?«

»Das weiß ich in der Tat.« Sie suchte seinen Blick. »Bevor ich nach Tannreuth kam, habe ich in der Galerie Maleen gearbeitet.«

Er stieß einen überraschten Laut aus. »Du hast für Jesko Maleen gearbeitet? Ich würde töten für so einen Job ... Na gut«, schränkte er ein, »ganz so drastisch natürlich nicht, aber für eine Stelle bei Jesko Maleen würde ich schon einiges tun.«

»Und was ist mit deiner Malerei?«

»Das eine schließt das andere doch nicht aus. Ich wette, du hast in deiner Freizeit auch gemalt.«

»Ich bin nicht halb so talentiert wie du. Würdest du mir erlauben, ein paar deiner Zeichnungen an Jesko zu schicken?«

»Es wäre mir eine Ehre«, stieß Chris hervor. »Aber mal im Ernst: Glaubst du, er würde sich das überhaupt ansehen?«

»Davon bin ich überzeugt!« Ella sah die Papiere erneut durch und wählte schließlich die Bilder aus, von denen sie wusste, dass sie Jesko überzeugen würden. Die Szenen aus Düsseldorf, die Zeichnung von Kasimir und zuletzt das Bild, auf dem sie zu sehen war.

»Wann schickst du sie ab?«, fragte Chris.

»Morgen.« Sie erhob sich und lächelte ihm zu. »Du bist ein großer Künstler, Chris.«

»Danke.« Es war ihm anzusehen, wie viel ihm dieses Lob bedeutete.

Ella schaute ihn nachdenklich an. »Ich weiß eigentlich überhaupt nichts über dich. Wo kommst du her, was ist mit deiner Familie, und wieso gibst du dich mit einem Platz hier auf einem Sofa zufrieden? Hast du kein eigenes Zuhause?«

Chris lachte laut auf. »Ich habe mich gefragt, wann du mich endlich darauf ansprichst. Dabei habe ich dir schon auf der Fahrt nach Düsseldorf gesagt, du sollst einfach fragen, wenn du etwas wissen willst.«

Ella lächelte. »Jetzt habe ich dich gefragt.«

»Meinen Vater kenne ich nicht, meine Mutter war Alkoholikerin«, begann er.

Ella erschrak. »Was für eine traurige Kindheit.«

»Nein, ich hatte eine sehr glückliche Kindheit«, versicherte er. »Zusammen mit meiner Schwester Paula. Wir sind gemeinsam bei unseren Großeltern aufgewachsen. In der Nähe von Freiburg.« Sein Blick richtete sich in die Ferne, während er seine Geschichte erzählte. »Nach dem Tod meiner Großeltern haben wir noch eine ganze Weile in deren Haus gelebt. Doch dann hat Paula sich in einen Australier verliebt und ist mit ihm in seine Heimat gezogen. Ich habe studiert und war viel unterwegs. Da wir das Haus meiner Großeltern verkauft hatten, war ich erst mal finanziell unabhängig.«

Jetzt schaute er Ella an, lächelte wehmütig. »Meine Reisen waren toll, aber irgendwann habe ich gespürt, dass ich dadurch keine Bindungen knüpfen konnte. Ich habe mich einsam gefühlt ...« Er brach ab, schien offensichtlich wieder seinen Erinnerungen nachzuhängen.

»Und dann traf ich dich. Auf der Fahrt nach Düsseldorf. Du erinnerst mich so sehr an Paula, dass ich dich unbedingt wiedersehen wollte. Ja, und jetzt bin ich hier, inmitten deiner Familie, und fühle mich zum ersten Mal seit langer Zeit nicht mehr einsam.«

Ella war so gerührt, dass sie ihn in die Arme schloss. »Du hast hier immer einen Platz«, sagte sie leise. »Wann du willst und so lange du willst.«

Im Haus war es still. Ella stand wieder am offenen Fenster und schrie ihre Sehnsucht lautlos hinaus in die verschneite Winterlandschaft. Chris' Erzählung über seine Einsamkeit hatte dieses Gefühl in ihr wieder verstärkt.

Als es leise an der Tür klopfte, drehte sie sich um.

Im Rahmen stand Max. »Darf ich?« Er wirkte verlegen, doch in seinen Augen erkannte sie all das, was sie selbst empfand.

»Ja«, sagte sie leise.

Mit wenigen Schritten war er bei ihr. Er umfasste sie, suchte ihre Lippen. »Du hast mir so gefehlt«, flüsterte er.

Seine Berührungen, seine Küsse, seine Versicherung, wie sehr er sie liebte, schüttelten den Schmerz der Vergangenheit ab. Jetzt gab es nur noch das Jetzt und Hier, nur noch sie und ihn.

# Kapitel 22

Der erste Advent begann mit einem lauten Knall in der Küche.

Laura und Tobias, die noch im Bett lagen, fuhren erschrocken hoch.

»Was war das?«

»Da du neben mir liegst, kannst du es nicht gewesen sein. Sonst hätte ich vermutet, dass bei einem deiner Kochversuche der Herd explodiert ist.«

»Spinner«, sagte Laura zärtlich. Sie sprang aus dem Bett und eilte in die Küche hinunter. Tobias folgte ihr.

In der Küche standen alle drei Kinder vor der Mikrowelle. »Ich habe doch gesagt, dass das nicht geht«, schimpfte Hanna.

»Ob was geht, weiß man immer erst, wenn man es ausprobiert, hat Papa immer gesagt«, entgegnete Leo.

»Andere haben auch schon versucht, Eier in der Mikrowelle zu kochen. Das hat nicht geklappt.«

»Man muss es trotzdem selbst ausprobieren.« Leo ließ sich nicht gerne belehren, schon gar nicht von seiner großen Schwester. Bisher hatte keines der Kinder Laura und Tobias bemerkt, die an der Tür standen und lauschten.

»Und wer macht das jetzt weg?« Hanna wies auf die Mikrowelle.

Leo grinste. »Immer die Besserwisserin!«

Juna lachte und wies auf sich selbst. »Ich bin das nicht.«

»Wir werfen die Mikrowelle in die Mülltonne und kaufen einfach eine neue«, schlug Tobias vor.

Die Kinder fuhren herum. Leo strahlte über das ganze Gesicht. »Cool, dann muss die keiner saubermachen.«

»Das meint Tobias doch nicht in echt«, warf Hanna ein.

»Natürlich nicht.« Tobias betrat die Küche. Er öffnete die Mikrowelle, schloss sie aber ganz schnell wieder angesichts des gelben Schleims, der sich im Innern des Gerätes verteilt hatte.

»Können wir die nicht einfach wieder anmachen?«, fragte Leo. »Vielleicht macht die dann aus dem gelben Schleim Rührei.« Er rieb sich über den Bauch. »Darauf hab ich gerade richtig Hunger.«

»Ich auch«, sagte Laura. »Geht mal alle raus, ich mache Rührei für alle.«

»Auf keinen Fall!«, widersprach Tobias sehr bestimmt. »Das mache ich. Es soll uns ja allen schmecken.«

Laura fügte sich lachend.

»Ihr könnt schon einmal den Tisch decken«, sagte Tobias.

»Haben wir doch längst«, sagte Hanna. »Wir wollten für euch Frühstück machen, weil heute der erste Advent ist.«

»Und weil wir alle zum Weihnachtsmarkt gehen und da Burkards Sterne verkaufen«, ergänzte Leo.

»Du hast doch nur zwei Sterne gemacht.« Strafend sah Hanna ihren Bruder an. »Und dann hast du schon die Lust verloren.«

»Ich kann trotzdem mit verkaufen.« Leo schaute seine Schwester herausfordernd an.

»Das Geld ist aber nicht für uns, sondern für die armen Leute, deren Haus verbrannt ist.«

»Und die jetzt nicht wissen, wo sie wohnen sollen.«

»Das weiß ich doch«, sagte Leo. »Ich will trotzdem mit verkaufen.«

Tobias, der eine Pfanne auf den Herd gestellt und Eier aus dem Kühlschrank genommen hatte, hielt inne. »Die Familie hat jetzt ein neues Haus«, sagte er. »Darum hat sich die Firma meines Vaters gekümmert. Es ist ein bisschen größer als das abgebrannte Haus, hat einen schönen Garten und kostet weniger Miete, als sie bisher bezahlen mussten.«

»Es hat also geklappt?« Laura flog auf Tobias zu und umarmte ihn. Sie wusste, wie sehr er und sein Vater sich für dieses Projekt eingesetzt hatten.

»Ja, wir haben in der Firma alle mit vereinten Kräften daran gearbeitet. Die Familie bekommt auch eine finanzielle Starthilfe. Sie brauchen ja alles neu. Angefangen von Möbeln bis hin zu Kleidung.«

»Können die nicht kochen?« Der kleine Nimmersatt Leo starrte ihn entsetzt an.

»Das zumindest können sie. Das Haus wird mit Küche vermietet«, berichtete Tobias. »Und jetzt raus hier, damit ich endlich kochen kann.«

Nach dem Frühstück ging die ganze Familie ins Dorf. Burkard Roth und Henry begleiteten sie, so hatten sie es abgesprochen.

Der Himmel war grau in grau. Einzelne dicke Flocken fielen vom Himmel. Die Lichter auf dem Weihnachtsmarkt erstrahlten in vorweihnachtlichem Glanz.

Hanna sonderte sich von der Gruppe ab, als sie ankamen. Sie wollte zu ihren Freundinnen.

Die Stände gruppierten sich um den Marktplatz. Es roch nach Lebkuchen und Glühwein.

Es wurde viel Handwerkliches angeboten, vor allem Weihnachtsschmuck. Auch Bäcker Lorenz hatte einen Stand auf dem Markt aufgebaut, obwohl sein Laden nur wenige Schritte entfernt lag. Er verkaufte Kuchen, Weihnachtsgebäck und Christstollen zugunsten der notleidenden Familie im Nachbarort.

Immer wieder schaute er mit grimmiger Miene zum Stand des

Bastelladens. Den Grund erkannte Laura schnell, als sie die ausgelegten Waren sah.

»Du verkaufst Brot?« Überrascht schaute sie Kathi an, die aus der Bastelgruppe die erste Schicht am Stand übernommen hatte.

»Mein Weihnachtsbrot.« Kathi schickte ein böses Lächeln zum gegenüberliegenden Stand. »Der da«, zu allem Überfluss zeigte sie nun auch noch mit dem Finger auf Lorenz, »würde sein letztes Hemd für das Rezept geben. Du ahnst nicht, wie froh ich bin, dass ich es ihm in all den Jahren unserer Ehe nie verraten habe. Nicht, weil ich das nicht wollte, sondern weil er es mich jedes Jahr zu Weihnachten backen ließ. Das Rezept gibt es nämlich nur hier.« Kathi tippte sich gegen die Stirn.

Das wiederum nahm Lorenz auf der anderen Seite persönlich. Er konnte ja nicht hören, was sie miteinander sprachen, und bezog die Geste auf sich. Er regte sich schrecklich auf, sagte sicher einige nicht so nette Dinge, die Laura aus der Entfernung nicht verstehen konnte.

Plötzlich zog ein diabolisches Grinsen über Kathis Gesicht. »Kathis Weihnachtsbrot«, rief sie laut. »Nur hier gibt es Kathis echtes Weihnachtsbrot.«

Laura beobachtete überrascht, dass die Leute sofort zu ihrem Stand eilten. Sätze wie »endlich wieder« oder »da warten wir schon seit Jahren drauf« drangen an ihr Ohr.

Es dauerte nicht lange, da waren alle Laibe verkauft. Als Pia kurz darauf eintraf, verließ Kathi sofort den Stand.

»Sie will noch mehr backen«, berichtete Laura. »Ich kann es immer noch nicht fassen, wie schnell sie ausverkauft war.«

Pia lachte laut auf. »Ich glaube, das ist der einzige Punkt, weswegen Lorenz die Trennung von Kathi bedauert. Er hat sich danach selbst an dem Rezept versucht, den Geschmack aber nie getroffen.« Pia wies auf die Würfel, die Kathi auf ein Holzbrett gelegt hatte. »Probier mal.«

Laura steckte sich einen davon in den Mund, dann schloss sie genießerisch die Augen. »Mmmh!«

»Nicht wahr?« Pia nahm auch einen und kostete. »Kathis Brot gehörte früher an Weihnachten zu Tannreuth wie der Weihnachtsbaum. Und als es das plötzlich nicht mehr gab, fehlte etwas.«

Carlo trat zu ihnen. »Ich habe gehört, hier gibt es eine ganz besondere Köstlichkeit?« Er schmunzelte.

Pia bot ihm eine Kostprobe an.

»Das ist so lecker! Darf ich noch einen?«

»Natürlich!« Pia reichte ihm das Holzbrett. »Und wenn du möchtest, kannst du auch ein paar Stücke für Lorenz mitnehmen.«

»Ich werde mein Glück nicht für ein paar Brotkrumen aufs Spiel setzen. Ich liebe Lorenz, und ich mag Kathi. Ich wünschte, die beiden würden endlich Frieden schließen.«

»Die meiste Zeit herrscht zwischen den beiden ja so eine Art Waffenstillstand. Aber ich glaube, an besonderen Festtagen kommt bei Kathi alles wieder hoch. Wirklichen Frieden wird es zwischen den beiden nie geben«, prophezeite Pia. »Jedenfalls nicht, solange sie sich nicht endlich einmal gründlich aussprechen.«

Die Kinder hatten ihren eigenen kleinen Stand, der von der Schule geleitet wurde. Er befand sich direkt neben dem der Bastelstube. Alle Bastelarbeiten der Kinder verkauften sich gut. Laura freute sich über die vielen stolzen Gesichter, es herrschte ein reger Andrang.

Leo hatte allerdings schon das Interesse verloren und besuchte mit einem Schulfreund den Spielzeugstand, der auch auf Tobias eine große Anziehungskraft ausübte. Das lag vor allem an der Modelleisenbahn, die ihre Kreise durch die ganze Bude zog, vorbei an einer Miniaturlandschaft, auf der es viel zu bestaunen gab. Eine kleine Seilbahn, die über die Gleise hin- und herfuhr. Eine spiegelnde Fläche stellte einen zugefrorenen See dar, auf dem Figürchen zu einer Weihnachtsmelodie eisliefen.

Als Laura kurz zu den beiden trat, erklärte ihr Leo, dass er sich die Eisenbahn zu Weihnachten wünschte. »Und Tobias auch.«

»Die ist schon toll.« Tobias hatte ebenso glänzende Augen wie Leo. »Mal sehen, was das Christkind sagt.«

»Ein Geschenk für zwei.« Ella stand plötzlich neben ihr und flüsterte ihr ins Ohr: »Das wird preiswert für das Christkind.«

Laura umarmte sie zur Begrüßung. »Übernimmst du jetzt gleich die Schicht?«

»Ja, zusammen mit Carlo. Wir werden dann von Ursula und Susanne abgelöst.«

Plötzlich verstummte die Musik, die an vielen Ständen dudelte und ein kunterbuntes Konzert ergab. Mit der Musik verstummten auch die Menschen auf dem Marktplatz.

Und dann erschien Mathilda. Zusammen mit den anderen Kindern ihrer Gesangsgruppe. Sie stellten sich neben dem Weihnachtsbaum auf, der mit einer funkelnden Lichterkette geschmückt war.

Der gesamte Chor begann zu singen: *Vom Himmel hoch, da komm ich her.* Und dann trat Mathilda vor und sang die zweite Strophe allein.

Laura spürte eine Gänsehaut auf ihrem ganzen Körper, Ella neben ihr hatte Tränen in den Augen, so schön war das. Laura war zutiefst bewegt. »Mein Kind«, sagte Ella leise, nachdem der letzte Ton verklungen war. Applaus brandete auf, die Leute verlangten nach einer Zugabe, und dann sang Mathilda passend zur Witterung *Leise rieselt der Schnee.*

»Das wird das schönste Weihnachtsfest seit langem«, sagte Ella mit einem glücklichen Lächeln.

»Und das liegt auch an dem wundervollen Gesang deiner Tochter?«, fragte Laura.

»Nicht nur.« Ella fiel ihr um den Hals. »Ich glaube, du hast eine Mandantin weniger.«

Laura wusste sofort, worauf sie hinauswollte. »Ihr lasst euch also nicht scheiden?«

»Wir lieben uns immer noch. Und wir wollen beide um unsere Ehe kämpfen. Es gab so viel Streit, so viele Missverständnisse. Wir wollen das in Zukunft nicht mehr zulassen.«

Laura umarmte ihre Freundin gleich noch einmal. »Ich freue mich sehr für euch!« Plötzlich kam ihr ein Gedanke. Sie schaute Ella prüfend an, als sie fragte: »Geht ihr zurück nach Düsseldorf?«

Ella lachte laut auf. »Auf keinen Fall! Es war bis vor kurzem zwar noch undenkbar, aber es stimmt: Ich liebe Tannreuth.« Sie schwieg einen Moment, dann lachte sie wieder laut auf. »Noch vor ein paar Monaten hätte ich es für unmöglich gehalten, dass ich so etwas jemals sage.« Dann wurde ihre Miene ernst. »Max will auch Dinge regeln, damit er nicht mehr so oft zwischen Düsseldorf und Freiburg pendeln muss. Das war ja der Hauptgrund, weshalb wir hierhergezogen sind.«

Laura freute sich wirklich für die beiden. »Das klingt gut. Wo ist dein Mann denn jetzt?«

»Er muss noch was arbeiten.« Ella zog eine Grimasse, dann lachte sie. »Ganz wird er sich nicht ändern, aber das möchte ich auch nicht. Ich bin glücklich, wenn er nicht mehr ständig unterwegs ist und mehr Zeit für die Familie hat.«

»Außerdem leistet er Kasimir Gesellschaft«, ergänzte Laura trocken.«

»Stimmt.« Ella lachte erneut laut auf. »Wir sind uns übrigens auch einig, dass wir eine eigene Katze haben wollen, sobald Kasimir wieder bei euch wohnt.«

»Sehr bald!«, sagte eine Stimme hinter ihnen.

Laura und auch Ella wandten sich um.

Burkard Roth lächelte mühsam. »Morgen in drei Wochen.«

»Dann fällt die Entscheidung«, sagte Laura.

»Die Entscheidung ist für mich bereits gefallen. Ich gebe Henry nicht her. Die Frage ist nur, ob ich ihn mit gerichtlicher Zustimmung behalte oder ob ich mit ihm verschwinde.«

»Behalt das lieber für dich«, riet Ella. »Wenn deine Ex das irgendwie mitbekommt, lässt sie Henry beschlagnahmen, noch bevor du das Gerichtsgebäude verlassen hast.«

Laura hatte ihm das auch schon gesagt, dennoch war sie überrascht, dass Ella und Burkard Roth sich duzten. Als hätte er ihre Gedanken erraten, schaute er nun fragend Laura an. »Sind wir jetzt auch endlich beim Du?«

»Von mir aus gern«, stimmte Laura sofort zu. »Und ich verspreche dir noch einmal, dass ich alles tun werde, um gegen Simone Bahlmann zu gewinnen.«

»Mir tut es fast ein bisschen leid, dass ich Tannreuth bald verlasse«, sagte er wehmütig.

»Dann lass uns doch versuchen eine Lösung zu finden, mit der du bleiben kannst ...« Laura brach ab, als Burkard den Kopf schüttelte.

»Selbst ohne dieses ganze Drama um Simone würde ich gehen. Ich bin ein Nomade, mich hält es nie lange an einem Ort.« Er schwieg einen Moment, dann breitete sich ein Lächeln auf seinem Gesicht aus. »Aber vielleicht wird Tannreuth mein Erholungsort, an den ich immer wieder mal zurückkehre ...«

# Kapitel 23

Als Ella beschloss, nach Hause zu gehen, wollten Lilly und Mathilda gerne noch länger auf dem Weihnachtsmarkt bleiben. Laura versprach, ein Auge auf sie zu haben. Chris, der zwischenzeitlich ebenfalls eingetroffen war, würde die beiden später mit nach Hause bringen.

Wie gut es war, dass die Mädchen nicht da waren, wurde Ella gleich klar, als sie das Haus betrat.

»Du bist zwar mein Vater, aber du bist ein verdammter Idiot«, hörte sie Robin in der Küche brüllen.

»Robin, jetzt lass dir doch erklären …«

»Du brauchst mir nichts zu erklären! Ich habe mit eigenen Augen gesehen, wie du mit Tosca rumgemacht hast.«

»Was ist hier los?« Ella betrat die Küche. Sie musterte die beiden aufmerksam. Max wirkte mühsam beherrscht, Robin hingegen hatte einen hochroten Kopf vor Wut.

»Sag es ihr!«, brüllte Robin seinen Vater an. »Los, sag es ihr!«

Auch Max wurde wütend. »Es gibt nichts zu sagen. Du interpretierst das alles völlig falsch.«

»Ja, klar«, rief Robin höhnisch aus. Er wandte sich Ella zu. »Tosca klebte halbnackt an ihm, als die beiden sich geküsst haben … Und jetzt behauptet der, es gibt nichts zu sagen.« In seinen Augen schimmerten Tränen.

Ella konnte förmlich spüren, wie verletzt er war. Sie hatte gewusst, dass ihr Sohn sich in Tosca verliebt hatte. Fälschlicherweise hatte sie gedacht, dass es nicht mehr als eine Schwärmerei war. Jetzt erkannte sie, dass die Gefühle ihres Sohnes weitaus stärker waren. Er war verletzt.

Auch sie spürte schmerzhaft den Stich in ihrer Seele. Stimmte es also doch, was Max bisher vehement bestritten hatte? Der Sturz aus den höchsten Höhen des Glücks hinunter in die Verzweiflung war unerträglich. Schweigend schaute sie Max an, wartete auf eine Erklärung.

»Das war alles ganz anders«, sagte Max leise. »Robin hat die Situation völlig missverstanden.«

»Ich habe es mit eigenen Augen gesehen! Du lügst!«, schleuderte Robin ihm entgegen. »Ich hasse dich!«

Fassungsloses Entsetzen zeichnete sich in Max' Gesicht ab, und auch Ella war erschrocken. Noch nie hatte sie ihren Sohn derart außer sich erlebt. Bewies das nicht, dass er die Wahrheit sagte?

Max schaute sie eindringlich an. »Ella, du musst mir glauben. Ich hatte nie etwas mit Tosca. Ich weiß nicht, was eben in sie gefahren ist. Ich ... ich habe es für uns gemacht ...«

Robin lachte höhnisch auf. »Ja, klar. Du hast sie geküsst, um Mama einen Gefallen zu tun.«

In diesem Moment verlor Max die Geduld. »Halt dich da verdammt noch mal raus! Das ist eine Sache zwischen deiner Mutter und mir!«

Robin starrte seinen Vater wütend an, dann machte er plötzlich auf dem Absatz kehrt und rannte die Treppe hinauf.

Max wandte sich wieder Ella zu und suchte ihren Blick. »Ella, ich habe Tosca heute gebeten, in ein Hotel zu ziehen. Wegen der ... neuen Situation und weil ich weiß, wie sehr dich ihre Anwesenheit hier im Haus stört.« In einer Geste der Hilflosigkeit hob er die Arme. »Ich weiß nicht, was dann in sie gefahren ist. Sie hat sich ihre Bluse runtergerissen, mich umarmt, mich geküsst …« Max war sichtlich verstört.

In Ella tobte ein Sturm der Gefühle. Sie wollte ihm glauben und hatte gleichzeitig Angst, erneut enttäuscht zu werden.

»Bitte, Ella, du musst mir glauben«, flehte Max sie an. »Wir beide waren gerade wieder glücklich. Das setze ich doch nicht aufs Spiel!«

Er klang verzweifelt. Aber was, wenn Robins Version stimmte? Warum sollte er etwas behaupten, was nicht stimmte? Ella presste die Hände gegen die Stirn, unfähig, einen klaren Gedanken zu fassen. Als Max auf sie zukam, ihre Schulter berührte, hatte sie den Impuls zu fliehen. »Lass mich … Ich muss nachdenken …« Sie rannte aus dem Zimmer, hörte noch, wie Max ihren Namen rief, blieb aber nicht stehen. Im Vorbeilaufen riss sie ihren Mantel von der Garderobe und eilte aus dem Haus. Jetzt war sie froh, die Winterstiefel noch nicht ausgezogen zu haben.

Als sie auf die Straße kam, schippte Odilia Hintze gerade wieder den frisch gefallenen Schnee von ihrem Bürgersteig auf die Auffahrt zu Ellas Haus. »Sie könnten auch mal Ihren Bürgersteig freischaufeln. Da kann ja kein Mensch mehr gehen«, stieß sie böse hervor. »Als Monika noch hier wohnte …«

Ella platzte der Kragen, und offensichtlich bemerkte Odilia Hintze das an ihrer Miene. Sie wich zurück, als Ella auf sie zutrat. »Halten Sie den Mund!«, rief Ella außer sich. »Sie sind eine bösartige alte Frau, die anderen das Leben schwermacht. Ich wette, auch Monika hatte unter Ihnen zu leiden.«

Odilia Hintze starrte sie an. »Ich … aber … ich …«, stammelte sie.

»Lassen Sie mich in Ruhe«, forderte Ella sie auf. »Sprechen Sie mich nie wieder an und wagen Sie schon gar nicht, mir noch einmal vorzuwerfen, dass Frau Lieberg meinetwegen aus unserem Haus ausziehen musste.«

Odilia Hintzes Mund klappte auf und zu. Sie wusste offenbar nicht, was sie sagen sollte, und Ella wollte nicht warten, bis ihr das Passende einfiel. Sie wandte sich um und marschierte los. Ohne Ziel, während sich die Gedanken in ihrem Kopf im Kreis drehten.

Vom Dorf aus gelangte man von überall schnell in unbewohntes Gebiet, und doch war diese Perspektive jetzt neu für Ella. Sie hatte sich nie die Mühe gemacht, ihre neue Heimat kennenzulernen. Und nun stand sie hier, schaute auf die verschneite Umgebung und spürte, wie ihre aufgepeitschten Nerven sich beruhigten.

Zwischen weißen Tannen eröffnete sich der Blick über ein Schneefeld hinweg bis zu dem beeindruckenden Panorama der Alpen. Die Stille der Landschaft erfüllte sie. Tief atmete sie die kalte Luft ein und sah den Dampfwölkchen nach, die sie beim Ausatmen ausstieß. Die Bilder des gestrigen Abends schoben sich in ihre Erinnerungen und mit ihnen die Gefühle, die sie seitdem ausgefüllt hatten. Dann wanderten ihre Gedanken noch einmal zu der unschönen Szene zwischen Max und Robin. Voller Erstaunen bemerkte sie, dass sich etwas in ihr veränderte. Das Misstrauen, die unsägliche Eifersucht wurde von Liebe und Vertrauen überlagert. Ja, sie glaubte Max – und das nicht nur, weil sie ihm glauben wollte. Gleichzeitig fragte sie sich, was wirklich passiert war. Sie musste es wissen.

Nachdenklich verharrte sie noch eine ganze Weile auf der Stelle, bis sie die Kälte spürte, die selbst durch ihre dicken, gefütterten Stiefel drang.

Sie machte sich auf den Heimweg. Langsam zuerst, dann immer zügiger, am Ende lief sie sogar. Vorbei an Olivia Hintze, die immer noch mit Schneeschippen beschäftigt war.

Max kam ihr schon im Flur entgegen. »Ella, ich ...«

»Jetzt nicht.« Ella nahm sich nicht einmal die Zeit, ihren Mantel auszuziehen. Sie stürmte die Treppe hoch, rannte den Flur entlang, klopfte kurz an die Tür zu Toscas Zimmer und trat ein, noch bevor sie dazu aufgefordert wurde.

Ein Koffer stand offen und zur Hälfte gefüllt auf dem Boden. Die Pullover, die Tosca gerade hineinpacken wollte, entglitten ihren Händen und fielen zu Boden. Sie war ungeschminkt, ihre Augen rot vom Weinen. In diesem Moment war sie nicht mehr die Business-Lady, die Erfolg ausstrahlte, gepaart mit Arroganz, sondern eine sehr verunsicherte und traurige junge Frau.

»Warum?«, fragte Ella lediglich, aber das reichte schon. Tränen strömten aus Toscas Augen, dann ließ sie sich auf das Gästebett fallen und schlug beide Hände vors Gesicht.

Ella trat zu ihr, setzte sich neben sie und wartete, bis Tosca sich ein wenig beruhigt hatte. »Warum?«, wiederholte sie.

»Weil Max mich weggeschickt hat«, schluchzte sie. »Ich ... ich ...« Sie stockte, und Ella wartete ab.

»Ich fühle mich hier wohl«, fuhr Tosca nach einer Weile mit erstickter Stimme fort. »Ich mag das Haus, ich mag die Kinder ...« Tosca lächelte verstohlen. »Ich mag sogar Sie ein bisschen, obwohl Sie mich nicht leiden können.«

»Woran Sie nicht ganz unschuldig sind«, erwiderte Ella behutsam. Zu ihrem Erstaunen empfand sie Mitleid und Sympathie für die junge Frau, die zutiefst traurig wirkte.

Tosca schluckte. »Ich weiß, ich bin kein sehr netter Mensch. Ich ... deshalb habe ich ja auch keine Freunde. Eigentlich habe ich niemanden.« Sie begann wieder zu weinen.

Ella nestelte ein Päckchen Papiertaschentücher aus ihrer Manteltasche und reichte es ihr.

»Ich ... irgendwie war das schon immer so, ich kannte es nicht anders. Ich ... kann mich an meine Mutter nicht erinnern«, fuhr Tosca fort. »Sie starb kurz nach meiner Geburt. Es gab immer nur meinen Vater und mich ... Und dann ...« Wieder hielt sie kurz inne, und es war ihr anzusehen, dass ihr das Weitersprechen schwerfiel. »Kurz nachdem ich mein Abitur gemacht hatte, verunglückte mein Vater tödlich. Von da an war ich ganz allein.« Unglücklich sah sie Ella an. »Und dann kam Max ... Irgendwie war er immer mehr für mich als mein Chef. Aber nicht so, wie alle denken! Ich habe seine Nähe und sein Verständnis genossen, ja, aber ich wollte nichts von ihm! Ganz bestimmt nicht!« Tosca stand auf, ging zum Schreibtisch und kam mit einem Foto zurück. »Max erinnert mich nur so sehr an meinen Vater.« Sie reichte Ella das Foto.

Tatsächlich hatte der Mann darauf eine gewisse Ähnlichkeit mit Max. Die dunklen Haare, der Bart, vor allem aber der Ausdruck seiner Augen.

Tosca atmete tief durch. »Und dann hat er mich eingeladen, hier zu wohnen. Das war für mich unglaublich. Ich habe mir immer ein Leben in einer großen Familie gewünscht. Ich ... ich habe mich noch nie irgendwo so wohl gefühlt wie hier, trotz aller Reibereien. Als Max mir heute gesagt hat, dass ich sofort ausziehen soll ... Ich war so enttäuscht, so verzweifelt, ich wollte das nicht verlieren. Und ich war unglaublich wütend. Dann habe ich Robins Schritte auf der Treppe gehört, die Tür zu diesem Zimmer stand weit offen. Und dann ... und dann ...« Sie begann erneut zu weinen. »Ich habe alles kaputtgemacht«, flüsterte sie. »Es tut mir leid.«

Ella war zutiefst ergriffen von Toscas trauriger Geschichte. Sie war nicht wütend über das, was Tosca gemacht hatte, sondern empfand jetzt, da sie die Hintergründe kannte, vor allem Mitleid mit der jungen Frau.

Tosca atmete tief durch und stand auf. »Ich bin gleich weg. Ich muss nur noch meinen Koffer packen, dann verschwinde ich für immer aus Ihrem Leben.« Sie schluckte schwer. »Und keine Sorge, ich werde auch Max nicht wiedersehen. Er hat mich fristlos entlassen.« Wieder füllten sich ihre Augen mit Tränen, dennoch suchte sie Ellas Blick. »Es tut mir alles sehr leid.« Sie klang aufrichtig. »Und ich bereue sehr, dass wir beide uns durch mein dummes Verhalten nie richtig kennenlernen konnten.«

Ella stand ebenfalls auf. In ihr fochten ihre Gefühle einen verzweifelten Kampf aus. Da war immer noch ein Teil ihrer Abneigung gegen die junge Frau – denn selbst wenn sie in Max ihren Vater sah, hatte sie sich stets so verhalten, als wäre Ella ihre Konkurrentin. Es wäre ein Leichtes gewesen, die Situation zu erklären. Was Tosca nicht getan hatte. Aber vielleicht konnte sie das auch gar nicht? Natürlich hatte Tosca sich falsch verhalten, nicht zuletzt vorhin mit Max, aber die Ursachen dafür hatten nichts mit Ella zu tun. Und immerhin hatte die junge Frau sich ihr gegenüber jetzt geöffnet, und dafür empfand Ella tiefen Respekt. Sie rang mit sich. Wenn sie jetzt einfach losließ, würde Tosca für immer aus ihrem Leben verschwinden. Max hatte sie ohnehin ganz für sich ...

Aber Tosca wollte Max auch nicht. Jedenfalls nicht als Mann. Sie brauchte Menschen, die für sie da waren.

Ella fasste einen Entschluss. Sie atmete tief durch, dann suchte sie Toscas Blick. »Pack deine Koffer wieder aus, Tosca. Ich will, dass du bleibst.«

Tosca starrte sie an. Überrascht ... Ungläubig ... »Aber Max ...«, stammelte sie.

»Das kläre ich. Mach dir keine Sorgen.« Ella war sicher, dass er verstehen würde. Sie trat auf Tosca zu. Es fiel ihr nicht einmal schwer, sie zu umarmen. »Ich freue mich darauf, dich kennenzulernen, Tosca«, sagte sie ehrlich.

Tosca drückte sie ganz fest. »Danke, Ella. Danke ... Das bedeutet mir viel. Ich ...«

Ein Kratzen an der Decke ließ sie beide aufhorchen. Ella sah hoch. »Was ist das?«

»Wahrscheinlich Mäuse«, sagte Tosca. »Ich höre das schon eine ganze Weile, vor allem nachts. In so alten Häusern gibt es doch oft Mäuse auf dem Dachboden.«

»Und du hast keine Angst?«

Tosca schüttelte den Kopf. »Als ich sagte, dass ich Tiere mag, war das nicht gelogen. Und ich habe auch keine Katzenallergie«, gestand sie. »Kasimir hat ganz oft nachts bei mir geschlafen.«

Ella lächelte. »Das passt dazu, dass er sich in letzter Zeit fast nur noch hier oben aufgehalten hat.« Sie wandte sich zum Gehen, doch Tosca hielt sie zurück. »Ella ... Ich weiß, dass viele deiner Probleme mit Max durch mich entstanden sind. Es tut mir leid, und ich hoffe sehr, dass ihr wieder zueinander findet. Weil ihr zusammengehört, davon bin ich überzeugt.«

»Danke.« Eine Welle des Glücks durchfuhr Ella. »Das glaube ich auch.« Es hatte nicht nur an Tosca gelegen, darüber war Ella sich im Klaren, als sie langsam den Flur zur Treppe entlangging. Es waren vor allem die vielen Trennungen gewesen, das Gefühl, alleine mit allem fertigwerden zu müssen, was die Familie betraf. Und mangelndes Vertrauen. Vor allem Letzteres hatte zu ihrer zunehmenden Entfremdung geführt. Sie mussten lernen, einander wieder zu vertrauen.

Als sie die Treppe hinunterkam, stand Max plötzlich vor ihr. Sein Gesichtsausdruck verhieß nichts Gutes. Er hielt ihr ein Foto unter die Nase, auf dem sie und Burkard Roth in inniger Umarmung zu sehen waren. »Kannst du mir das erklären?«

Es dauerte eine ganze Weile, bis Ella sich von ihrem Lachanfall erholt hatte. »Ich weiß sogar, von wem du das Foto hast.«

Max schaute sie verblüfft an.

»Odilia Hintze hat es dir gegeben.«

»Ja«, sagte er. »Kurz nachdem du das Haus verlassen hattest. Sie wollte mich darüber aufklären, was du so hinter meinem Rücken treibst.«

Ella musste wieder lachen. »Burkard und ich hatten uns über den plötzlichen Blitz gewundert. Wieso bin ich nicht gleich darauf gekommen, dass wir aus dem Nachbarhaus fotografiert wurden?«

»Muss ich eifersüchtig sein?« Es fiel Max sichtlich schwer, ernst zu bleiben.

Ella trat auf ihn zu, umfasste sein Gesicht mit beiden Händen. »Das musst du nie. Sollte sich an meiner Liebe zu dir je etwas ändern, wirst du das sofort erfahren.«

»Genauso werde ich es auch halten«, versprach er. »Ich habe nie aufgehört dich zu lieben, selbst in den schwierigsten Zeiten nicht. Und als du mir gesagt hast, dass du die Scheidung willst, war das der schlimmste Moment meines Lebens. Ich dachte, ich müsste dich gehen lassen, weil du mich nicht mehr liebst und an meiner Seite nicht mehr glücklich bist.«

»Für mich war das auch eine schreckliche Zeit. Am liebsten hätte ich die Worte sofort zurückgenommen.«

»Und ich meine Zustimmung. Aber dann haben wir es beide nicht geschafft, über unseren Schatten zu springen«, sagte Max zärtlich. »Wir brauchen einfach wieder mehr Zeit miteinander. Zum Reden ...« Max lächelte. »Zum Streiten.«

»Und für die Liebe«, ergänzte Ella.

»Ja, definitiv.« Er schenkte ihr einen liebevollen Blick. »Ich will auf jeden Fall versuchen, weniger zu pendeln«, sagte er schließlich ernst. »Eigentlich wollte ich Tosca die Leitung des Düsseldorfer Standorts anbieten. Sie wäre durchaus dazu in der Lage, und ich müsste kaum noch hin. Aber nach allem, was passiert ist ...«

»Wirst du ihr auf jeden Fall diese Stelle anbieten«, schloss Ella seinen Satz. »Es ist genau die richtige Entscheidung.«

Am nächsten Morgen war die Stimmung zwischen Max und Tosca noch ein bisschen befangen, als sie sich auf den Weg nach Freiburg machten. Sie hatten am vergangenen Abend noch ein langes Gespräch miteinander geführt und vieles klären können.

Danach hatte Tosca auch mit Robin geredet. Ella wusste nicht, was bei diesem Gespräch gesagt wurde, aber es führte immerhin dazu, dass Robin sich bei seinem Vater entschuldigte.

Chris hingegen hatte sich nach seiner Rückkehr vom Weihnachtsmarkt im Hintergrund gehalten. Ella hatte das als sehr angenehm empfunden, und ihr war wieder einmal bewusst geworden, wie viele Aufgaben er mittlerweile im Haus übernommen hatte. Er kümmerte sich sehr viel um die Kinder und den Kater, kochte gerne und war einfach da, wenn sie ihn brauchte. Da sich das Familienleben überwiegend in der Küche abspielte, hatte er das Wohnzimmer ganz für sich.

Eigentlich konnte er jetzt ins Gästezimmer ziehen, Max brauchte es ja nicht mehr.

Ella lächelte glücklich. Nie wieder wollte sie eine Nacht allein in dem großen, breiten Ehebett verbringen. Es war schön, Max' Nähe zu spüren, seinen Atem zu hören und zu wissen, wie sehr sie sich immer noch liebten.

An diesem Morgen brachte Chris die Mädchen zum Kindergarten und zur Schule. Anschließend wollte er einkaufen gehen, damit Ella den Morgen für ihren Töpferkurs hatte. Bevor sie das Haus verließ, telefonierte sie noch mit Jesko. Es war ein langes Gespräch, in dem es auch darum ging, dass sie nicht mehr nach Düsseldorf zurückkehren würde.

Ella wollte gerade das Haus verlassen, als sie Kasimir oben miauen hörte.

»Komm, Kasimir«, versuchte sie den Kater zu locken. Sie hatte keine Lust, noch einmal die Treppe hinaufzusteigen.

Doch Kasimir dachte nicht daran, zu ihr zu kommen. Sein Miauen wurde lauter, drängender, bis Ella schließlich nachgab.

»Kleiner Quälgeist«, sagte sie liebevoll. Sie nahm ihn auf den Arm und drückte ihn. Der Kater aber strampelte, wollte wieder hinunter. Als Ella ihn auf den Boden setzte, lief er schnurstracks zu der Tür, hinter der sich die Treppe zum Dachboden befand.

»Nein, wir gehen jetzt nicht auf den Speicher.« Ella drehte sich um, doch Kasimir gab Töne von sich, die sie noch nie gehört hatte. Es war schon mehr ein Schreien als ein Miauen. Dabei kratzte er mit beiden Pfoten an der Tür.

»Kasimir!«

Der Kater ließ sich nicht beirren, er wollte unbedingt auf den Speicher. Hatte er auch mitbekommen, dass es dort Mäuse gab?

Ella gab nach. Sie fühlte sich seltsam unwohl. Der Kater sauste sofort los, und Ella folgte ihm langsam.

Zielstrebig lief er die Stiege hinauf und anschließend durch den Raum. Auch diesmal interessierte ihn die holzvertäfelte Wand. Genau darunter lag Toscas Zimmer.

Waren da wirklich Mäuse hinter der Holzvertäfelung? Oder schlimmer noch: Ratten?

Ella empfand keinen Ekel vor diesen Nagetieren, aber sie wollte auch nicht gerne mit ihnen unter einem Dach leben. Sie ließ ihren Blick über die Vertäfelung gleiten und bemerkte plötzlich einen Spalt darin. Er reichte etwa einen Meter über den Boden, ging von da aus etwas mehr als einen halben Meter nach rechts und dann wieder hinunter.

*Eine Tür*, schoss es ihr durch den Kopf.

Sie trat näher, sah eine winzige Vertiefung, wie von einem Astloch. Als sie ihren Finger hineinsteckte, spürte sie einen leichten Widerstand. Als sie darauf drückte, schwang die Tür auf.

Ella schrie auf ... Ebenso die Frau auf der anderen Seite der Öffnung. Sie saß auf einer dünnen Matratze, eingehüllt in Ellas Wolldecke. Auf einem kleinen Schemel neben der Matratze stand eine angebrochene Flasche Mineralwasser, dieselbe Sorte, die Ella und ihre Familie tranken. Der Kasten stand in der Abstellkammer neben der Küche.

Daneben lag ein Stück angebissenes Brot. Das feine Dinkelbrot mit Nüssen aus Lorenz' Bäckerei.

Die Frau war ihren Blicken gefolgt. »Ich habe mir nie viel genommen«, versicherte sie. »Immer nur ganz wenige Scheiben. Und die habe ich auf mehrere Tage aufgeteilt. Nie mehr als eine halbe Scheibe pro Tag.« Schuldbewusst senkte sie den Kopf. »Manchmal habe ich mir auch einen Apfel genommen, wegen der Vitamine. Aber auch nur ganz selten. Ich … ich … Es tut mir leid …«

Ellas Gedanken rasten. Es wohnte eine Fremde in ihrem Haus, von der sie alle nichts wussten? »Wer sind Sie?«, brachte sie hervor, obwohl sie die Antwort in diesem Moment ahnte.

»Ich bin Monika Lieberg«, sagte die Frau leise. »Mir hat das Haus früher gehört.«

*Das darf doch nicht wahr sein*! Eine Welle des Mitleids durchfuhr Ella. Die Frau war stark abgemagert, ihr blondes Haar, das von grauen Strähnen durchzogen wurde, hing zottelig um ihren Kopf. Ihre Hände zitterten stark. Kein Wunder bei der Kälte hier oben und der sehr eingeschränkten Nahrung.

Kasimir ging zu der Frau und setzte sich schnurrend auf ihren Schoß. »Er war oft bei mir«, verriet Monika. »Auf jeden Fall immer, wenn er allein im Haus war.«

Ella dachte an das eine Mal, als sie Kasimir hinter der verschlossenen Tür entdeckt hatte. »Jetzt weiß ich auch, wie er hier heraufgekommen ist. Seit wann hausen Sie schon in diesem Verschlag?«, wollte Ella wissen.

Die Frau schaute zu ihr auf. Die Angst in ihren Augen rührte Ella so sehr, dass sie Mühe hatte, nicht zu weinen.

»Seit dem Herbst. Vorher habe ich in einer Hütte im Wald gelebt. Da konnte ich mich von dem ernähren, was ich auf den Feldern und im Wald fand. Kartoffeln, Beeren, Pilze. Aber dann wurde es kalt, und ich wusste, dass ich den Winter nicht überlebe da draußen.« Ihre Stimme wurde immer leiser. »Und ich hatte so schreckliches Heimweh nach meinem Zuhause. Ich hab doch immer hier gelebt. Seit ich denken kann.«

»Kommen Sie bitte da raus«, bat Ella.

»Ja.« Die Frau bemühte sich, aufzustehen, aber ihr fiel jede Bewegung sichtlich schwer. »Bitte seien Sie mir nicht böse. Ich würde Ihnen gerne etwas für das Brot und die Äpfel geben, aber ich habe nichts. Doch ich verlasse natürlich sofort das Haus ... Ihr Haus«, sagte sie, als sie sich endlich aufgerappelt hatte.

Ella war entsetzt, das kam gar nicht infrage. »Nein, das machen Sie nicht«, sagte sie entschlossen. »Wir setzen uns jetzt erst einmal in die Küche. Da koche ich uns beiden einen Kaffee, und Sie bekommen etwas Anständiges zu essen.«

Als Ella und Monika nach unten kamen, verstaute Chris gerade die Einkäufe. Kurz unterrichtete Ella ihn über Monikas Identität und wie sie die frühere Hausbesitzerin vorgefunden hatte.

Chris war eben Chris. Er fragte nicht viel, stellte Butter, Brot und Aufschnitt auf den Tisch, während Ella Kaffee kochte.

Es war Monika anzumerken, dass sie sich zusammenreißen musste, die in Windeseile belegten Brote nicht gierig hinunterzuschlingen. Ella nickte ihr immer wieder aufmunternd zu, während sie an ihrem Kaffee nippte.

Danach erzählte Monika Lieberg von sich. Von ihren Eltern, die ihr das Haus hinterlassen hatten. Von ihrem Mann, der viel zu jung gestorben war, und von dem Menschen, der sie betrogen und ihr alles genommen hatte, was sie besaß.

»Sie haben ihn geliebt«, sagte Ella mitfühlend, als sie geendet hatte.

Monika schüttelte den Kopf. »Der Mann, den ich wirklich geliebt habe, hat mich vor vielen Jahren verlassen. Aber ich darf mich nicht beklagen, weil ich danach meinen Ehemann kennenlernte. Auch wenn ich für ihn nie so starke Gefühle hatte, so war er mir doch ein verlässlicher Partner. Ich habe sehr um ihn getrauert, als er starb.« Ihr Blick nahm einen bitteren Zug an. »Und dann kam André. Er hat mich aus meiner schrecklichen Einsamkeit befreit.« Sie sah Ella mit großen Augen an. »Wissen Sie eigentlich, dass Einsamkeit wie ein Gefängnis sein kann?«

Ella nickte. Sie wusste nur zu gut, was Monika meinte. Mit dem Unterschied, dass Monika Lieberg nicht die Chance hatte, mit dem Mann glücklich zu werden, den sie so sehr geliebt hatte. Das Schicksal konnte erbarmungslos sein. Ella wurde erst jetzt bewusst, wie glücklich sie selbst war.

Chris holte nicht nur Monika, sondern auch sie aus dieser melancholischen Stimmung, indem er sich praktischen Fragen zuwandte. »Wissen Sie denn nicht, dass es für Menschen in Ihrer Situation Hilfe gibt? Sie müssen nicht in Waldhütten oder auf einem kalten Dachboden schlafen. Und Sie müssen auch nicht hungern.«

»Ja, das weiß ich. Aber ich schäme mich so! Ich bin doch durch meine eigene Dummheit in diese Lage geraten.« Monikas Augen füllten sich wieder mit Tränen.

Ella griff nach ihrer Hand. »Nicht weinen«, bat sie. »Jetzt erholen Sie sich zuerst einmal gründlich, danach sehen wir weiter. Gibt es irgendetwas, was Sie sich wünschen?«

Ein sehnsüchtiger Glanz erschien in Monikas Augen. »Ein Bad«, flüsterte sie. »Ein schönes heißes Vollbad, mit ganz viel Schaum.«

»Dann nehmen Sie das jetzt.«

Während Monika ihr Bad genoss, sprach Ella mit Chris. »Eigentlich wollte ich dir das Gästezimmer anbieten, aber Monika braucht es dringender.«

»Macht nichts.« Chris winkte ab. »Ich schlafe gerne auf eurem Sofa.«

»Das darfst du auch gerne weiter tun. Allerdings …« Ella schwieg einen Moment, dann fügte sie grinsend hinzu: »... musst du am Freitag nach Düsseldorf. Jesko Maleen will dich kennenlernen.«

Chris riss die Augen auf. »Du hast ihm meine Bilder wirklich geschickt?«

»Natürlich habe ich die abgeschickt. Jesko freut sich darauf, dich zu treffen.«

»Wow, danke!« Er umarmte sie herzlich. »Dann ziehe ich am besten schon Donnerstag los«, überlegte er schließlich. »Wer weiß, ob ich so schnell wieder eine nette Autofahrerin finde, dich mich als Anhalter mitnimmt.«

Ella lachte. »Nein, du fährst gefälligst mit meinem Wagen. Der kommt morgen aus der Werkstatt.« Sie sah ihn ernst an. »Du kommst auf meine Empfehlung zu Jesko, und er hasst nichts mehr als Unpünktlichkeit. Ich will, dass du einen guten Eindruck hinterlässt.« Ella verschwieg, dass ihr das aus einem ganz besonderen Grund sehr wichtig war. Den würde Chris in Düsseldorf aber selbst herausfinden.

»Und könntest du vielleicht gleich die Mädchen abholen?«, bat sie ihn dann. »Ich rufe Laura an und erkläre ihr, warum ich heute nicht in den Töpferkurs kommen konnte.«

# Kapitel 24

Laura war auf dem Heimweg, als ihr Telefon läutete. Zunehmend fassungslos lauschte sie Ellas Erzählungen über Monika Lieberg.

»Kann man da gar nichts machen?«, fragte Ella schließlich am anderen Ende. »Gibt es keine Möglichkeit, diesen Menschen zu finden, der sie um das ganze Geld betrogen hat?«

Laura konnte ihren Wunsch gut verstehen. »Die Polizei hat ja ermittelt«, erzählte sie, was sie wusste, »aber leider nicht sehr viel mehr herausgefunden, als dass auch noch andere Frauen auf seiner Opferliste stehen. Und selbst wenn er gefunden wird, ist es fraglich, ob er das ergaunerte Geld noch hat.«

Laura dachte an den Detektiv, den sie in Burkard Roths Fall engagiert hatte. Ob sie ihn einschalten sollte? Er kam manchmal weiter als die Polizei, weil er sich nicht immer so ganz korrekt an die Richtlinien hielt, die für jeden Polizisten bindend waren. Er konnte zusätzlich ermitteln. Aber wer sollte für die Kosten aufkommen? Und da war auch wieder die Frage, ob das etwas brachte ...

»Bist du noch da?«, hörte sie Ella fragen.

»Entschuldige, aber ich habe gerade überlegt, ob mir nicht doch noch eine Möglichkeit einfällt. Auf jeden Fall bin ich für Frau Lieberg da, wenn es um behördliche Sachen geht, das kannst du ihr gerne ausrichten. Ich kann mich sofort um alle Formulare kümmern und prüfen, welche Leistungen ihr zustehen.«

»Danke! Es ist sehr gut, eine Anwältin zur Freundin zu haben.« Ella klang sehr erleichtert. »Schade, dass niemand auf die Idee gekommen ist, dieser Frau zu helfen, nachdem sie alles verloren hatte.«

»Das liegt daran, dass sie sich geschämt hat. Es war ihr unangenehm, um Hilfe zu bitten. Nicht einmal staatliche Mittel wollte sie annehmen«, sagte Laura sanft. »Die Tannreuther sind durchaus hilfsbereit, bis auf die eine oder andere Ausnahme.« Die Erfahrung hatte sie selbst gemacht. »Hör zu, ich esse nur schnell etwas, dann komme ich direkt zu euch.«

Doch als sie in ihre Straße einbog, sah sie schon von Weitem Burkard Roth und Simone Bahlmann. Vor allem aber waren die beiden zu hören.

»Du bekommst Henry nicht! Niemals!«, brüllte Burkard. »Nur über meine Leiche.«

»Sehr gerne, wenn das deine Bedingung ist«, schrie Simone ihn an. »Ich bekomme diese verdammte Töle! Nur zu gerne über deine Leiche.«

Laura beschleunigte ihre Schritte.

Doch Burkard lenkte ein. »Sag mir doch einfach deinen Preis«, forderte er Simone auf. »Was willst du für Henry haben?«

Simone lächelte mokant. Purer Hass lag in ihrer Stimme, als sie erwiderte: »Kein Geld der Welt kann mir dieselbe Genugtuung bereiten wie der Besitz des Hundes. Du wirst ihn verlieren. Verlass dich darauf, ich gewinne den Prozess.«

Sie drehte sich um, stutzte kurz, als sie Laura erblickte, und ging davon.

Laura trat zu Burkard heran. »Wo ist Henry?«, fragte sie leise.

»Bei Tobias und den Kindern«, gab er ebenso leise zurück. »Ich habe gerade mit den Mädchen Nachschub für den Weihnachtsmarkt gebastelt und …« Er brach ab.

»Und?«, hakte Laura nach.

»Vor Weihnachten sollten nicht so viele Fragen gestellt werden«, wiegelte er ab. »Sag mir lieber, ob du Neuigkeiten für mich hast.«

Laura wusste genau, was er hören wollte. Aber es gab noch keine neuen Erkenntnisse von ihrem Detektiv. Stattdessen erzählte sie ihm von Ellas Anruf, doch ihre Hoffnung, ihn damit abzulenken, wurden enttäuscht. Im Gegenteil, er reagierte so überrascht, wie sie es nie erwartet hätte.

»Monika Kohrs ist da? Und sie hat sich auf dem Dachboden versteckt?«

»Nein, Monika Lieberg«, verbesserte Laura irritiert. »Sie ist die Vorbesitzerin des Hauses.«

»Ich muss sofort zu ihr«, stieß Burkard hervor und setzte sich in Bewegung.

Laura wusste nicht, wie ihr geschah. »Warte doch!«

Aber Burkard lief weiter, als hätte er sie nicht gehört.

Laura folgte ihm voller Unruhe. Sie konnte kaum mit ihm Schritt halten, so schnell lief er. Was hatte das alles zu bedeuten? Als er Ellas Haus erreichte, klingelte er Sturm.

Ella öffnete die Tür. Burkard schob sie einfach beiseite und betrat das Haus. »Wo ist sie? Monika!«, rief er laut. »Mon…«

Das Wort erstarb ihm auf den Lippen, als eine alte Frau aus der Küche trat. Laura betrachtete sie. Sie trug einen Bademantel, ihr feuchtes Haar hing über ihre Schultern. Sie schaute Burkard an, als wäre er ihr fremd, doch dann stutzte sie, und schließlich breitete sich ein Staunen auf ihrem Gesicht aus.

»Burkard? Bist du das wirklich?«

»Monika!« Er trat auf sie zu, schloss sie in die Arme. »So viele Jahre«, stammelte er. »Unser ganzes Leben … Nur durch meine Schuld … Wir hätten miteinander so glücklich werden können.«

Monika löste sich aus seiner Umarmung. »Ich kann nicht fassen, dass du hier bist.«

»Ich bin schon eine ganze Weile in Tannreuth«, erwiderte er. »Ich habe so oft vor diesem Haus gestanden ... aber du warst nicht mehr da.« Zärtlich sah er sie an. »Hast du manchmal an mich gedacht?«

»Ich habe jeden Tag an dich gedacht, seit du damals für immer gegangen bist.« Sie senkte den Blick. »Es hat lange gedauert, bis ich mich damit abfinden konnte, dass du nicht mehr zurückkommst.«

»Ja, das tut mir leid. Als mir endlich bewusst wurde, dass ich nur mit dir leben wollte, hattest du gerade geheiratet ...« Er brach ab, Schmerz zeichnete sich auf seinem Gesicht ab. »Es war zu spät. Ich musste mich damit abfinden, dass ich dich verloren hatte.«

Sie lächelte. »Und trotzdem bist du jetzt nach so vielen Jahren wieder zurückgekommen.«

»Ja ... Nach der Trennung von Simone wollte ich einfach nur verschwinden. Irgendwohin ...« Erneut brach er ab. »Die Sehnsucht zog mich ins Breisgau, und als ich im Internet nach einer Wohnung suchte, stieß ich ausgerechnet in Tannreuth auf ein Haus, das von Tobias. Ich bin hingefahren, um nachzusehen. Ich hätte mich dir nie genähert, wenn du noch verheiratet gewesen wärst. Aber du warst überhaupt nicht mehr da, in deinem Haus lebten fremde Menschen. Und da war mir klar, dass das Schicksal eine Entscheidung getroffen hatte.« Seine Stimme wurde leiser. »Zumindest habe ich das gedacht.« Er suchte Monika Liebergs Blick. »Ich liebe dich immer noch. Ich konnte dich nicht vergessen, nie. Wenn ich doch nur geahnt hätte, dass du ganz in meiner Nähe warst ... Ich habe nur noch einen Wunsch, Monika. Ich will den Rest meines Lebens gemeinsam mit dir verbringen.«

»Nach so vielen Jahren ...« Sie brach ab, Tränen liefen über ihre Wangen. »Ich habe nie aufgehört, dich zu lieben.«

Ella gab Laura ein Zeichen. Sie entfernten sich beide leise ins Wohnzimmer, wo Chris auf dem Sofa saß und ihnen lächelnd entgegensah. Offensichtlich hatte er jedes Wort mitbekommen.

»Nur gut, dass ich nach Düsseldorf fahre«, sagte er so leise, dass das Paar im Flur ihn nicht hören konnte. »Hier liegt so viel Liebe in der Luft! Nachher ist das noch ansteckend.«

Es folgten ruhige Tage, angefüllt mit vorweihnachtlichen Vorbereitungen. Der zweite Advent begann ruhig. Gegen Mittag rief überraschend Carlo an. »Ich brauche dringend eine Rechtsanwältin.«

»Was ist denn passiert?«, fragte Laura beunruhigt.

»Was steht auf Geiselnahme?«, lautete seine Gegenfrage. »Kannst du sofort kommen?«

»Wo bist du?«

»In der Backstube. Ich lasse dich vorne rein.«

»Ich bin in fünf Minuten da.«

Tobias schaute sie beunruhigt an. »Was ist los?«

»Es ist das Wort *Geiselnahme* gefallen«, erwiderte sie, während sie sich schon die Schuhe anzog.

»Dann musst du wohl gehen.«

Laura küsste ihn zärtlich. »Ich würde auch lieber bleiben.« Sie hatte heute keinen Einsatz am Weihnachtsmarkt, weil sich überraschend Tosca angeboten hatte, die Stunden für sie und Ella zu übernehmen. Es hätte also ein schöner, heimeliger Tag werden können. Im Haus weihnachtete es inzwischen sehr. Die ganze untere Etage war mit Fichtenzweigen und Lichterketten geschmückt. Eine Tannengirlande, in die sie rotgoldene Bänder verwoben hatten, zog sich das Treppengelände herauf. Der Geruch nach Harz vermischte sich mit dem Duft der Croissants, die Tobias am Morgen gebacken hatte.

Der Tag war zu schön, um jetzt zu gehen. »Verdammt«, fluchte sie leise. »Konnte Carlo mit seiner Geiselnahme nicht bis morgen warten?«

Tobias wirkte plötzlich besorgt. »Wir kennen diesen Carlo doch eigentlich gar nicht. Soll ich nicht lieber die Polizei rufen?«

»Nein, warte noch. Er klang besorgt, aber nicht panisch. Ich gehe jetzt erst einmal zur Bäckerei. Wenn ich das Gefühl habe, dass es zu gefährlich wird, rufe ich selbst die Polizei«, versprach Laura.

Der Schnee knirschte unter ihren Stiefeln, als sie sich im Eilschritt auf den Weg machte. Auf dem Markt tummelten sich bereits die Besucher. Laura war froh, dass niemand sie aufhielt.

Carlo erwartete sie an der Ladentür. Er ließ sie eintreten, schloss die Tür gleich hinter sich. »Was ist …«

Carlo legte den Zeigefinger über seine Lippen. »… passiert?«, schloss sie im Flüsterton.

»Kathi ist eben hier angekommen. Sie war stinksauer, nachdem sie wohl erst heute Morgen ihre Post aus dem Briefkasten geholt hatte«, erzählte er leise und, wie Laura fand, ziemlich umständlich. »Da war offenbar ein Brief von Lorenz dabei …« Er legte ein Herz auf seine Brust. »Ehrlich, ich wusste nichts davon.«

Laura stöhnte auf. »Bitte, Carlo, komm zum Punkt!«

»Lorenz hat ihr geschrieben, dass er ihr den Trennungsunterhalt kürzt … Das heißt, eigentlich will er ihr überhaupt nichts mehr zahlen. Kathi tauchte also hier auf, stürmte an mir vorbei in die Backstube und von da aus in den Vorratsraum, wo Lorenz das Mehl lagert. Da gibt es kein Fenster, musst du wissen …«

»Carlo«, mahnte Laura.

»Jedenfalls haben die beiden sich ganz furchtbar angebrüllt. Ich ertrage das nicht. Ich will überhaupt nicht, dass sie sich streiten. Das ist das Einzige, was mein Glück mit Lorenz wirklich stört.«

Laura schloss entnervt die Augen.

»Ich habe sie eingesperrt«, erklärte Carlo kurzerhand. »Ich habe einfach die Tür zugemacht und abgeschlossen, einen anderen Ausgang gibt es ja nicht. Und dann habe ich gerufen, dass ich sie erst wieder rauslasse, wenn sie sich geeinigt haben.«

Carlo war sichtlich aufgewühlt. Laura hingegen musste ein Schmunzeln unterdrücken, weil Carlo sich einer Methode bedient hatte, die gerne in Fernsehserien gezeigt wurde. Sie hatte sich nie vorstellen können, dass so etwas in der Realität funktionierte.

»Die beiden haben getobt und mich durch die Tür angebrüllt«, berichtete Carlo betrübt. »Kathi hat mir angedroht, dass sie mich wegen Geiselnahme anzeigen wird.«

»Das ist keine Geiselnahme«, berichtigte Laura, »sondern Freiheitsberaubung.«

»Wirklich?« Carlo starrte sie an. »Aber dann kann die Strafe doch nicht so hoch sein?«

Laura sagte ihm nicht, dass das Strafmaß für Freiheitsberaubung da enden konnte, wo es für Geiselnahme begann: fünf Jahre! So weit würde sie es allerdings nicht kommen lassen.

»Mensch, Carlo, warum hast du das nur gemacht? Du weißt, dass das nicht die beste Lösung war.« Laura seufzte tief auf. »Sollen wir mal zu den beiden gehen?«

Carlo nickte bedrückt. »Ja. Komm, hier entlang.« Er führte sie durch den Laden in die Backstube. »Komisch, dass sie nicht zu hören sind.« Er wirkte plötzlich beunruhigt. »Hoffentlich ist ihnen nichts passiert.« Er rannte los, Laura auf den Fersen, und riss die Tür auf.

Kathi und Lorenz saßen sich auf Mehlsäcken gegenüber. Als Carlo die Tür öffnete, schauten sie beide auf.

Ebenso wie Kathi erhob sich auch Lorenz. Er kam auf Carlo zu, der einen ganzen Kopf größer war, stellte sich auf die Zehenspitzen und gab ihm einen Kuss auf den Mund.

Carlo war sichtlich überrascht, doch das steigerte sich noch, als auch Kathi auf ihn zukam und beide Arme um seine Taille schlang. »Danke«, sagte sie ernst. »Das werde ich dir nie vergessen. Am liebsten würde ich dich auch küssen«, sagte sie.

Carlos Blick spiegelte sein Entsetzen.

»Verdient hättest du es eigentlich«, setzte Kathi nach. »Zur Strafe.«

Laura hatte die Szene erstaunt beobachtet und musste jetzt laut lachen. »Also muss ich Carlo nicht vor Gericht verteidigen?«, fasste sie ihren Eindruck zusammen.

»Deshalb bist du hier?«, fragte Lorenz überrascht.

»Carlo hat sich schon im Gefängnis gesehen«, sagte sie amüsiert. »Aber wie habt ihr euch denn jetzt geeinigt?«

»Lorenz zahlt mir weiter Unterhalt, und ich backe in der Weihnachtszeit wieder das Weihnachtsbrot für ihn«, erklärte Kathi. »Das Rezept bekommt er aber nicht. Das bleibt hier.« Sie tippte sich auch diesmal gegen die Stirn.

»Könnt ihr dann endlich normal miteinander umgehen, ohne euch zu streiten?«, fragte Carlo.

»Nein!«, erwiderten Kathi und Lorenz gleichzeitig.

Laura tätschelte Carlos Arm. »Du hast alles richtig gemacht«, lobte sie. »Die beiden kommen schon klar. Das da ist ihr Umgang miteinander«, ergänzte sie lachend.

Carlo bedachte sie mit einem schiefen Lächeln und brachte sie zurück zum Ausgang. »Vielen Dank für deine Hilfe«, sagte er ernst. »Schick mir bitte die Rechnung.«

Laura traute ihren Ohren nicht. »Ich schicke dir doch keine Rechnung!«, beschied sie vehement. »Ich hatte ja auch keine Arbeit, sondern nur Spaß.«

Carlo zog sie an sich. »Danke«, sagte er leise und sichtlich bewegt.

Am nächsten Tag trafen sie sich alle in der Töpferrunde wieder.

Laura spürte erneut, dass sich zwischen Carlo und Kathi etwas verändert hatte. Die beiden hatten sich vorher schon recht gut verstanden, aber jetzt gab es zwischen ihnen eine Herzlichkeit, die neu war.

»Wie geht es Monika?«, wandte Pia sich an Ella. Inzwischen hatte sich herumgesprochen, dass Monika wieder aufgetaucht war.

»Ganz gut«, sagte Ella. »Aber sie muss sich erst wieder daran gewöhnen, unter Menschen zu sein. Burkard ist ihr dabei eine große Hilfe.« Sie warf Laura einen kurzen Blick zu. Nur sie beide wussten, was Monika und Burkard wirklich verband.

»Unser Weihnachtsmarkt ist übrigens ein voller Erfolg«, berichtete Pia. »Wir werden der notleidenden Familie eine hübsche Summe zur Verfügung stellen können.«

»Hat die Familie eigentlich auch einen Namen?«, fragte Laura. »*Notleidende Familie* klingt immer so unpersönlich, wenn auch dramatisch.«

Pia nickte. »Henning und Isabell Herbst, mit ihrer fünfjährigen Tochter Sofia und dem vierjährigen Sohn Nils.«

»Oh, danke. Damit bekommen diese Menschen gleich ein Gesicht für mich. Geht euch das nicht auch so?« Laura lächelte in die Runde und erntete zustimmendes Nicken.

Den gesamten Nachmittag verbrachte Laura in der Kanzlei. Peter Stöckel hatte eine fiebrige Erkältung, deshalb übernahm Laura an diesem Tag auch seine Termine. Die Termine für die nächsten Tage waren verschoben worden.

Draußen war es bereits dunkel, als Tobias zu ihr in die Kanzlei kam. In der Hand hielt er eine Papierrolle.

Laura freute sich. »Was für eine Überraschung! Holst du mich ab?«

»Das auch.« Er setzte sich auf den Besucherstuhl vor ihren Schreibtisch. »Ich wollte aber auch etwas mit dir besprechen«, fügte er hinzu und entrollte das Papier auf Lauras Schreibtisch. Ein Bauplan.

Laura war überrascht. »Willst du ein Haus für uns bauen?«, scherzte sie.

»Ich dachte mehr an einen Aufbau.« Er deutete auf die Zeichnung. »Da ich überwiegend zu Hause arbeite, habe ich mir überlegt, das Dachgeschoss auszubauen und mir ein Büro einzurichten. Und weil wir oben dann so viel Platz haben, können wir auch noch zwei oder drei weitere Zimmer einrichten lassen.«

»Brauchen wir denn noch mehr Zimmer?«

»Ein Büro für dich. Wenn ich zur Baustelle muss, arbeitest du ja auch oft zu Hause.«

Das klang wirklich verlockend. »Ja, das wäre schön. Ich habe mir schon oft einen Raum für mich gewünscht, in dem ich meine Akten einfach auf dem Schreibtisch liegen lassen kann«, sagte Laura ehrlich und ließ ihren Blick erneut über den Plan gleiten. »Aber hier sieht es so aus, als hättest du noch zwei Räume eingezeichnet?«

Er lächelte. »Kinderzimmer?«

*Wie bitte?* Sie schaute noch einmal auf den Plan, dann schaute sie ihm wieder ins Gesicht. »Kinderzimmer?«

»Hast du nie daran gedacht?«

Laura zögerte. »Manchmal«, gab sie zu.

»Dann lass uns die Kinderzimmer ebenfalls planen.« Er stand auf und kam um den Schreibtisch herum. »Alternativ kann ich zwei riesige Büros für uns einplanen. Alles für die Karriere.«

Laura lachte. »Nein, wir sind beide vor allem Familienmenschen.«

Er reichte ihr die Hand und zog sie hoch in seine Arme. »Und wir sind in der glücklichen Lage, dass wir beides miteinander verbinden können, Arbeit und Beruf.«

Hand in Hand traten sie den Heimweg durch das tief verschneite Dorf an. Auf den Dächern lagen dicke Schneehauben, hinter den Fenstern brannte Licht. Als sie am Haus der Krugs vorbeikamen, konnten sie die beiden in ihrem Wohnzimmer sehen. Der kleine

Hund, mit dem Marie vor ein paar Tagen bei Dr. Gröning gewesen war, lag schlafend in seinem Hundebett.

Elias saß in einem Ohrensessel, seine Frau Marie ihm gegenüber auf dem Sofa und las etwas aus der Zeitung vor. Sie schauten auf, lachten einander an. Obwohl sie ihre Silberhochzeit schon seit einem Jahrzehnt hinter sich hatten und ihre Kinder längst aus dem Haus waren, waren sie immer noch glücklich miteinander.

Im Kamin brannte ein Feuer, auf dem Tisch stand der Adventskranz. Zwei Kerzen waren angezündet, deren Licht sich in den Scheiben spiegelte.

»So stelle ich mir unsere Zukunft vor.« Tobias legte einen Arm um ihre Schulter. »Ich möchte mit dir alt werden und immer noch so glücklich sein wie heute.« Er blieb stehen und küsste sie. Inniglich.

# Kapitel 25

Am Nikolaustag kam Chris aus Düsseldorf zurück. Die ganze Zeit hatte Ella auf eine Nachricht von ihm gewartet, doch auch auf ihre Nachfrage war nie mehr gekommen als kurze, nichtssagende SMS.

Sie hatte Silke angerufen, aber die hatte ihr ebenso wenig sagen können, ob Jesko eine Entscheidung getroffen hatte.

Die Kinder hatten sich nach dem Aufstehen über Süßigkeiten und eine Kleinigkeit im Schuh gefreut. Das war allerdings nichts gegen die Freude, die Tosca angesichts ihrer gefüllten Schuhe gezeigt hatte. Auch an sie hatte Ella gedacht, und Monika hatte die Nussschokolade bekommen, die sie so sehr mochte. Kasimir genoss seine Lieblingsleckerli.

Für Max hatte sie einen Gutschein ausgesucht. Ein Diner in einem Freiburger Restaurant. Nur er und sie. Tosca hatte sofort zugestimmt, als Ella sie fragte, ob sie an dem Abend auf die Kinder aufpassen konnte.

Das wiederum hatte Robin sehr empört, weil er sich für einen Babysitter eindeutig zu alt fühlte.

Für Chris hatte sie Pastellstifte aus dem Bastelladen besorgt, die er allerdings noch nicht entgegengenommen hatte.

Kasimir war der erste, der losflitzte, als die Tür geöffnet wurde. Er hatte neben Ella in der Küche gesessen und gebettelt. Sie hatte den Eindruck, dass er genau wusste, wie viele Leckerli sich in der Tüte befanden.

Jetzt war es ihm aber offensichtlich wichtiger, Chris zu begrüßen. Ella hörte, wie Chris mit dem Kater sprach und Kasimir miauend antwortete. Dann kamen die beiden in die Küche. Ella platzte fast vor Spannung, doch Chris blieb in der Tür stehen, stellte seinen Rucksack neben sich auf den Boden und schaute sie nur an.

»Wie war es in Düsseldorf?«, fragte sie schließlich ungeduldig.

»Es war berauschend.«

Das klang schon mal gut. »Gefallen Jesko deine Zeichnungen?«

»Ja, er ist begeistert!«, rief Chris. »Wobei ich das nur anhand der Summen beurteilen kann, die er dafür aufgerufen hat. Jesko ist ja nicht unbedingt ein überschwänglicher Mensch.«

Ella grinste. »Nein, er ist da gelinde gesagt eher zurückhaltend. Wenn er eine Augenbraue hebt, drückt das auf jeden Fall Misstrauen aus. Wenn er beide hebt, jubelt er innerlich.«

»Dann hat er nicht nur beim Anblick meiner Bilder gejubelt, sondern besonders bei der Unterzeichnung des entsprechenden Vertrages.« Chris strahlte. »Mensch, Ella, Jesko Maleen hat meine Sachen gekauft! Das ist verrückt!« Er fuhr sich mit den Fingern durchs Haar. »Und er hat mir vorgeschlagen, dass ich dein Nachfolger werde ... auf deine Empfehlung hin.«

Ella war begeistert. »Er hat es also wirklich gemacht?« Ich freue mich sehr für dich!«

Als Chris um den Tisch herum zu ihr kam, stand Ella auf. Er umarmte sie, war aber so gerührt, dass er nichts sagen konnte. »Ich habe was für dich«, brach es schließlich aus ihm heraus. Er ging zu seinem Rucksack, nahm etwas heraus und überreichte ihr dann die Zeichnung mit ihrem Porträt. »Das konnte ich Jesko nicht verkaufen, obwohl er es gerne gehabt hätte.«

»Danke.« Ella war überwältigt. »Vielen Dank!«

# Kapitel 26

Es reihten sich ruhige Vorweihnachtstage aneinander, erfüllt vom Duft frisch gebackener Plätzchen, Kerzenlicht und Glühwein, doch am vierten Advent gab es große Aufregung in Tannreuth. In der Frühmesse am Morgen wurde vor dem Altar ein großes Bild gefunden. Ein echter MoKo! An dem Bild hing eine Notiz, dass es verkauft werden und der Erlös der Familie Herbst zukommen sollte.

Das Bild, das nach so langer Zeit im Augustinermuseum aufgetaucht war, befand sich immer noch da. MoKo hatte verfügt, dass das Museum es verkaufen durfte, wenn der Erlös ebenfalls einem wohltätigen Zweck zugeführt wurde. Jetzt sollte es versteigert werden.

Laura hatte sich das neue Bild noch am Vormittag angesehen. Es gefiel ihr, und sie konnte verstehen, dass Ella deshalb völlig aus dem Häuschen war. Sie sprach von nichts anderem, als Laura sie, vor allem aber Kasimir im Anschluss besuchte. Der Kater klebte förmlich an ihr, und sein Blick schien sie anzuflehen, ihn endlich mit nach Hause zu nehmen.

»Bald«, versprach sie ihm. »Es dauert nicht mehr lange.«

»Morgen ist der Prozess«, sagte sie am Mittag zu Tobias. »Und ich habe immer noch nichts in der Hand, was Burkard weiterhelfen könnte.«

Tobias nahm ihre Hand. »Du bist also sicher, dass er Henry verlieren wird?«, fragte er ernst.

»Ja. Er wird Henry an Simone Bahlmann übergeben müssen, und ich fürchte, da wird es dem Hund nicht gut ergehen. Diese Frau will Henry nur haben, um Burkard zu verletzen.«

Tobias stieß einen Seufzer aus. »Das ist furchtbar. Burkard hat immer gesagt, dass er verschwinden wird, wenn er den Hund abgeben muss.«

»Ja, aber das war, bevor er Monika Lieberg wiedergefunden hat. Er kümmert sich seitdem rührend um sie, ist fest entschlossen, sie nicht wieder zu verlieren.« Selbst Laura seufzte auf. »Sie will bei ihm bleiben, um jeden Preis. Auch wenn er sich entschließt, zu verschwinden. Als Juristin kann ich das aber nicht für gut befinden.«

»Sie wirken sehr vertraut und glücklich miteinander. Ich habe die beiden ein paarmal auf ihren Spaziergängen zusammen gesehen.«

»Ich wünsche den beiden noch viel gemeinsame Zeit. Zusammen mit Henry«, sagte Laura. »Außerdem hätte ich die drei gerne Weihnachten bei uns.«

»Und was ist dann mit Kasimir? Wir haben den Kindern versprochen, dass wir Weihnachten zusammen mit ihm feiern.«

«Ja, ich weiß.« Laura stöhnte auf. »Bei den vielen Gästen müssen wir aufpassen, dass uns Kasimir nicht entwischt, während Burkard aufpassen muss, dass Henry ihm nicht entwischt.« Dabei war es besser geworden mit Henry. Jedenfalls gab Burkard Roth sich jetzt alle Mühe, den Hund im Haus festzuhalten. Trotzdem war es Henry zweimal gelungen, ihm zu entwischen. Dann war er jedes Mal bei Laura auf der Terrasse erschienen, offenbar auf der Suche nach Kasimir ... Sie verstanden sich inzwischen zwar sehr gut mit ihrem Nachbarn, aber das Problem mit Henry und Kasimir war geblieben.

Den Rest des Tages verdrängte sie ihre Sorgen vor dem morgigen Prozess. Sie und Tobias gingen mit den Kindern zu dem Schlittenabhang hinter dem Haus. Sie tobten im Schnee herum, bauten einen riesigen Schneemann in ihrem Garten und tranken hinterher heißen Kakao. Dazu gab es Spekulatius und Zimtsterne.

Abends ließen sie sich auf Wunsch der Kinder Pizza durch einen Lieferservice bringen. Tobias machte den Kamin an, und später saßen sie zu zweit nebeneinander auf dem Sofa. In den Kristallgläsern vor ihnen auf dem Tisch funkelte der Rotwein, draußen schneite es leicht. Trotzdem konnte Laura nicht so ganz abschalten.

»Alles wird gut«, sagte Tobias leise. »Du musst nur ganz fest daran glauben.«

Simone Bahlmann war mit ihrem Anwalt bereits da, als Laura zusammen mit Burkard vor Saal 220 des Amtsgerichtes in Freiburg eintraf. Ihr Kollege grüßte höflich, Simone Bahlmann hingegen schaute sie nur hochmütig an.

Burkard setzte sich mit gesenktem Kopf auf die Bank an der Wand zwischen den Türen.

Simone trat zu ihm. »Du weißt, dass du schon verloren hast.«

»Lass mich einfach in Ruhe«, brummte er.

Laura nutzte diesen kurzen Moment, um ihren Kollegen anzusprechen. Sie kannte Richard Hewer, war ihm schon einige Male vor Gericht begegnet. Sie schätzte ihn, er konnte vor Gericht knallhart sein, zeigte aber nicht selten auch eine menschliche Seite. Dieses Mal hatte seine Mandantin einfach die besseren Karten. »Wir sind immer noch zu einem Vergleich bereit«, sagte sie freundlich.

Er zuckte mit den Schultern. »Ich habe es versucht, liebe Kollegin, aber Frau Bahlmann ist zu keinen Kompromissen bereit. Sie will diesen Hund.«

Laura seufzte leise.

Richard Hewer lächelte mitfühlend. »Niemand ist so erbarmungslos wie eine rachsüchtige Frau, Frau Kollegin.«

»In diesem Fall stimmt das zweifellos.«

Richard Hewer schaute sich kurz nach seiner Mandantin um, dann beugte er sich ein wenig vor und sagte leise: »Das, was ich jetzt sage, habe ich noch nie zur Anwältin der Gegenseite gesagt.« Er schaute sich noch einmal um, aber Simone Bahlmann war weiterhin mit Sticheleien gegen Burkard beschäftigt. »Ich mag Hunde, und deshalb wünsche ich Ihnen sehr viel Glück.«

»Danke.« Laura lächelte, obwohl sie sich nach wie vor bedrückt fühlte.

Ihr Fall wurde aufgerufen. Sie betraten den Gerichtssaal und blieben stehen, als Richter Beller durch die Tür hinter dem Richterpult in den Raum kam.

Dann trug Richard Hewer den Fall vor. Als Nachweis legte er den Kaufvertrag vor. Die einzige Zeugin wurde aufgerufen, die Züchterin Vanessa Berg.

Die Frau war groß, dunkelhaarig, doch besonders fielen ihre grünbraunen Augen auf. Laura war sich sicher, dass sie diese Frau noch nie gesehen hatte, und doch war da etwas in ihrem Gesicht, was ihr bekannt vorkam. Auch die Gestik war ihr vertraut, aber sie konnte partout nicht einordnen, woher.

Vanessa Berg bestätigte all das, was Simone bisher über ihren Anwalt angegeben hatte. Außerdem bestritt sie das Telefonat mit Burkard, in dem sie ihn gefragt hatte, ob er sich über sein Geschenk gefreut hätte.

Immer wieder fragte der Richter nach, erinnerte sie an ihre Pflicht zur wahrheitsgemäßen Aussage.

Vanessa Berg blieb dabei, und damit war Henrys Schicksal besiegelt.

Eigentlich ...

Laura war enttäuscht, aber das war nichts gegen Burkard Roths Zustand. Er saß mit gesenktem Kopf und hängenden Schultern neben ihr, verstand offensichtlich ebenso wie sie, dass er verloren hatte.

In diesem Moment vibrierte Lauras Handy. Sie zog es hervor und bemerkte, dass eine SMS des Detektivs eingegangen war. Aufgeregt drückte sie auf »Öffnen«. *Halten Sie das Verfahren auf! Ich habe einen Zeugen gefunden, der die Wahrheit kennt. Er ist unterwegs.*

Sofort bat sie um das Wort. »Ich bitte um einen kurzen Aufschub«, verkündete sie. »Es kommt ein weiterer Zeuge, dessen Aussage maßgeblich für dieses Verfahren ist.«

Sie wandte sich Richard Hewer zu und suchte seinen Blick. Normalerweise würde ein Anwalt in seiner Position jetzt mit der Begründung widersprechen, dass alle Fakten auf dem Tisch lagen. Doch er schwieg, ohne ihrem Blick auszuweichen.

Simone Bahlmann stieß ihn leicht an. Sie wirkte mit einem Mal beunruhigt.

»Wenn es der Wahrheit dient«, brummte der Richter. »Machen wir eine kurze Pause. In zehn Minuten geht es weiter.« Er verließ den Gerichtssaal.

Zehn Minuten, hoffentlich reichte das! Laura informierte Burkard, der daraufhin immer wieder zur Tür schaute. Die Minuten verstrichen, aber es kam niemand.

Ihnen gegenüber, auf der anderen Seite, wirkte Simone Bahlmann plötzlich nervös.

Richter Beller ließ sich sogar erst nach zwölf Minuten blicken, doch als er zurückkam, war der Zeuge immer noch nicht da.

»Die Anwälte hatten genug Zeit, sich auf diesen Prozess vorzubereiten«, beschied der Richter gereizt. »Ich werde jetzt das Urteil …«

Die Tür ging auf, ein Mann stürmte in den Saal.

»Carlo!«, rief Laura überrascht.

Und mit einem Mal kam auch Leben in Burkard neben ihr. »Ich wusste doch, dass ich diesen Mann kenne!«, rief er aufgeregt. »Er ist der Bruder der Züchterin, und er war dabei, als wir Henry abgeholt haben. Damals hatte er aber noch keinen Bart.«

Der Bruder der Züchterin? Jetzt wusste Laura, an wen Vanessa Berg sie erinnerte.

»Vanessa«, sprach Carlo seine Schwester an. »Stimmt es, was hier behauptet wird? Warum machst du das?«

Vanessa starrte ihn an, dann brach sie in Tränen aus und gestand, dass Simone ihr Geld für ihre Falschaussage geboten hatte.

»Ich kann Henry wirklich behalten?« Immer wieder stellte Burkard auf dem Heimweg dieselbe Frage. »Ich kann nicht fassen, dass sich alles gedreht hat.«

»Ja«, wiederholte Laura zum gefühlt zwanzigsten Mal. »Simone Bahlmann darf sich jetzt auf ihren eigenen Prozess freuen, weil sie eine Zeugin zu einer Falschaussage verleitet hat.« Diese Aussicht stimmte Laura geradezu fröhlich.

»Und ich kann Henry behalten.« Das war für Burkard immer noch das Wichtigste.

Laura drückte kurz seine Hand. Sie freute sich für ihn, aber sie machte sich auch Gedanken um Carlo.

Vor ihrer Abfahrt hatte sie kurz Gelegenheit gehabt, mit ihm zu reden. Er hatte erzählt, dass seine Schwester nach seinem Outing den Kontakt zu ihm abgebrochen hatte. Jetzt war sie zum ersten Mal wieder bereit mit ihm zu reden, deshalb war er noch in Freiburg geblieben.

Burkard neben ihr stieß einen Seufzer aus. »Morgen verlasse ich Tannreuth«, sagte er leise. »Genau so, wie ich es dir versprochen habe.«

»Auf keinen Fall«, lehnte Laura entschieden ab. »Was sollte aus dir und Monika werden, wenn du jetzt gehst? Sie braucht dich, und zwar in Tannreuth. Für unser tierisches Problem werden wir eine Lösung finden.«

»Aber die Kinder freuen sich schon so sehr auf ihren Kater«, sagte Burkard bedrückt. »Es würde ihnen das Herz brechen.«

Laura musste plötzlich lachen. »Hast du Henry vor ein paar Wochen nicht sogar hinter Kasimir hergejagt?«

Burkard schaute sie entsetzt an. »So etwas würde ich nie machen, und inzwischen solltest du mich gut genug kennen, um das zu wissen.«

»Juna hat gehört, wie du gesagt hast: Da ist die Katze«, sagte sie sanft.

»Ja, das habe ich auch«, gab er zu. »Aber nicht, weil ich Henry auf den Kater hetzen wollte, sondern ganz im Gegenteil.«

»Genützt hat es leider nichts«, sagte Laura.

»Wir können es nicht ausprobieren«, sagte er mit einem traurigen Lächeln.

»Manchmal lösen sich Probleme von ganz allein. Und ganz oft, wenn man nicht damit rechnet.« Laura versuchte optimistisch zu klingen, auch wenn ihr selbst gerade die Ideen ausgegangen waren.

Sie fuhr die Auffahrt hinauf.

Tobias riss bereits die Tür auf, bevor sie ausgestiegen waren. Henry stürmte aus dem Haus, um Burkard zu begrüßen. Es schien fast so, als wüsste der Hund, dass sich heute sein Schicksal erfüllt hatte.

»Wie ist es gelaufen?«, wollte Tobias sofort wissen.

Laura reckte den Daumen in die Höhe, strahlte über das ganze Gesicht ... und dann passierte es.

Ein Schatten huschte vorbei. Nicht nur Laura sah es, sondern auch Henry. Der Rottweiler jagte sofort hinterher. Beide rannten durch die offene Tür ins Haus.

Ella kam über die Auffahrt gelaufen. Hochrot im Gesicht, Panik im Blick. »Kasimir ist uns entwischt«, keuchte sie.

*Bitte nicht*, flehte Laura. *Bitte, bitte nicht!*

Zusammen mit den anderen rannte sie ins Haus, voller Angst vor dem Anblick, der sich ihnen bieten würde.

Kasimir stand mitten im Wohnzimmer. Seine Haare aufgerichtet, der Schwanz peitschte wild hin und her. Er grollte hörbar.

Henry stand vor ihm. Er jaulte leise, wedelte mit dem Schwanz. Dann trat er vorsichtig auf Kasimir zu und leckte ihm über das Köpfchen.

Kasimir war offenbar so verdutzt, dass er seine Abwehrhaltung aufgab. Betont gelangweilt ging er zu dem Platz vor der Terrassentür und legte sich dort auf Henrys Decke. Er war wieder zu Hause, und er hatte ganz offensichtlich die Absicht, auch zu bleiben.

Henry trottete zu ihm und ließ sich neben ihn. Noch einmal leckte er über Kasimirs Fell, bevor er den Kopf auf seine Vorderpfoten legte und die Augen schloss.

Laura atmete tief durch, erfüllt von einer Welle der Erleichterung. »Ich habe es doch eben noch gesagt: Manchmal lösen sich Probleme von ganz allein.«

Zwei Tage später zogen Tobias und Max mit den Kindern und Schlitten los, um Weihnachtsbäume zu schlagen. Sie hatten genaue Informationen von der Gemeinde erhalten, wo die Bäume zum Selbstfällen standen.

»Hoffentlich finden sie den richtigen Platz«, sagte Ella besorgt.

»Mir reicht es schon, wenn sie vollständig mit allen Körperteilen zurückkommen«, erwiderte Laura trocken. Sie und Ella hatten sich zu Kaffee und Keksen verabredet. Laura erzählte Ella von dem Prozess. Umgekehrt erfuhr sie von Ella, dass Monika sich von Tag zu Tag besser erholte. »Und es ist so rührend, zu sehen, wie sie und Burkard ihre Liebe aufleben lassen. Die beiden wollen Tannreuth Anfang nächsten Jahres zusammen verlassen.«

»Sie ist bereit, Tannreuth zu verlassen? Ich dachte, sie hängt an diesem Ort. Und hat sie denn schon wieder genug Kraft?«, fragte Laura.

»Ja. Und Ja.« Ella grinste. »Sie haben beide den Traum, irgendwo am Meer zu leben.« Ella lächelte. »Ich bin mir aber sicher, dass sie immer wieder in Tannreuth Station machen. Übrigens hat sich gestern die Polizei gemeldet. Es sieht ganz so aus, als bekäme Monika einen Teil ihres Geldes zurück. Der Heiratsschwindler konnte identifiziert werden. Er ist zwar immer noch auf freiem Fuß, aber die Staatsanwaltschaft hat seine Konten entdeckt und eingefroren. Außerdem haben sie in seiner Wohnung sehr viel Bargeld gefunden.«

»Das ist wunderbar!«, freute sich Laura. »Ich werde mich da einklinken und schauen, was ich für Monika herausholen kann.«

Als Ella sich kurz darauf verabschiedete, brachte Laura sie zur Tür. »Wir sehen uns spätestens am Heiligen Abend.«

»Bist du sicher, dass du uns alle zu dir einladen willst?«, fragte Ella unsicher.

»Ja, ich bin mir ganz sicher. Wir alle freuen uns sehr auf das Fest mit allen Freunden.«

Ella umarmte sie. Doch als sie aus der Tür trat, hielt sie mitten in der Bewegung inne. »Bei Burkard steht die Haustür weit offen. Ich weiß aber, dass er bei Monika ist.«

Laura war überrascht. Das war gar nicht typisch für ihn. »Ich schaue mal nach. Vielleicht hat er nur vergessen, die Tür zu schließen.«

Ella folgte ihr vorsichtig. »Hoffentlich sind das keine Einbrecher«, flüsterte sie.

»Nein, das glaube ich nicht.« Laura hielt an der offenen Haustür inne. »Hallo!«, rief sie zaghaft. »Ist da jemand?«

»Hast du je von einem Einbrecher gehört, der auf so eine Frage antwortet?«, wisperte Ella.

»Jetzt hör schon auf mit deinen Einbrechern«, sagte Laura und betrat das Haus. Sicherheitshalber schnappte sie sich dennoch den eisernen Kerzenständer neben der Garderobe. Man konnte ja nie wissen …

Langsam schlich sie weiter, Ella blieb dicht hinter ihr.

Nichts war zu hören. Geradeaus ging es ins Wohnzimmer, die Tür stand einen Spaltbreit offen. Laura hob die Hand mit dem Kerzenständer, mit der anderen stieß sie die Tür weit auf …

Kein Mensch befand sich in dem Raum, und doch blieb Laura wie angewurzelt stehen. »Was ist das?«

Ella schaute an ihr vorbei, ein erstickter Ton löste sich aus ihrer Kehle. Sie drängte sich an Laura vorbei und betrat den Raum, der einmal ein Wohnzimmer gewesen war.

Jetzt befand sich hier eine Art Atelier. Staffeleien, auf denen angefangene und teilweise fertige Bilder standen. Surreale Gemälde mit einer unverkennbaren Note.

»MoKo!«, stieß Ella hervor.

Laura starrte sie an, verstand nicht.

»Burkard ist MoKo«, flüsterte Ella.

»Das kann doch nicht sein …« Allmählich fielen die Puzzleteile an ihren Platz. Doch, natürlich konnte es sein. Er hatte Geld, obwohl er scheinbar nicht arbeitete. Er war weit gereist, und ausgerechnet hier waren die letzten Werke von ihm aufgetaucht. Und wie hatte er Monika doch gleich genannt, als er von ihrem Auftauchen gehört hatte? »Monika Kohrs«, sagte sie.

Ella schaute sie verständnislos an.

»Kohrs ist Monikas Mädchenname. Verstehst du nicht? Mo für Monika, Ko für Kohrs. MoKo.«

»So hat er seine große Liebe verewigt.«

Sie fuhren herum, als jemand hinter ihnen applaudierte. Dort stand Burkard. Er war blass, wirkte verärgert.

»Die Tür stand offen«, rechtfertigte sich Laura.

»Wir hatten Angst, dass Einbrecher im Haus sind.«

»Ich habe die Tür offen stehen lassen. Ich war oben, weil ich ein altes Fotoalbum für Monika holen wollte.« Er schwieg einen Moment, sackte förmlich in sich zusammen. »Und wegen einer dummen Unachtsamkeit wird jetzt MoKos Identität bekannt.«

»Weiß Monika, dass du MoKo bist?«, fragte Ella.

»Natürlich! Ich habe keine Geheimnisse vor Monika. Aber außer ihr wusste es niemand, und eigentlich hatte ich gehofft, dass das so bleibt.«

Ella und Laura schauten sich an. »Die Faszination, die Mystik die den Namen MoKo umgibt, das darf nicht zerstört werden«, sagte Ella ernst. »Können wir nicht einfach so tun, als wären wir nie in diesem Haus gewesen?«, bat sie.

Laura musste keinen Moment darüber nachdenken. »Genau so machen wir es!«

Burkard schloss kurz die Augen. »Danke!«, stieß er hervor.

Sie waren alle gekommen und fanden Platz an dem riesigen Ausziehtisch. Die Lichter im Tannenbaum spiegelten sich in den roten und goldenen Kugeln. Davor verteilten sich die vielen Pakete und Päckchen.

Jeder hatte etwas zu essen mitgebracht. Die weißen Teller mit dem schmalen Goldrand und die schönen Kristallgläser waren perfekt für diesen festlichen Rahmen. Der Tisch bog sich unter all den Köstlichkeiten. Wein wurde ausgeschenkt, alle lachten und erfreuten sich an diesem Abend.

Die kleinen Kinder saßen zusammen. Robin hatte den Platz neben Hanna gewählt. Die beiden schienen sich gut zu unterhalten. Daneben saßen Tosca und Chris.

Auch Kathi war gekommen, zusammen mit Lorenz und Carlo. Besonders Carlo war glücklich, weil er sich endlich mit seiner Schwester ausgesöhnt hatte, und weil auch Kathi und Lorenz sich trotz aller Streitigkeiten nicht mehr mit unversöhnlichem Groll gegenüberstanden.

Laura war kurz nach draußen gegangen, um ein bisschen frische Luft zu schnappen. Und jetzt stand sie hier vor dem Wohnzimmerfenster und konnte sich nicht sattsehen an der Idylle im Haus.

Kathi saß neben Tobias' Vater. Laura hätte gerne gewusst, worüber sich die beiden so angeregt unterhielten.

Pia und Peter Stöckel saßen nebeneinander, beide fühlten sich sichtlich wohl in dieser Runde.

Ella und Max verströmten pure Liebe, was aber noch von Burkard und Monika überstrahlt wurde. Es war so schön, all ihre Freunde hierzuhaben! Laura war dankbar für das Glück, das sie alle in diese Feiertage mitnahmen.

Selbst Henry und Kasimir verstanden sich mittlerweile richtig gut. Juna hatte sogar vorgeschlagen, dass sie sich einen eigenen Rottweiler anschaffen sollten, damit Kasimir nicht traurig wurde, wenn Henry nicht mehr da war.

Laura sog tief die klare Luft ein. Über ihr funkelten die Sterne am Himmel, der Mond leuchtete voll und rund, und der Schnee ringsum schuf das mystische Licht einer winterlichen Weihnachtsnacht.

Plötzlich merkte sie, wie Bewegung in die Menschen im Inneren des Hauses kam. Ella wies auf das Fenster und sagte etwas. Alle standen auf, verließen den Raum.

»Was ist denn jetzt los?«, murmelte Laura, als nacheinander alle aus dem Haus traten, jeder mit einer brennenden Kerze in der Hand. Niemand sagte ein Wort. Zuletzt kam Tobias. Langsam ging er auf sie zu, griff nach ihrer Hand, kniete auf einem Bein nieder.

»Ich liebe dich, Laura. Ich kann mir ein Leben ohne dich und die Kinder nicht mehr vorstellen. Alle Welt soll wissen, dass wir für immer zusammengehören. Willst du mich heiraten?«

Nicht eine Sekunde musste sie überlegen. »Ja!«, rief sie glücklich. Tränen liefen über ihre Wangen. »Ja! Ja! Ja!«

Unter dem Jubel der Gäste zog Tobias sie an sich. »Ich liebe dich«, sagte er, und dann küsste er sie.

# Epilog

Es war Frühling geworden in Tannreuth und merklich stiller im Dorf. Chris und Tosca lebten inzwischen in Düsseldorf. Die beiden teilten sich eine Wohnung. »Als WG«, betonten sie beide bei jeder Gelegenheit, »nicht als Paar.«

Monika hatte einen Großteil des ergaunerten Geldes zurückbekommen. Aber noch wichtiger war für sie, dass der Heiratsschwindler gefasst und verhaftet worden war. Sie und Burkard hatten Tannreuth inzwischen auch verlassen, in Richtung Meer, zusammen mit Henry.

Alles ging wieder seinen normalen Gang. Montags traf sich die Töpfergruppe. Heute allerdings hatte Pia Neuigkeiten.

»Habt ihr das heute Morgen auch in der Zeitung gelesen?«, fragte sie aufgeregt. »MoKo ist wieder aufgetaucht. In der Elbphilharmonie Hamburg hat er sein neuestes Werk ausgestellt.«

Laura und Ella vermieden jeden Blickkontakt, als Pia die Zeitung aufgeschlagen auf den Tisch legte und alle das Bild sehen konnten: Ein getigerter Kater lief neben einem schwarzen Hund mit rotbrauner Zeichnung, und über beiden schwebte ein goldfarbener Herzballon ...

*Winterglück in tiefverschneiten Wäldern*

Ruth Bennett
WINTERTRAUM
IN KANADA
Roman

ISBN 978-3-404-19224-3

Sara und Paul erleben herrliche Urlaubstage in den schneebedeckten Landschaften Kanadas. Die Nächte sind magisch, mit sternenübersätem Himmel und Polarlichtern. Zurück in Deutschland planen sie die Auswanderung in ihr Traumland Kanada. Übers Internet kaufen sie ein wunderschönes Haus am Okanagan-See, in dem sie ein Bed & Breakfast eröffnen möchten. Doch in Kanada ankommen, entpuppt sich das idyllische Haus als total marode. Unter diesen Bedingungen wird es in der jungen Ehe recht turbulent. Dann stehen nicht nur immer mehr unerwartete Gäste vor der Tür, sondern der kanadische Winter, der die Sanierung erschwert, aber dessen Zauber Wunder wirkt …

Lübbe